ENTSCHLOSSENER GEFÄHRTE

EIN SPANNENDER ALIEN- & SCIFI-LIEBESROMAN MIT SPICE

BRÄUTE FÜR DIE ALIEN-PIRATEN
BUCH SECHS

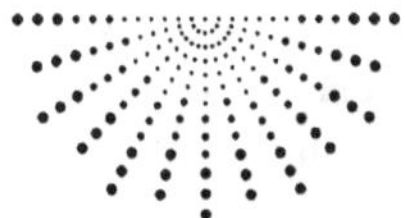

TAMSIN LEY

Twin Leaf Press

Lektorat: Christian Popp

ISBN: 979-8-89548-016-8

Twin Leaf Press
PO Box 672255
Chugiak, AK 99567

KAPITEL EINS

Chigs stand bewegungslos neben dem Krankenbett, sein Gesicht eine harte Maske, als er auf die Denaida-Frau mit der Bronzehaut starrte. Neben ihm schlurfte Tovik mit den Füßen, die übliche jugendliche Heiterkeit aus seinem Gesicht verschwunden.

Auf der anderen Seite des Bettes schob Mek, der Schiffsarzt, den ausziehbaren Arm des Scanners aus dem Weg, sein normalerweise sauber rasiertes Gesicht mit Stoppeln bedeckt. „Ihre Nervenbahnen wurden frittiert, genau wie bei den anderen. Dollards Experimente haben nichts als Hüllen hinterlassen."

Chigs' Hände ballten sich unwillkürlich zu Fäusten. Bei den sanften Atemzügen der Frau legte sich das Gewicht tausender verlorener Leben auf seine Schultern. *Ellam Cua, wie konntest du das zulassen?*

Erst gibst du uns Hoffnung, nur um sie uns so grausam zu entreißen?

Obwohl sich ihre Brust hob und senkte, gab es unter ihren geschlossenen Augenlidern kein Anzeichen auf ein Bewusstsein, keine Spur auf einen funktionierenden Verstand. Mehrere Frauen wie diese hatten sie in Kryo-Pods geborgen und sie hatten immer noch keine Entscheidung getroffen, wie sie mit ihnen verfahren sollten.

„Ich dachte, wir hätten unsere Zukunft gefunden." Toviks Stimme brach. „Wir haben nur Körper gerettet, keine Leben. Keine Gefährten."

Zwischen ihnen herrschte eine bedrückende Stille, die nur durch den unerbittlichen Piepton der Monitore unterbrochen wurde.

„Es muss einen Weg geben, sie zu erreichen", beharrte Chigs. „Wir können sie nicht dieser leeren Existenz überlassen." Er weigerte sich, aufzugeben, wenn der quälende Drang, seine vom Schicksal bestimmte Gefährtin zu finden, zu seiner treibenden Kraft geworden war. Andere Männer hatten Partner unter den menschlichen Frauen ihrer Crew gefunden, aber für Chigs waren Menschenfrauen einfach zu klein und zu zerbrechlich, sodass er sie nicht als brauchbare Liebhaberinnen in Erwägung zog.

Resigniert seufzte Mek. „Ich werde mich noch einmal mit den Labordaten beschäftigen, aber wir müssen uns der Realität stellen. Die

Wahrscheinlichkeit, dass sie jemals aufwachen, geht gegen Null."

Tovik wandte sich mürrisch ab. „Ich mache den Kryo-Pod fertig, damit sie sich den anderen anschließen kann."

Chigs fühlte sich nutzlos und zog sich mit schweren Schritten zurück. Die Korridore der Icarus erstreckten sich vor ihm wie die Tunnel einer alten Gruft. Sein Quartier bot wenig Erleichterung, der Bereich zu einengend, sodass er kaum Luft bekam. Er hatte noch nie in seinem Leben so üppige Unterkünfte gehabt. Das erbeutete Syndicorp-Flaggschiff hatte genug Offiziersquartiere an Bord, damit jeder Rebell seine eigene Suite in Anspruch nehmen konnte. Die Icarus mit ihrer fortschrittlichen Technologie, der beeindruckenden Größe und den unzähligen Waffen war zu einem fliegenden Stützpunkt für die gesamte Rebellion in ihrem Kampf gegen das Unternehmen geworden, das die Galaxie regierte. In den letzten Wochen hatten sie mehrere erfolgreiche Überfälle auf Syndicorp-Einrichtungen durchgeführt.

Chigs hatte immer angenommen, die Denaida-Frauen zu finden, sei die Antwort auf ihre Gebete. Syndicorp hatte alles Leben auf ihrem Heimatplaneten ausgelöscht, und seine Spezies hatte geglaubt, ihre Frauen seien ausgestorben. Anstatt jedoch die göttliche Hoffnung unter den Rebellen zu wecken, dienten die hirntoten Frauen nur als Erinnerung an alles, was sie verloren hatten.

Chigs sah sehnsüchtig auf sein zerwühltes Bett und erhaschte dabei in dem Spiegel auf der anderen Seite des Raumes einen Blick auf blutunterlaufene Augen. Er brauchte Schlaf, fürchtete aber die Albträume von Frauen in Kryo-Pods, die ihn jede Nacht heimsuchten. Er hatte stets geglaubt, dass sie ein Zeichen dafür waren, dass er schon bald seine Gefährtin finden würde. Jetzt konnte er nur denken, dass sein Gott ihm einen Streich spielte. Er setzte sich auf den Rand des Bettes und vergrub sein Gesicht in seinen bronzefarbenen Händen. Tiefe Atemzüge konnten den pochenden Schmerz, der sich in seinem Schädel ausbreitete, nicht lindern.

„Ellam Cua, stoppe diese Folter." Er betete, dass irgendwo in der Weite des Weltraums seine Gottheit zuhörte.

Mit einem Seufzer legte er sich zurück, schloss die Augen und gab sich der Müdigkeit hin ...

Verwüstung und Verfall umgaben Chigs wie die Überreste einer in der Zeit verlorenen Stadt. Vor ihm verfiel eine Straße zu Staub. Er befürchtete Schlimmes. Er wollte nicht hier sein. Er wollte diesen Albtraum nicht noch einmal sehen. Doch sein Körper fühlte sich taub an, als er auf wackeligen Beinen nach vorne trat. Die beharrliche Brise von hinten trieb ihn weiter, bis sich die Straße in einen langen Korridor mit Metallböden und blassen, sterilen Wänden verwandelte. Reihen aus lichtdurchlässigen Pods fanden sich zu beiden Seiten von ihm. Das harsche Licht der Pods strömte nach außen und verbarg so den Inhalt, aber er wusste bereits, was darin zu finden war.

Seine Herzen hämmerten in seiner Brust, sein Mund ausgetrocknet, als er versuchte, sich abzuwenden. Dennoch konnte er sich nicht davon abhalten, in einen der Pods zu schauen. Die bronzefarbene Haut, die perfekten Brüste und die reizvollen Hüften einer Frau. Eine denaidanische Frau, die sich hinter dem Glas vollkommen bewegungslos zeigte. Kabel und Drähte wickelten sich um sie wie bösartige Meerestiere. Ihre offenen Augen schienen ihn anklagend anzustarren.

Er wollte ihr helfen. Er wollte sie befreien. Aber seine Bewegungen waren nicht seine eigenen. Er ging zum nächsten Pod und zum nächsten, und in jedem fand sich eine Frau. Einige ähnelten seiner Mutter, seiner Tante, seinen Cousinen, die alle lange tot waren, begraben unter dem Schutt seines zerstörten Planeten.

Durch den Nebel flüsterte eine vertraute weibliche Stimme seinen Namen; der Klang streichelte seine Sinne wie die Berührung eines Liebhabers. Er wirbelte herum und suchte nach der Quelle. So viele Pods. Wie sollte er sie finden? Sehnsucht und Angst umschlangen sein Primärherz, als er die Reihen ablief.

Eine harte Männerlache hallte durch den Raum. Obwohl Chigs Dr. Dollard persönlich nie kennengelernt hatte, wusste er, dass das Lachen zu dem Wissenschaftler gehörte, der für die Gräueltaten an seinem Volk verantwortlich war.

Wut brannte in seinem Magen wie geschmolzenes Blei. Chigs brüllte: „Du bist tot!" Seine Stimme hallte von den sterilen Wänden wider.

„Du wirst sie niemals finden", gluckste die Stimme in einem spöttischen Ton. „Niemals ..."

Chigs wachte schweißgebadet und schwer atmend auf. Dollards Lachen hallte immer noch in seinem Kopf nach, als er seine Beine über die Bettkante schwang und mehrmals blinzelte, um in die Realität zurückzukehren. Sein Quartier enthielt die vertrauten Düfte von Motoröl und Stahl, ein scharfer Kontrast zu dem antiseptischen Gestank des Labors aus seinem Traum. Stöhnend zog er eine Hand über sein Gesicht und seinen Bart.

Der Traum war in den letzten drei Nächten derselbe gewesen. Warum fühlte sich das Labor so vertraut an? Es war nicht das Labor, das sie gestürmt hatten, und doch hatte er das Gefühl, schon einmal dort gewesen zu sein. Obwohl die Details des Traums bereits aus seinem Bewusstsein verschwanden, stach der Schrecken der Pods und der darin gefangenen Frauen weiter wie eine Klinge auf seine geschundene Seele ein.

Er stand auf und lief vor seinem Bett auf und ab,

unfähig, Dollards Lachen in seinem Kopf zum Schweigen zu bringen.

„Dieser bösartige Mensch ist tot", murmelte Chigs.

Während des Angriffs war Dollard ohne Anzug in das Vakuum des Weltraums gesaugt worden, was kein gewöhnlicher Mensch hätte überleben können. Es war jedoch möglich, dass Dollards Experimente ihm eine übernatürliche Widerstandsfähigkeit verliehen hatten, und schließlich hatte Rust keine Leiche bergen können. Es wäre nicht das erste Mal, dass der Mensch den Tod überlistet hatte. Könnte er es wieder tun? Ellam Cua war ein Trickster-Gott und würde eine solche Wendung zu schätzen wissen.

Chigs schüttelte den Kopf und ging erneut auf und ab. Unabhängig davon, ob Dollard noch lebte oder nicht, war der Angriff auf sein Labor kein voller Erfolg gewesen. Mehrere Shuttles waren entkommen, vermutlich mit weiteren Kryo-Pods, in denen denaidanische Frauen gelegen hatten – Frauen, die noch am Leben sein könnten.

Nicht mehr lange, wenn jemand Dollards Experimente fortsetzt.

Chigs fluchte und schlug mit der Faust gegen die Wand. Die Polymerplatte verbeulte sich unter dem Schlag, und Schmerz schoss seinen Arm hoch. Nur war der körperliche Schmerz nichts im Vergleich zu dem beängstigenden Wissen, dass es mehr Frauen da draußen gab, unerreichbar und unauffindbar. War er dazu verdammt, diese Stimme für den Rest seines Lebens in seinen Träumen zu hören? Sie fühlte sich so real an – als wären sie bereits miteinander verbunden. Er hatte regelrecht das Gefühl, dass –

Chigs erstarrte mitten in der Bewegung und seine Herzen klopften um die Wette. Was wäre, wenn das Labor, das er in seinen Träumen sah, wirklich nicht das war, in das sie bereits eingedrungen waren? Die weibliche Stimme, die stets nach ihm rief, schwebte erneut durch seine Erinnerung, wie ein Lied, das immer wieder vom Wind übertönt wurde.

Meine Gefährtin.

Es musste einfach so sein. Nur der Gefährtenbund erlaubte es Paaren, über Gedanken zu kommunizieren. Und er war sich sicher, dass eine Frau in diesem Labor nach ihm rief und ihn anflehte, sie zu retten. Sie war dazu bestimmt, ihm zu gehören. Die Erkenntnis fühlte sich an wie ein Stern, der kurz vor der Explosion stand. Überwältigend und atemberaubend.

Aber wie sollte er sie finden? Er brauchte mehr Hinweise. Koordinaten. Eine Karte. Irgendetwas!

Chigs schloss die Augen und ließ den Kopf hängen. „Ellam Cua, ich verstehe es nicht. Bitte zeig mir den Weg zu meiner Gefährtin."

Schweigen füllte sein Quartier. Keine dröhnende Stimme von oben, um ihm göttliche Befehle zu erteilen. Aber nach einem langen Moment zauberte sein Geist das Bild wunderschöner brauner Augen herbei, zu denen sich ein blasses Gesicht mit runden Wangen und einem sanften Lächeln gesellte.

Emmy?

Chigs runzelte die Stirn. Die Menschenfrau hatte sich vor fast einem Zyklus der Rebellion angeschlossen, aber er hatte ihr nie viel Aufmerksamkeit geschenkt. Selbst für ihre Spezies war sie sehr klein und leicht zu übersehen. Er wusste jedoch, dass Besatzungsmitglieder sie manchmal aufsuchten, um über persönliche Probleme zu sprechen oder um Rat erbaten. Jetzt fragte er sich ... könnte sie eine Art spirituelle Führerin sein?

Je mehr er darüber nachdachte, desto sicherer war er sich. Konnte es sein, dass Ellam Cua wollte, dass er Emmy aufsuchte und sie um Hilfe bei der Interpretation seines Schicksals bat? Vielleicht würde sie ihm den Weg zu seiner Gefährtin weisen.

Chigs lächelte, als die Entschlossenheit seine frühere Hilflosigkeit in ihre Schranken wies. Die CEOs von Syndicorp würden bald den Tag bereuen, an dem sie es gewagt hatten, einem Denaidaner auf seiner Mission eine Gefährtin zu finden, in die Quere zu kommen. Er würde das Labor finden. Jede einzelne Frau würde er in Sicherheit bringen. Und dann würde er Dollard und alle seine aktiven Experimente den Garaus machen.

KAPITEL ZWEI

Emmy betrat ihr Büro und stellte eine leere Kiste auf ihren Schreibtisch. Sie schob sich eine entkommene braune Strähne aus den Augen, drehte sich um und betrachtete den Raum. Ihr neues Büro an Bord der Icarus war alles, was sie sich immer für ihre Therapiesitzungen erträumt hatte, mit einem bequemen taubengrauen Sofa und passenden Stühlen und einer einladenden Beleuchtung. Ein Meditationsbrunnen rieselte sanft in der Ecke, und sie hatte es sogar geschafft, eine Topfpflanze mit langen, grünblauen Blättern in die Hände zu bekommen. Wenn sie es nicht besser wüsste, würde sie nie ahnen, dass sie an Bord eines Raumschiffs war.

Ihr Blick landete auf einem Regal, auf dem die Plüschtiere saßen, die sie mitgebracht hatte, als sie von Aleigh geflohen war. Das waren die einzigen Dinge, die fehl am Platz waren. Sie nahm einen

Tintenfisch in Gelb und Orange mit weichen, schlaffen Tentakeln in die Hand und erinnerte sich an einen ihrer jüngeren Patienten, der seine Ängste anhand der Arme der Kreatur aufgezählt hatte. Sie hatte die Spielzeuge als Erinnerung an die Erfolge ihrer Patienten behalten, aber es wurde klar, dass ihre bisherigen Therapiemethoden unter den hartgesottenen Mitgliedern der Rebellion keinen Nutzen finden würden. Erst gestern hatte Rust die Flügel von dem Plüschdrachen abgerissen, bevor er wutentbrannt aus dem Raum gestapft war.

Sie legte den Tintenfisch in die Aufbewahrungsbox und griff nach dem weichen, lavendelfarbenen Netorpok mit seinem langen Schwanz und verstaute ihn ebenfalls in der Box. „Ihr müsst gehen, Leute. Tut mir leid."

Ein hartes Klopfen an ihrer Bürotür unterbrach ihre nostalgischen Anwandlungen. War Rust zurückgekommen? Obwohl er offensichtliche Aggressionsprobleme aufwies, glaubte sie nicht, dass er sie jemals verletzen würde. Nur war sie sich nicht sicher, ob ihre armen Stofftiere für einen weiteren Besuch bereit waren. Angespannt rief sie: „Komm rein?"

Die Tür glitt auf und enthüllte Chigs, einen der Denaida-Krieger von Kashatoks Crew. Sein geflochtenes Haar streifte den Türrahmen über seinem Kopf. Er trug eine schwarze Hose und ein weißes Hemd, das an den Ärmeln hochgekrempelt war, was die Adern in seinen Unterarmen enthüllte. Sie hatte bisher nur wenig Kontakt mit ihm gehabt, aber heute hatte eine seltsame Dringlichkeit seine übliche Ungeselligkeit ersetzt.

„Bist du beschäftigt?" Ungewissheit war in seiner tiefen Stimme zu vernehmen.

„Keineswegs. Was kann ich für dich tun, Chigs?" Sie ging um den Schreibtisch herum und lächelte den großen Denaida-Mann an.

Seine bronzefarbenen Augen flackerten von ihr zu den verbliebenen Stofftieren in ihrem Regal. „Das sind interessante Totems."

Emmy blinzelte, überrascht von seiner Annahme. „Das sind keine Totems. Das sind ... Kuscheltiere. Für Komfort und Therapie."

„Therapie?" Sichtlich verwirrt hob Chigs eine Augenbraue.

Emmys Wangen erhitzten sich. Er hatte offensichtlich keine Ahnung, worum es bei ihrem Beruf ging. „Ich bin Psychologin. Ich helfe Menschen, ihre Gedanken und Gefühle zu verstehen." Sie atmete aus. „Zumindest habe ich das früher getan."

„Mein Fehler", murmelte Chigs und seine Wangen färbten sich zu einem entzückenden Blaugrün. „So wie Mek von dir redet, dachte ich, du wärst, na ja ..." Er verlagerte sein Gewicht unbehaglich. „Eine Art Mystikerin."

Emmys Herz schmerzte bei der Erwähnung von Meks Namen. Er war der letzte Mann in einer Reihe von Männern, den sie mit Liebeskummer verband. Mittlerweile hatte sie Beziehungen abgeschworen. *Es hat keine Beziehung gegeben, Emmy,* tadelte sie sich selbst. Mek hatte ihre Gefühle nie erwidert, egal wie sehr sie sich das gewünscht hatte. Seine Herzen waren immer für eine andere bestimmt gewesen ...

Sie schüttelte diesen Gedanken ab. Chigs war hier, um sich von ihr beraten zu lassen, und nicht, um zuzusehen, wie sie sich in Bedauern suhlte. Sie zwang sich zu einem Lächeln und sagte: „Alles gut. Gibt es etwas Bestimmtes, über das du sprechen möchtest?"

Chigs nahm einen Schritt nach vorn, sodass sich die Tür hinter ihm schloss. „Kannst du Träume deuten?"

Bei der intensiven Art und Weise, in der er mit seinen bronzefarbenen Augen ihren Blick fand und hielt, blieb Emmy die Luft weg. Es fühlte sich an, als ob der Raum plötzlich ein paar Grad wärmer wurde. Warum mussten all die Denaida-Rebellen so verdammt heiß sein?

Reiß dich zusammen, Emmy. Sie hatte sich gerade erst daran erinnert, es professionell zu halten, und hier war sie und ließ sich wieder von ihren Hormonen mitreißen.

Sie räusperte sich. „Ich höre gerne zu und biete meine Erkenntnisse an." Sie deutete auf die Couch gegenüber von ihr. „Bitte setz dich."

Chigs schritt auf den Sitzbereich zu. Bei der schieren Größe seines Körpers fühlte sich Emmy noch winziger als sonst. Er saß mit dem Rücken zum Regal mit den Stofftieren, die Beine auf eine Weise gespreizt, die den Raum zu dominieren schien. Sein Kiefer spannte sich an, lockerte sich, und er starrte für einen Moment auf den Boden.

Emmy saß auf dem Stuhl gegenüber und wartete darauf, dass er seine Gedanken sortierte. Geduld und Stille gehörten zum psychologischen Prozess, der es dem Patienten ermöglichte, sich in seiner eigenen Zeit zu öffnen. Jedoch fiel es ihr schwer, sich nicht von seinen breiten, muskulösen Schultern oder der Dicke seiner massiven Oberschenkel ablenken zu lassen.

Nach einem weiteren Moment lehnte sich Chigs vor und stützte sich mit den Ellbogen auf die Knie. „Ich träume immer wieder von einem Labor voller Denaida-Frauen in Kryo-Pods."

Emmys Herz verkrampfte sich. Zu entdecken, dass Syndicorp Denaida-Frauen zur Zucht in Gefangenschaft gehalten hatte – besonders, nachdem alle angenommen hatten, dass es keine Frauen mehr gab –, war schrecklich gewesen. Insbesondere für die Männer der Spezies. Sie war überrascht, dass nicht mehr Besatzungsmitglieder zu ihr kamen. „Das ist vollkommen verständlich", sagte sie sanft. „Durch Träume verarbeitet das Unterbewusstsein Traumata. Über Gefühle zu sprechen, kann helfen, die Albträume zu stoppen."

Chigs' Hände ballten sich zu Fäusten und sie sah, wie sich die Fingerknöchel weiß färbten. „Ich will die

Träume nicht stoppen. Ich muss mich auf sie konzentrieren, damit ich diese Frauen retten kann." Sein Blick auf sie wurde durchdringender, die Verzweiflung in seinen Augen brannte wie zwei Laser. „Meine Gefährtin ist bei ihnen. Das weiß ich einfach. Ellam Cua versucht, mir zu zeigen, wie ich sie retten kann."

Jetzt ergab seine Frage, ob sie eine Mystikerin sei, mehr Sinn – Chigs glaubte, sein Traum sei eine Vision seines Gottes. „Chigs", begann sie vorsichtig, „ich weiß, Träume können sich unglaublich real anfühlen, aber –"

„Du warst in dem Traum", unterbrach er sie. „Du bist der Schlüssel, um mir zu helfen, ihn zu deuten. Der Schlüssel, damit ich meine Gefährtin finde."

Ihre Brust fühlte sich beengt an. Seine Hingabe an eine Gefährtin, die vielleicht gar nicht existierte, war inspirierend, obwohl sie zugeben musste, dass es sie ein wenig eifersüchtig machte. Sie wollte ihm helfen, selbst wenn es nur innere Ruhe war, die sie ihm geben konnte. „Okay", sagte sie und faltete die Hände in ihrem Schoß. „Lass uns deinen Traum weiter erforschen. Erzähle mir mehr darüber."

Er holte tief Luft und begann, ihr vom Labor zu erzählen. Als er durchscheinende Pods beschrieb, meldeten sich ihre Schuldgefühle und ihr wurde schlecht, da sie sich an das Gesicht einer ihrer Patienten erinnerte. Syndicorp hatte Methoden zur Neuverdrahtung von Synapsen getestet, um gewalttätige Tendenzen bei Kriminellen zu beseitigen. Das Projekt hatte sich theoretisch gut angehört, aber die Testpersonen erlitten alle einen schweren Gedächtnisverlust und eine Beeinträchtigung kognitiver Fähigkeiten. Sie hatte Syndicorp wegen solcher Pods verlassen. Und jetzt träumte Chigs von ihnen? Sie konnte nicht zurücknehmen, was sie getan hatte, aber sie würde alles in ihrer Macht Stehende tun, um zu verhindern, dass jemand anderes Schaden nahm. Sie schüttelte ihre Gedanken ab und konzentrierte sich auf das, was Chigs sagte.

„Das Schlimmste an dem Traum ist, wenn ich Dr. Dollard lachen höre", beendete Chigs durch zusammengepresste Zähne. „Ich mache mir Sorgen, dass er immer noch irgendwo da draußen ist. Der Bastard wird niemals aufgeben."

Emmy schüttelte den Kopf und sprach mit fester Stimme: „Dollard ist tot. Menschen sind nicht wie Denaidaner. Wie die meisten Arten überleben wir ohne Anzug nicht lange im Weltraum."

Chigs knurrte – buchstäblich knurrte –, bevor er sagte: „Es wäre nicht das erste Mal, dass er dem Tod entkommt. Er könnte es wieder getan haben."

Emmys Blick flackerte zu der leeren Stelle in ihrem Regal, wo das Stofftier gesessen hatte, das Rust zerstört hatte. Der explosive Cyborg hatte auch seine Schwierigkeiten, daran zu glauben, dass Dollard tot war, und es war dieser Gedanke, der zu seinem Kontrollverlust beitrug. Vielleicht sollte sie einen

Schritt zurücktreten und die Situation mit Chigs neu bewerten, bevor sie dieses Thema ansprach. Außerdem gab es noch eine andere Sache, die an ihr nagte. „Chigs, hast du für Syndicorp gearbeitet?"

Seine Gesichtszüge verhärteten sich vor Abscheu. „Ja. Wie die meisten meiner *Iluqs* war ich ein Trooper."

„Vielleicht ist das, was sich als Traum manifestiert, tatsächlich eine Erinnerung an etwas, das du gesehen hast und was du einfach nicht abschütteln kannst", gab Emmy zu bedenken. „Das könnte erklären, warum es sich so echt anfühlt."

Er kratzte sich nachdenklich an der Wange. „Also ich weiß nicht. Ich habe als Trooper oft als Wache gearbeitet, aber ich habe selten darauf geachtet, was wir bewachten."

Ihr Puls hämmerte, als sie darüber nachdachte, wie sie ihre eigene Arbeit mit Syndicorp zur Sprache bringen sollte. Sie hatte niemandem außer ihrer besten Freundin Marlis von den schrecklichen Experimenten erzählt – nicht, dass sich die menschliche Revolverheldin mit ihren Kurzzeitgedächtnisproblemen an das Geständnis erinnerte. Emmy schluckte schwer und sagte: „Für eine kurze Zeit arbeitete ich an einem Projekt mit Pods, wie du sie beschrieben hast. In der Nähe eines Gefängnisplaneten."

Chigs verengte die Augen und fragte: „Welcher Planet?"

Erleichtert, dass er nicht nach Einzelheiten über ihre Arbeit gefragt hatte, sagte Emmy: „Nunum-qa, aber ich bin mir nicht sicher, ob das Labor mittlerweile nicht vielleicht verlegt wurde. Syndicorp ist immer einen Schritt voraus, wenn es darum geht, sicherzustellen, dass deren Aktivitäten vor der Öffentlichkeit geheim bleiben."

„Nichtsdestotrotz ..." Chigs stand auf, Entschlossenheit deutlich auf seinem Gesicht zu erkennen. „Wir wissen, dass Dollards Lakaien mit einigen der Denaida-Gefangenen aus dem Labor geflohen sind, das wir angegriffen haben. Einzelheiten könnten Kashatoks Kontakte im Kartell helfen, den neuen Standort ausfindig zu machen. Wir müssen diese Frauen finden, bevor es zu spät ist."

Emmy zögerte. Es war höchst unwahrscheinlich, dass Kashatok das Labor anhand des Traums eines Mannes und ihrer eigenen fernen Erinnerungen finden konnte. Ihre Schuldgefühle und das Feuer in Chigs' Augen waren jedoch motivierend und sie war bereit, es zu versuchen.

„In Ordnung", stimmte sie zu. „Lass uns mit Kashatok reden."

Chigs griff nach ihrer Hand, seine Schwielen rau an ihrer Handfläche. „Ich habe Vertrauen in Ellam Cuas Plan." Er zog sie sanft auf die Füße. „Und in dich, Emmy. Gemeinsam werden wir meine Gefährtin finden."

Emmys Herz setzte einen Schlag aus, als sie in

Chigs' Augen sah. Sein Glaube war so intensiv, dass er in Wellen von ihm abstrahlte. In diesem Moment war sogar sie versucht, zu glauben, dass sein Traum ein göttliches Eingreifen sein könnte. *Vielleicht kann ich endlich für meine Sünden Buße tun.*

KAPITEL DREI

Der Duft von recyceltem Sauerstoff, vermischt mit dem beißenden Duft von synthetischem Protein, traf Chigs in dem Moment, als er die Kantine des Raumschiffes betrat. Er rümpfte die Nase und bemerkte, dass Emmy dasselbe tat, bevor sie ihre Reaktion mit ihrer hellen, zierlichen Hand bedeckte. Einer der Cyborgs hatte anscheinend wieder gekocht – sie verbrannten stets das Essen und mussten schließlich die Replikatoren benutzen. Nur war Nahrung das Letzte, woran Chigs gerade dachte. Er sah zu den Besatzungsmitgliedern, die in der Nähe der Türen zur Kombüse an den langen Tischen saßen, und suchte nach Kashatoks bärtigem Bronzegesicht.

An einem Ende des Tisches sprach Tovik mit animierten Gesten und brachte eine Handvoll Besatzungsmitglieder zum Lachen. Am anderen Ende saß Qaiyaan mit seinem zotteligen, dunklen Kopf. Gleich neben ihm war Lisa, seine menschliche Gefährtin, und sie beide waren in ihre eigene Welt versunken.

Emmy stieß gegen Chigs' Arm und zeigte rechts auf einen Tisch, an dem Kashatok allein saß. Sein lavendelfarbener Netorpok Jhikik hatte es sich auf seiner Schulter bequem gemacht. Die Lider der Kreatur waren halb geschlossen, als ob sie schläfrig wäre, doch die Spitze ihres Greifschwanzes zuckte vor Wachsamkeit. Der kleine Schädling wartete wahrscheinlich nur auf eine Chance, Ärger zu machen.

Chigs schritt hinüber und rutschte gegenüber von Kashatok auf die Bank, der eine Hand um eine Flasche kantarellianischen Rums gewickelt hatte. Eine Platte mit synthetischen Proteinklumpen in grüner Soße stand größtenteils unberührt vor ihm. Jhikik entblößte seine winzigen Zähne, als Kashatok die Flasche zu den Neuankömmlingen schob. „Ihr solltet heute Abend besser eure Rationen trinken und das Essen meiden.“

„Danke, *Iluq*.“ Chigs nahm den Rum und trank direkt aus der Flasche, bevor er diese an Emmy weiterreichte. Ohne zu zögern, kippte sich der kleine Mensch den Rum in die Kehle. Er beobachtete, wie ihr schlanker Hals wiederholt bebte. Eine Frau, die einen guten Tropfen zu schätzen wusste. Immer wieder beeindruckend. Es stärkte seinen Glauben, dass sie die richtige Person war, um bei seiner Mission zu helfen.

Ein plötzlicher Husten ließ Emmys braune Locken hüpfen, und sie stellte die Flasche ab. Chigs streckte die Hand aus und schlug ihr auf den Rücken, doch bevor er Kontakt aufnehmen konnte, sprang Jhikik von Kashatoks Schulter auf den Tisch und auf Emmys Schoß und gab ein warnendes Kreischen ab. Chigs blickte finster drein und zog seine Hand zurück. Diese scharfen Zähne hatten ihn schon so oft erwischt, dass Chigs die Warnung des kleinen *Tunraks* ernstnahm.

Emmy räusperte sich und streichelte über das weiche Fell des Tieres. „Oh, du bist so ein Süßer!"

Ihr Lächeln motivierte Chigs sekundäres Herz zu einem kleinen Doppelschlag, den er beunruhigend fand. Er war jedoch erleichtert, dass die Kreatur Emmy gegenüber nicht feindlich gesinnt war und kehrte zu dem Grund seines Aufenthalts in der Kantine zurück. „Kashatok, ich brauche deine Hilfe bei der Organisation einer Mission."

Kashatok runzelte die Stirn. „Was für eine Mission?"

„Um meine Gefährtin zu finden." Chigs erklärte schnell seine Vision und hielt nur kurz inne, als sich Joy ihnen anschloss, indem sie sich neben Kashatok setzte. Sie trug noch ihren Arbeitsoverall und graue Hydraulikflüssigkeit war auf der gebräunten Haut ihres Halses zu sehen. Sie stellte einen Teller mit einem grünen Haufen auf den Tisch vor ihr.

Kashatok legte seinen Arm um sie und zog sie an sich, während seine andere Hand nach dem Rum griff. „Iss das nicht", murmelte er in ihr kurzes, dunkles Haar.

Chigs spürte bei dem Bund des Paares einen Anflug von Eifersucht, erinnerte sich aber daran, dass seine Mission ihm schon bald eine eigene Gefährtin bescheren würde. Er beendete seine Zusammenfassung mit: „Wir denken, das Kartell könnte zusätzliche Informationen über den Standort des Labors haben."

Kashatok schüttelte langsam den Kopf. „Du willst, dass ich wegen eines Traumes einen Vertrag mit dem Kartell schließe?" Er nahm einen Schluck von der Flasche. „Ich weiß, dass wir im Moment keine Mission anstehen haben, Chigs, aber das ist ein ziemlich großes Risiko für etwas so Ungewisses. Gäbe es Beweise und Fakten … dann vielleicht. Aber ein Traum?"

Emmy fügte hinzu: „Es ist ein Risiko; jedoch ist es möglich, dass der Traum auf Erinnerungen basiert, die tief im Bewusstsein verborgen sind und somit Hinweise auf Syndicorp-Aktivitäten enthalten. Ich habe an Pods gearbeitet, wie er sie beschreibt. Sie waren in einer Einrichtung in der Nähe von Nunum-qa."

„Es ist kein Traum. Ellam Cua hat mir eine Vision

geschickt." Chigs' Brust blähte sich mit Gewissheit auf. „Sie führte mich zu Emmy, und sie –"

Tovik rutschte neben Chigs und blickte mit einem wehmütigen Gesichtsausdruck an ihm vorbei zu Emmy. „Habe ich das richtig gehört? Du und Emmy seid Gefährten? Glückwunsch."

Chigs erkannte, dass mehr von der Crew jetzt vom anderen Tisch zuhörten und wahrscheinlich zu ähnlichen Schlussfolgerungen gekommen waren. *Usviiqe!* Das sollte er besser schnell aufklären. „Emmy ist nicht meine Gefährtin, Junge, also hast du immer noch eine Chance."

Emmy erstarrte und boxte Chigs gegen die Schulter. „Tovik und ich hatten diese Diskussion bereits, Chigs. Wir sind nicht kompatibel." Sie schenkte Tovik ein Lächeln, damit die Zurückweisung nicht zu sehr wehtat. „Ich freue mich jedoch, ihn als Freund zu haben."

Kashatok schob den Rum mitfühlend zu dem Jungen, und Tovik lächelte ihn angespannt an, bevor er einen langen Zug nahm.

Chigs fühlte sich schlecht, weil er sowohl Emmy als auch Tovik in Verlegenheit gebracht hatte, sodass er schnell fortfuhr: „Ich kann fühlen, wie mich meine Gefährtin durch unsere göttliche Bindung zu sich ruft. Sie ist in einem dieser Pods, die Dollards Leute mitgenommen haben, als sie geflohen sind."

Tovik senkte die Flasche, und seine roten Augenbrauen zogen sich verwirrt zusammen. „Also hast du sie noch nicht getroffen? Ich dachte, man bräuchte physischen Kontakt, um die Verbindung herzustellen."

„Ellam Cua hat mich mit einer Vision gesegnet. Ich glaube fest dran." Chigs konzentrierte sich wieder auf Kashatok. „Ich hoffe darauf, dass Kashatok das Kartell kontaktiert und fragt, ob sie etwas über das Labor in meiner Vision wissen."

Kashatok verschränkte die Arme über seinem langen Bart. „Ich möchte nicht an dir zweifeln — oder an Ellam Cua —, aber ich bin mir nicht sicher, ob dies so klug ist. Das Kartell um Hilfe zu bitten, ist teuer." Er lenkte seine Aufmerksamkeit auf die Crew, die vom anderen Tisch aus zuhörte. „Was denkst du, Qaiyaan? Doug?"

Emmy unterbrach ihn: „Kann Doug uns nicht einfach das Geld wie üblich durch Hacken besorgen?" Sie sah zu dem Cyborg-Mann. „Ich denke, wir sollten sie zumindest fragen."

Bei ihrer Unterstützung wurde es Chigs ganz warm um seine Herzen.

„Wie passt das Kartell in all das?", fragte Marlis hinter ihnen. Chigs schaute über seine Schulter, wo die Waffenexpertin mit den Händen auf den Hüften stand. „Ich dachte, auch sie wären unsere Feinde."

Lisa meldete sich vom anderen Tisch und ihre Stimme war bitter: „Das sind sie. Das Kartell ist genauso rücksichtslos und unzuverlässig wie Syndicorp und zwingt Kolonien, Schutzgeld zu zahlen, handelt in Sklaven und ermordet ganze Familien, um seine Geheimnisse zu bewahren. Wir täten gut, uns daran zu erinnern."

Noatak stand auf und führte Marlis zu Emmy, sodass sie sich neben sie setzen konnte. „Die Beziehung zwischen dem Kartell und der Rebellion ist ... kompliziert. Manchmal stimmen unsere Interessen überein, manchmal tun sie es nicht." Er lehnte sich vor, um Kashatok direkt anzusprechen. „Wir können es uns nicht immer leisten, wählerisch zu sein, wenn es um unsere Verbündeten geht. Wenn dies eine Spur ist, sollten wir ihr folgen."

Die Türen der Kantine glitten auf und zeigten Mek und Rashana. Als sie sahen, wie sich die Gruppe um den Tisch sammelte, eilten sie herüber. Na ja, Rashana watschelte in den späten Stadien ihrer Schwangerschaft. „Tut mir leid, dass wir zu spät sind", sagte Mek und schüttelte den Kopf, als Kashatok den Rum anbot. „Wir wurden in der Krankenstation aufgehalten."

„Wir bekommen ein Mädchen!", verkündete Rashana und streichelte mit der Hand über ihren runden Bauch. Ihr goldenes Gesicht strahlte vor Aufregung und ihre Wangen färbten sich rot, als jeder seine Glückwünsche aussprach. Sie war ein Mensch-Denaida-Hybrid, und ihr Baby war seit zwei Jahrzehnten das erste in der Rebellion – und hoffentlich nicht das letzte.

Ihre Erscheinung erinnerte Chigs, dass mehr auf

dem Spiel stand, als nur seine Gefährtin zu finden. Das Schicksal des Denaida-Volkes hing in der Schwebe.

Chigs machte dort weiter, wo Noatak aufgehört hatte, und sagte: „Wir sind uns also einig. Kashatok wird sich mit dem Kartell in Verbindung setzen."

Toviks Fingerspitzen trommelten einen schnellen Rhythmus auf die Tischplatte. „Anstatt das Kartell direkt zu kontaktieren, warum hackt sich Doug nicht ins Darknet? Scheint mehr Erfolg zu versprechen."

Alle Augen wandten sich erwartungsvoll dem Cyborg zu, der der mächtigste Cyberempfindliche war, den es gab. „Ich schaue schon", sagte Doug und sein grünes, kybernetisches Auge blitzte auf, als er die Datenbanken durchsuchte. Chigs staunte über die Leichtigkeit, mit der er überall in der Galaxie ein Computersystem hacken konnte. „Gibt es einen Namen für diese Pods?"

„Ja", sagte Emmy. „Synaptische Alterationskammern — kurz SAK-Einheiten. Syndicorp benutzte sie, um an Gefangenen zu experimentieren."

Der Raum verstummte, bis Doug das Wort erhob: „Ich habe Informationen zu zwei Laboren mit SAK-Einheiten gefunden. Einmal auf Nunam-qa und dann auf einem Mond, der Xeranis umkreist. Die Projekte wurden vor fast einem Zyklus refinanziert. Berichten zufolge wurden die Labore demontiert. Ich habe auch den Direktor des Labors auf Xeranis identifiziert, einen Mann namens Dr. Dafari. Er lebt jetzt auf Aleigh."

„Dafari?" Emmy schnappte nach Luft.

Chigs drehte sich zu ihr um. „Du kennst ihn?"

„Kann man so sagen." Chigs konnte den zusammengekniffenen Ausdruck in ihren Augen und die Röte in ihren Wangen nicht interpretieren. Einige Denaidaner konnten ihre ionische Kraft nutzen, um Herzschlag und Temperatur bei anderen auszumachen, und somit die Emotionen einer Person wahrnehmen, aber Chigs hatte diese Fähigkeit nicht. Seine Talente lagen in roher Gewalt.

Emmy räusperte sich, bevor sie fortfuhr: „Er ... er war mein Verlobter." Sie griff nach der Flasche Rum und nahm einen großen Schluck. „Ich kann nicht glauben, dass er am Ende der Direktor für dieses Projekt wurde. Anscheinend ist er schneller in den Rängen aufgestiegen als jeder andere, den ich kenne."

Chigs' Herzen setzten einen Schlag aus. *Emmy hat bei Syndicorp eine alte Flamme?* Der Gedanke gefiel ihm nicht, aber nun ergab es Sinn, warum sein Traum ihn zu ihr geführt hatte. „Besteht die Möglichkeit, dass du ihn kontaktierst und so herausfindest, was er weiß?"

Emmy kaute auf ihrer Unterlippe und es war auf ihrem blassen Gesicht eindeutig zu erkennen, dass sie diesem Vorschlag reserviert gegenüberstand. „Es wäre seltsam, ihn aus heiterem Himmel zu kontaktieren. Unsere Trennung lief nicht gerade reibungslos ab.

Und wenn er sich auf Aleigh zurückgezogen hat, befindet er sich jetzt mitten im Syndicorp-Sektor."

Enttäuschung legte sich schwer auf Chigs' Schultern. Schon wieder eine Sackgasse. Und jeder vorübergehende Moment erhöhte die Wahrscheinlichkeit, dass er seine Gefährtin für immer verlor. Emmys braune Augen zeigten Bestürzung, und für einen Augenblick fühlte er mit ihr. Hatte sie geglaubt, Dafari sei ihr Gefährte?

„Ich weiß!", rief Tovik. „Mek und ich können als Syndicorp-Ärzte undercover gehen und diesen Dafari-Typ weglocken, damit wir ihn zwingen können, den Standort des Labors zu verraten. Wir werden ihm sagen, dass wir ein vertrauliches Projekt haben, das er beaufsichtigen soll. Alles, was wir brauchen, sind Laborkittel und einige gefälschte Referenzen." Er drückte die Schultern durch. „Ihr könnt mich Dr. Vortex nennen."

Um den Tisch herum brach Gelächter aus. „Tovik, ich bewundere deine Fantasie", sagte Qaiyaan, „aber selbst wenn wir dich in einen Laborkittel stecken, würdest du nicht als Arzt durchgehen. Du bist Denaidaner. Es gibt keine Denaidaner auf Aleigh."

Mek gluckste. „Vor allem keine mit einem Namen wie Dr. Vortex."

„Gut, dann lasst euch selbst etwas einfallen", grummelte Tovik und verschränkte die Arme vor der

Brust. „Ich dachte nur, du willst vielleicht Verstärkung."

Mek schüttelte den Kopf. „Egal, was du dir ausdenkst, ich kann dieses Mal nicht helfen. Es tut mir leid. Das Baby könnte jetzt jeden Tag kommen, und ich bin der einzige Arzt in der Flotte."

„Wenn jemand geht, sollte ich es sein", sagte Chigs. „Ich werde mich mit einer Kapuze oder so verkleiden."

Kashatok schnaubte. „Mit einer Kapuze? Zudem hast du kein medizinisches Fachwissen. Glaubst du wirklich, du könntest als Arzt durchgehen?"

Chigs schaute finster drein, erfüllt von seinen eigenen Zweifeln. „Das ist der einzige Plan, den wir haben, und ich würde einfach alles tun, um meine Gefährtin zu finden."

Emmy unterbrach ihn: „Dafari ist zu schlau, um auf einen derartigen Plan hereinzufallen, selbst wenn wir jemanden schicken würden, der als Arzt überzeugend ist." Sie stellte die Flasche ab und hob trotzig ihr Kinn. „Ich werde gehen. Wir haben auf Aleigh zusammengewohnt, also habe ich die besten Chancen, ihn zu finden und die Informationen zu bekommen, die wir brauchen."

Dankbarkeit strömte durch Chigs. Es war offensichtlich, dass sie den Mann nicht wiedersehen wollte, und doch wollte sie es für diese Mission riskieren. Er legte eine Hand auf ihre Schulter. Wie zerbrechlich sie sich doch unter seiner Handfläche anfühlte, als er sanft drückte. „Danke, Emmy."

Sie zuckte mit den Schultern. „Ich bin nur froh, dass ich meinen Teil zur Rebellion beitragen kann."

Chigs' Brust verkrampfte sich, als er erkannte, dass er nichts über diesen Dafari wusste. Emmy könnte in Gefahr geraten. Erneut drückte er sanft ihre Schulter. „Ich begleite dich als dein Leibwächter."

Emmy schüttelte den Kopf. „Nein. Es wäre seltsam, wenn ich mit einer bewaffneten Wache auftauchen würde. Außerdem stimmt es, dass es auf Aleigh keine Denaidaner gibt."

„Aber du kannst nicht alleine gehen", beharrte er. „Ich würde es mir nie verzeihen, wenn du verletzt würdest. Lass mich als dein Leibwächter auftreten. Ich werde die volle Kampfausrüstung anziehen und meinen Kopf mit einem Helm bedecken."

„Das würde Dafari uns niemals abkaufen", sagte sie.

„Was ist, wenn ich eine Verkleidung für dich herstelle?", bot der Cyborg namens Emilryde vom anderen Tisch an. „Ich entkam den Sexsklavenzellen auf Enays, indem ich mich als Mensch verkleidete. Bedecke deine Haut mit Make-up, rasiere deinen Bart und –"

„Ich rasiere meinen Bart nicht", unterbrach Chigs ihn. Er hatte Jahre gebraucht, um seinen Bart genau so hinzubekommen, wie er ihn mochte. „Menschen haben Bärte."

Emilryde verzog das Gesicht. „Nicht wie ihr Denaidaner."

„Du musst dich nicht rasieren", sagte Joy. „Ich habe hin und wieder undercover für RealTime News gearbeitet. Wenn wir dich mit holoreflektierender Farbe bedecken, können wir einen tragbaren Projektor verwenden, um dein Gesicht zu verändern und den Bart zu verstecken."

„Okay", sagte Chigs. „Das klingt vernünftig."

„*Assirpaa!*", entgegnete Tovik. „Das hört sich nach viel Spaß an. Ich will auch mitmachen!"

Emilryde erhob sich von der Bank. „Dann ist das geklärt. Ich werde mich daran machen, die passende Holo-Farbe anzurühren."

Chigs nahm noch einen Schluck von dem Rum. Er war sich nicht sicher, was genau an der Sache spaßig klang, aber zumindest durfte er seinen Bart behalten.

KAPITEL VIER

Emmys Stiefel klickten über den polierten Metallboden, ein schnelles Staccato zu dem Geräusch, das Chigs bei seinen Schritten machte. Seine dunklen Zöpfe schwangen bei jeder seiner Gesten, als er über deren bevorstehenden Pläne sprach. Sie hörte ihm kaum zu.

Sie hatten gerade die Kantine verlassen, und der Rum summte warm durch ihre Venen. Die Entdeckung, dass ihr Ex zum Direktor des SAK-Programms befördert worden war, hatte sich wie ein Schlag ins Gesicht angefühlt. *Eine Beförderung. Natürlich.* Sie erinnerte sich an den Ausdruck der Verachtung in seinem Gesicht, als sie die Ethik ihrer Tests in Frage gestellt hatte. Dafari gehörte nicht zu den Menschen, die sich von einer Ethikfrage eine Beförderung entgehen lassen würden.

Ihre Vergangenheit mit Dafari wieder ans Licht zu

holen, war schmerzhaft gewesen, nur bekam sie das Bild von Meks großer Hand, die sich zärtlich auf Rashanas Babybauch gelegt hatte, nicht aus ihrem Kopf – seine freundlichen Augen, sein warmes Lachen. Warum fühlte sie sich stets von Männern angezogen, die nicht verfügbar waren? Der Schmerz in ihrem Herzen pulsierte.

Dummes Mädchen. Mek mit seiner neuen Liebe zu sehen, zündete bei ihr den Wunsch, zu fliehen. Sie hatte sich freiwillig für die Mission gemeldet, bevor ihr Gehirn verarbeiten konnte, dass sie damit eine schmerzhafte Erinnerung gegen eine andere eintauschte. Mek war ein unerfüllter Traum. Dafari wäre fast ihre Zukunft geworden ...

Und jetzt stand sie kurz davor, ihm erneut gegenüberzustehen – in der Hoffnung, die streng geheimen Informationen aus ihm herauszubekommen, die letztendlich zu ihrer Trennung geführt hatten.

Was läuft falsch mit mir? Es musste der Rum sein. Warum sollte sie sich sonst für diese haarsträubende Mission freiwillig melden? Das und Chigs' Entschlossenheit, mit einem Plan fortzufahren, der ihn mit Sicherheit umbringen würde.

„Emmy?" Chigs' Stimme zog sie zurück in die Gegenwart. Seine Augen verengten sich vor Sorge. „Geht es dir gut? Du scheinst ... mit deinen Gedanken ganz woanders?"

„Mir geht's gut", log sie, berührt von seiner

mitfühlenden Art. „Ich bin nur besorgt über die Mission."

Chigs musterte ihr Gesicht. „Ich habe gefragt, ob du mir mehr über Dafari erzählen könntest?"

„Oh." Emmys Brust verkrampfte sich. *Über deine Gefühle zu sprechen, ist der einzige Weg, sie loszulassen.* Zumindest fragte er sie nicht nach ihrer Arbeit an dem Projekt. Sie seufzte und nickte. „Natürlich."

„Was ist sein Hintergrund?", fragte Chigs, als sie auf dem Weg zum Wohnbereich um eine Ecke bogen.

„Dafaris Eltern sind hochrangige Syndicorp-Unterstützer, und einige Leute behaupten, dass er aufgrund ihres Einflusses so schnell aufgestiegen ist. Ich muss aber sagen, dass er ein exzellenter Neurowissenschaftler ist." Sie konnte die Verbitterung nicht aus ihrer Stimme fernhalten. „Er ist jedoch besessen von Erfolg – Geld, Status, Prestige."

„Sind deine Eltern auch Syndicorp-Unterstützer?"

Sie schüttelte den Kopf. „Nein. Mein Vater ist Professor an einer kleinen Universität und meine Mutter ist Krankenschwester. Sie leben in einer Kolonie auf Candigas. Als Syndicorp mich jedoch rekrutierte, waren sie begeistert."

„Mochten sie Dafari?"

Emmy hatte Dafari nur einmal mit nachhause gebracht, um ihn ihren Eltern vorzustellen. Sie waren ... nett gewesen, aber sie hatte in der Luft eine spürbare Spannung wahrgenommen – beide schienen sich nicht sicher gewesen zu sein, was sie von dem hochrangigen Arzt oder seinen Ambitionen halten sollten. Kurz bevor Emmy und Dafari nach Aleigh zurückkehren sollten, zog ihre Mutter sie zur Seite und sagte ihr, sie solle nicht zulassen, dass materielle Dinge ihr Urteilsvermögen trübten. Und das passte genau auf Dafari.

„Sie waren freundlich“, sagte Emmy. „Ich bezweifle allerdings, dass sie ihn mochten.“

„Aber du hast ihn geliebt?“

Sie wandte ihren Blick ab. Es war ihr ein bisschen unangenehm, als sie sich daran erinnerte, wie schnell sie auf seinen Sinn für Humor und seine scharfsinnige Art hereingefallen war. „Er ist sehr charmant.“

„Was ist zwischen euch passiert?“, fragte Chigs in einem sanfteren Ton.

„Er ist derjenige, der mir die Position im SAK-Projekt verschafft hat. Als ich herausfand, was sie dort tun, versuchte ich, ihn dazu zu überreden, mit mir zu kündigen und unsere akademische Ethik nicht zu verraten. Er bestand darauf, dass Syndicorp es zum Wohle der Allgemeinheit tat. Dann hat er unsere Verlobung gelöst.“ Ihre Kehle schnürte sich zu. Sie erinnerte sich an den kalten Ausdruck auf seinem Gesicht, als er die Nachricht überbracht hatte. „Er sagte, wenn ich nicht an das Projekt glaube, könnten wir nicht zusammen sein − dass ich nur eine Ablenkung wäre und er sich auf seine Arbeit konzentrieren musste.“

Chigs entließ ein wütendes Geräusch, unterbrach sie aber nicht.

„Also habe ich noch an diesem Abend meine Sachen gepackt und bin verschwunden." Erinnerungen an die Wohnung, die sie geteilt hatten, rollten ihr durch den Verstand. Die weiß-goldenen Handtücher. Die Tagesdecke aus Seide, die sie für das Bett gekauft hatte. Das abstrakte Gemälde, das er ihr zu ihrem Geburtstag geschenkt hatte und so gar nicht ihr Stil gewesen war. „Am nächsten Tag, bevor ich überhaupt zur Arbeit erscheinen und meine Kündigung einreichen konnte, erhielt ich die Nachricht, dass ich aus dem Projekt entfernt wurde – und die Erinnerung an meine Geheimhaltungs-vereinbarung." Sie starrte beim Laufen auf das Deck, denn sie wollte nicht, dass Chigs die Tränen sah, die in ihren Augen glitzerten. „Danach habe ich ein paar Stellenangebote in anderen Abteilungen erhalten, aber ich wollte nicht mehr für Syndicorp arbeiten."

Als sie an der breiten Tür zum Aussichtsdeck vorbeikamen, spürte sie warme Finger um ihre Hand. Chigs drückte sanft, bis sie sich etwas beruhigte. Nach einer Weile schaffte sie es, ihm in seine freundlichen Augen zu schauen. „Wir freuen uns, dass du dich uns angeschlossen hast, Emmy. Ich bewundere deine Tapferkeit und deine Integrität."

Sie drückte seine Finger, bevor sie sich zurückzog und durch die Tür ging, wo die Sterne auf sie warteten. „Danke. Ich wünschte nur, ich hätte die Experimente stoppen können."

„Wir alle haben etwas, wofür wir uns schuldig fühlen." Seine Stimme war voller Bedauern. „Als ich für Syndicorp als Trooper gedient habe, folgte ich Befehlen, ohne diese zu hinterfragen. Ich vertraute darauf, dass unsere Führungskräfte das Richtige tun. Es ist gut möglich, dass ich, ohne es zu wissen, in der Nähe von Denaida-Frauen gewesen bin. Vielleicht war es sogar meine Gefährtin."

„Das hättest du nicht wissen können. Es ist nicht deine Schuld."

Er seufzte. „Vielleicht nicht. Trotzdem empfinde ich Reue. Ich werde alles tun, um meine Gefährtin und die anderen Denaida-Frauen zu finden. Und ich bin dankbar, dich an meiner Seite zu wissen."

Emmy drückte die Schultern durch. Sie beneidete die Denaidaner um die Gewissheit, dass ein perfekter Gefährte auf sie wartete. Ihre eigenen romantischen Hoffnungen waren zu oft zu Staub zerfallen, um diesen Glauben zu haben, aber zumindest könnte sie Chigs von Nutzen sein. „Ich bin froh, dass ich helfen kann."

Sie wandten sich vom Blick auf die Sterne ab und gingen weiter zum Quartier der Besatzung, bis sie eine Gabelung erreichten. „Ich muss hier lang", sagte sie.

Chigs zeigte in die andere Richtung. „Für mich geht es da lang." Er drehte sich zu ihr um, sein

Gesichtsausdruck ernst. „Emmy, nochmals vielen Dank, dass du an meine Vision glaubst. Das bedeutet mir mehr, als ich sagen kann."

Emmy spürte tief in ihrer Brust einen Schmerz der Sehnsucht, einen Schmerz nach etwas, von dem sie wusste, dass sie es nie haben würde – einen Gefährten wie Chigs. Er war nicht nur sexy – so wie jeder Denaidaner –, er war zudem auch stark, loyal und mutig. Alles, was man sich von einem Partner wünschte. Zumindest wusste sie diesmal im Voraus, dass er bereits für eine andere vorgesehen war.

„Ich helfe dir gerne, Chigs", antwortete sie und versuchte, ihre Stimme ruhig zu halten. „Aber hier geht es um mehr als um dich und deine zukünftige Gefährtin. Die gesamte Rebellion will diese Frauen retten, eingeschlossen mir."

Mit einem Nicken wandte sich Chigs dem Korridor zu, der zu seinem Quartier führte, und ließ Emmy allein zurück. Auf dem Weg zu ihren eigenen Räumlichkeiten fühlte sich jeder Schritt schwerer an als der letzte. Sie fürchtete sich davor, Dafari wiederzusehen – wenn sie überhaupt ein Treffen arrangieren könnte. Er war sehr entschlossen gewesen, sie loszuwerden. Was, wenn er sich weigerte, mit ihr zu sprechen?

Verlegenheit erhitzte ihre Wangen, als sie über diese Möglichkeit nachdachte. Chigs' Hoffnungen beruhten nicht nur auf ihrer Fähigkeit, dies zu erreichen, sondern auch auf der Crew, die sich bemühte, alles für ihn möglich zu machen. *Positive Gedanken, Emmy*. Sie zwang sich, sich das Gegenteil vorzustellen – eine Welt, in der Dafari sie mit offenen Armen begrüßte, ihr sagte, dass er bedauerte, was er gesagt hatte, und sich den Rebellen anschließen wollte, um Syndicorp in die Knie zu zwingen.

Sie schnaubte bei dem Gedanken, hielt vor ihrer Tür an und starrte auf das Wandbild bestehend aus leuchtenden Blumen. Es sollte Freude bereiten, aber die grellen Farben schienen sich alle zu beißen. Seufzend wandte sich Emmy ab, da sie wusste, dass sie zu nervös war, um schon ins Bett zu gehen und zu schlafen.

„Typische subklinische Depression“, diagnostizierte sich Emmy mit geübter Leichtigkeit. Sie wusste es besser als jeder andere, dass es zu einer Katastrophe führen konnte, wenn sie ihre Emotionen zu lange für sich behielt. Ein Gespräch mit einem Freund war von Nöten.

Sie drehte sich in die Richtung, aus der sie gekommen war, und nahm den Aufzug zum Schießstand. Dort würde sie höchstwahrscheinlich Marlis finden, und genau nach ihr sehnte sich Emmy.

Die Tür zum Schießstand glitt auf, gerade als eine Pulswaffe gefeuert wurde. Auf der anderen Seite des Raums entdeckte sie Marlis' platinblonden Kopf. Ihre Füße hatten einen sicheren Stand und sie hielt ein langes Gewehr an ihrer Schulter. Von kürzlich abgefeuerten Bolzen lag ein metallischer Geruch in der Luft, während holografische Ziele über die hintere Wand flogen und selbst die geschicktesten Schützen herausforderten.

„Würde es dir etwas ausmachen, wenn ich dir Gesellschaft leiste?", rief Emmy ihrer Freundin zu.

Marlis senkte das Gewehr und schaute mit einem breiten Lächeln über ihre Schulter. „Hey! Was machst du hier? Brauchst du eine Lektion im Schießen, bevor du deine Mission antrittst?"

„Warum nicht", antwortete Emmy und sie trat nach vorn, um die von Marlis angebotene Ersatzpistole zu akzeptieren. Vielleicht würde eine kleine Schießübung ihr das Gefühl geben, weniger hilflos zu sein.

Marlis erinnerte sie an die Grundlagen – wie man eine Waffe hielt, wie man einen Schuss ausrichtete – und schon visierte sie das Ziel an, das wie die Silhouette eines Menschenmannes geformt war. „Stell dir jetzt vor, dass das dein Drecksack eines Ex-Verlobten ist und drücke den Abzug."

Emmy zielte und feuerte acht Schüsse in schneller Abfolge, und jeder einzelne ging daneben. Ihr Arm sank an ihre Seite. „Fuck!"

„Oh, Scheiße", sagte Marlis, nahm die Pistole und legte sie beiseite, bevor sie Emmy in eine Umarmung zog. „Du bist aufgebracht. Was ist los?"

„Ich verliebe mich immer in den falschen Mann", sagte Emmy mit zusammengebissenen Zähnen. „Erst Dafari, dann Mek. Niemand will mich. Ich schätze, ich muss einfach akzeptieren, dass ich dazu bestimmt bin, allein zu sein."

„Emmy, du bist ein Fang." Marlis rieb über ihren Rücken. „Du wirst jemanden finden, wenn die Zeit reif ist. Hör auf, dich mit der Vergangenheit zu beschäftigen, und konzentriere dich auf die Zukunft."

„Du meinst die Zukunft, in der ich mich meinem Ex stellen muss?" Emmy runzelte die Stirn und zog sich zurück. „Ich kann nicht glauben, dass ich mich freiwillig dafür gemeldet habe."

Marlis verzog das Gesicht. „Betrachte es als deine Chance, ihn den Tag bereuen zu lassen, an dem er dich hat gehen lassen." Sie glitt mit den Fingerspitzen über den Lauf ihres Gewehrs. „Und Chigs ist ziemlich nett anzusehen. Wenn ich nicht schon mit Noatak zusammen wäre ..."

„Marlis!", rief Emmy. „Der Sinn der Mission besteht darin, seine Gefährtin und andere Denaida-Frauen zu retten. Erinnerst du dich?"

„Richtig, richtig", murmelte Marlis und blickte verlegen drein. „Habe ich vergessen. Aber trotzdem ... noch hat er sich mit niemandem gepaart, und alles kann passieren, wenn zwei Leute in eine gefährliche Situation kommen."

Emmy entließ einen resignierten Seufzer. „Er ist eindeutig für jemand anderen bestimmt." Sie hob die Pistole auf und wog die Waffe in ihrer Handfläche. „Außerdem habe ich beschlossen, mich nie wieder zu verlieben. Vor allem nicht in einen Denaidaner. Wenn diese Mission erfolgreich ist, werden sie Frauen ihrer eigenen Spezies haben, mit denen sie sich paaren wollen."

„Sag niemals nie, Emmy. Niemand weiß, was die Zukunft bringt." Marlis streckte die Hand aus und entsicherte Emmys Pistole, bevor sie auf das Ziel an der gegenüberliegenden Wand zeigte. „Gehe das Leben an wie das Schießen. Ein Schuss nach dem anderen, okay?"

Emmy nickte. Marlis hatte Recht. Der einzige Weg, mit irgendetwas voranzukommen, war Schritt für Schritt. Sie stabilisierte ihre Hand, drückte den Abzug und sah zu, wie das Ziel in einem Funkenschauer ausgelöscht wurde. Ein dürftiges Gefühl der Befriedigung durchströmte sie. *Ein Schuss nach dem anderen.* Sie hoffte nur, dass sie genug Munition hatte.

KAPITEL FÜNF

Chigs versuchte, seine Nase nicht zu rümpfen, als die klebrige Farbe mit dem Holo-Effekt auf seinem Gesicht, Bart und Haar trocknete. Das Zeug roch metallisch und löste unter seinem Bart einen Juckreiz aus, war aber besser als der anhaltende Duft von Schweiß und abgestandenem Eau de Cologne in der Umkleidekabine an Bord. „Warum brauche ich die Farbe gleich noch?"

„Der Projektor braucht eine reflektierende Oberfläche, um richtig zu funktionieren", sagte Joy. Sie half Emmy durch den Inhalt mehrerer verlassener Schließfächer und suchte für ihn nach menschlicher Kleidung. Sie hätten ein paar Kleidungsstücke programmiert, aber Tovik hatte kürzlich versucht, die Modereplikatoren der Icarus aufzurüsten und das System versehentlich offline geschaltet.

„Dieses Pigment passt zu der für dein Gesicht

programmierten Hautfarbe", sagte Emilryde, als er Chigs eine braune Paste auf die Hände rieb. „Wie die Holo-Farbe sollte sie fast eine Woche lang halten. Zur Entfernung wirst du ein Lösungsmittel verwenden müssen."

„Danke." Chigs wusste wenig über Emilryde, außer dass er ein Enayshuaner war, höchstwahrscheinlich ein Adeliger, angesichts der goldenen Staubpartikel, die auf seiner dunklen Haut glänzten. Zumindest schien er zuversichtlich, wenn es um die passende Verkleidung für Chigs ging. Chigs fragte sich, wie Emilryde auf Enays in den Sklavenunterkünften gelandet war, wollte aber nicht neugierig wirken. „Bist du sicher, dass mein Bart und meine Haare kein Problem darstellen?"

Joy kam zu ihm und legte eine Kette mit einem kleinen silbernen Anhänger um Chigs Hals. „Warum probieren wir es nicht aus?"

Ein schwach schimmerndes Feld umhüllte Chigs, und er hörte Emmy nach Luft schnappen. Als er in den Spiegel schaute, waren sein dunkler Bart und seine langen Zöpfe verschwunden, ersetzt durch kurz geschnittenes, sandbraunes Haar und einen glattrasierten Kiefer. Chigs drehte seinen Kopf von einer Seite zur anderen und die Finger gingen zu seinem Bart. Sein Spiegelbild strich über den leeren Raum unter seinem Kinn. Wenn er es nicht besser wüsste, würde er denken, dass er in das Gesicht eines fremden Menschen starrte.

Joy pfiff zufrieden. „Wow. Tovik hat sich wirklich selbst übertroffen. Solange sich Chigs keinen Ärger einhandelt, wird er nicht auffallen."

„Lass einfach die Finger vom Bart", fügte Emilryde hinzu. „Sonst werden die Leute vielleicht misstrauisch."

„Außerdem hält die Ladung des Projektors nur ein paar Tage an", sagte Joy. „Du musst ihn regelmäßig aufladen."

Er nickte und ließ die Hand fallen. Sich daran zu erinnern, seinen Bart nicht zu berühren, würde schwierig werden.

Emmy trat beeindruckt nach vorne und hielt eine dunkle Hose und ein gelbes Hemd aus einem leichten Stoff hoch. „Die sollten passen. Alles, was du jetzt noch brauchst, ist eine überzeugende Hintergrundgeschichte, die zu deiner Verkleidung passt."

Twerp, die von der Seite alles beobachtet hatte, schlug voller Begeisterung in ihrer Roboterstimme vor: „Wie wäre es, wenn ihr euch als Frischvermählte auf einem romantischen Kurzurlaub ausgebt?"

Chigs rollte mit den Augen. „Das ist die schlimmste Coverstory, die ich je gehört habe."

Emmy tippte nachdenklich an ihr Kinn, ein berechnendes Funkeln in ihren Augen. „Eigentlich … Dafari könnte glauben, dass ich zurückgekommen bin, um ihn mit meinem neuen Mann eifersüchtig zu machen. Zumal du auch so schön groß bist."

„Ha! Ja!" Joy gluckste. „Junge, vermisse ich die Undercover-Arbeit." Sie musterte Chigs erneut. „Nur begann eure gemeinsame Zeit nicht als Frischvermählte. Ihr braucht eine Vorgeschichte."

Die ganze Nacht hatte er sich in dem Punkt Sorgen gemacht. „Meine Eltern waren Bauern auf Denaida-daru, also weiß ich über dieses Thema ein bisschen und muss es mir nicht aus der Nase ziehen. Wie wäre es also, wenn ich von einer landwirtschaftlichen Kolonie komme?"

„Jarboa?", bot Joy an. „Klein und liegt außerhalb des Syndicorp-Sektors."

„Jarboa. Klingt gut." Chigs nickte.

„Das ist eine großartige Idee", sagte Emmy. „Dafari hat kein Interesse an Outback-Kolonien oder Landwirtschaft."

Froh, dass sie einverstanden war, fuhr er fort: „Ich verließ mein Zuhause, um mich den Troopern anzuschließen, und arbeitete mich zum hochdekorierten Officer hoch. Ich habe einmal eine gewagte Rettungsmission geleitet, um Geiseln vor einer Outlaw-Gruppe zu retten."

Joy zog eine skeptische Augenbraue hoch. „Vielleicht sollten wir jede Verbindung zu Troopern rauslassen."

„Ich denke, es geht in Ordnung", sagte Emmy. „Dafari war nie jemand, der auf militärische Einsätze Wert legte, also glaube ich nicht, dass er Fragen stellen wird. Und es ist eine gute Erklärung dafür, wieso

Chigs die Kolonie verlassen hat." Sie zwinkerte ihm zu. „Außerdem weiß er, dass ich schon immer ein Faible für Soldaten hatte. Wir werden sagen, dass wir uns kennengelernt haben, gleich nachdem du deinen Dienst beendet hast."

Obwohl er wusste, dass sie über eine fiktive Vergangenheit sprachen, gab es etwas an der Art, wie sie ihn ansah, das ihm das Gefühl gab, ein Held zu sein. Er hielt an diesem Gefühl fest, da ihm klar war, dass es helfen würde, seine Verkleidung noch überzeugender zu verkaufen. Er erwiderte ihr Zwinkern. „Und ich für kluge Frauen."

Sie errötete, drehte sich zu den Schließfächern um und murmelte etwas darüber, Schuhe in der richtigen Größe finden zu müssen.

„Also gut", räumte Joy mit einem Grinsen ein. „Ein Bauer, der zum Helden wurde. Denk nur daran, diesen Charme in Schach zu halten, Chigs, oder die Frauen werden an dir kleben."

Er runzelte die Stirn und wandte sich von Emmy ab. „Aber ich bin doch verheiratet!"

Emmy und Joy lachten beide. „Für einige Frauen wird dich das noch attraktiver machen", sagte Emmy.

„Ihr braucht auch eine Geschichte darüber, wie ihr euch kennengelernt und verliebt habt." Twerp seufzte und verwob ihre Metallfinger vor ihrem Gehäuse. „Menschen stellen Paaren immer Fragen. Wie habt ihr euch kennengelernt? Wann wurde dir klar, dass sie die Richtige ist?" Sie hielt inne.

„Oh!" Sie schaukelte vor und zurück. „Was, wenn ihr euch als Teenager verliebt hättet? Dann wurdet ihr auseinandergerissen, weil eure Familien verfeindet sind, und Jahre später wurdet ihr wieder vereint?"

„Das passt nicht zur Coverstory, Twerp", sagte Emmy. „Dafari weiß, dass ich auf Candigas aufgewachsen bin, und wir sagen, dass Chigs von einer Farmerfamilie auf Jarboa abstammt."

„Oh." Twerps mechanische Arme fielen mit einem Doppelklirren an ihre Seiten.

„Wir lernten uns in einer Raumstation in einer Bar kennen", sagte Chigs bestimmt. „Ein Blick über den überfüllten Raum und … *Bam!* … ich wusste, dass sie die Richtige für mich war."

Emmy lächelte traurig. „Nun ja, ich habe einige zwielichtige Bars besucht, nachdem Dafari und ich uns getrennt hatten."

Chigs' Beschützerinstinkt flackerte bei dem Gedanken in ihm auf, dass Emmy ihre Sorgen in einer Bar ertränkte. Wegen eines Idioten, der sie nicht zu schätzen wusste und sie gehen ließ.

„Was ist mit niedlichen Spitznamen füreinander?", fragte Twerp hoffnungsvoll. „Verliebte Menschen benutzen immer Kosenamen."

Chigs wusste sofort, wie er Emmy nennen wollte. „Wie wäre es mit *Piayagaq*? Es bedeutet ‚kleiner Finger'. Mein Vater hat meine Mutter so genannt, weil sie es geschafft hat, ihn um ihren zu wickeln."

„Wie süß", sagte Emmy mit einer Hand auf dem Herz.

„Ja, aber es ist ganz schön lang." Joy lachte. „Vielleicht sollte er etwas Menschliches benutzen? Schatz oder Süße wären gut."

Chigs' Wangen wurden warm und er nickte. Schließlich verkleidete er sich als Mensch, und seine Zuneigung zu Emmy wäre nicht echt.

Emmy blinzelte ihn mit einem seltsamen Ausdruck an. „Wie wäre es mit *Peanut*? Es klingt ein bisschen wie Pia ... Pia ... was du gesagt hast."

„Peanut", wiederholte Chigs, bevor er in ein Grinsen ausbrach. „Gefällt mir."

Das Geräusch einer sich öffnenden Tür zog die Aufmerksamkeit aller auf sich. Attie, Dougs Gefährtin, kam lächelnd in den Raum. Sie hielt inne und musterte Chigs mit hochgezogenen, blonden Augenbrauen. „Wow. Bist du das, Chigs?" Als er nickte, fuhr sie fort: „Gut gemacht. Doug hat einen Identifikationschip für dich gefälscht. Du bist jetzt Charles Montague. Und er hat auf Aleigh die Flitterwochen-Suite im Starlight Resort gebucht."

„Die Flitterwochen-Suite?", fragte Chigs geschockt. Ihre Tarnung musste authentisch aussehen, aber er hatte nicht daran gedacht, dass sie Zeit allein in einem Raum verbringen würden.

Emmy sah so unbehaglich aus, wie er sich fühlte. „Ergibt Sinn, wenn wir uns als Frischvermählte ausgeben." Sichtlich nervös machte sie sich daran, ausrangierte Kleidung aufzuheben und sie wieder in die Schließfächer zu stopfen. „Und niemand wird wissen, was wir in der Privatsphäre unserer eigenen Suite tun oder … ähm, eben nicht tun."

„Flitterwochen." Emilryde verschränkte die Arme und schnaufte. „Wie seltsam, dem sexuellen Akt so viel Bedeutung beizumessen, dass man daraus ein ganzes Ritual macht."

„Es geht nicht so sehr um Sex als um Intimität", sagte Emmy und ihr Gesicht leuchtete jetzt so pink wie nie.

Chigs verspürte das instinktive Bedürfnis, Emmys Kultur zu verteidigen und fügte hinzu: „Und Menschen sind nicht die einzige Spezies mit einem Isolationsritual für neue Paare."

„Fair", räumte Emilryde ein.

Kashatok steckte seinen Kopf in den Raum. „Wir sind bald am Abladepunkt", kündigte er an. Seine Augen weiteten sich, als sie auf Chigs fielen. „*Assirpaa!* Chigs?"

Chigs grinste und drückte die Schultern durch, als er in den Spiegel schaute und sein menschlich aussehendes Selbst zurückblickte. „Nenn mich Charles."

Mit einem anerkennenden Pfiff deutete Kashatok auf den Flur hinter ihm. „Das Shuttle ist bereit, wann immer ihr es seid. Zur Whylon Station solltet ihr nur ein paar Stunden brauchen."

„Ich bin bereit." Chigs sah zu Emmy. „Du?"

Sie nickte. „Ich muss nur meine Tasche aus meinem Zimmer holen.“

Als sie sich auf den Weg machten, rief Emilryde: „Viel Spaß bei euren Flitterwochen!“

„Sehr lustig“, murmelte Chigs und rollte mit den Augen. Er hatte jedoch das seltsame Gefühl, dass diese Mission ihn auf eine Weise testen würde, an die er nicht im Traum gedacht hätte.

———

Chigs steuerte das Shuttle von der Icarus weg in Richtung des Lichtkegels, der die Whylon Station darstellte. Von dort aus nahmen sie einen kommerziellen Transporter nach Aleigh und festigten so ihre Deckung als Frischvermählte in den Flitterwochen.

Emmy saß neben ihm auf dem Co-Pilotensitz. Aufmerksam musterte sie ihr Datenpad und listete Fakten über Jarboa auf, die sie beide auswendig wissen sollten. Sie hatten beschlossen, dass sie nach den Flitterwochen ihr fiktives Leben auf seinem Planeten beginnen würden. Chigs – jetzt Charles – war jedoch seit einigen Zyklen nicht mehr dort gewesen, sodass sie eine Entschuldigung hatten, wenn es irgendwelche Diskrepanzen in ihrer Geschichte gab.

„Wenn wir auf Aleigh auf jemanden stoßen, den ich kenne, müssen wir als Paar natürlich rüberkommen und als wären wir schon eine Weile zusammen. Wir, ähm …" Emmy kratzte ihre Nase auf diese Weise, die er extrem charmant fand. „Wir werden viel Händchen halten müssen."

„Das klingt doch recht einfach." Er griff nach ihr und umschloss sanft ihre kleine Hand mit seiner großen. Ihre Haut war weich, und eine elektrisierende Empfindung jagte durch ihn, als sich ihre Finger mit seinen verwoben. Chigs' Herzen rasten bei dem Gefühl, und er fragte sich, ob Emmy es auch spürte. „Niemand kann uns jetzt auseinanderreißen. Wir werden uns die Galaxie zusammen ansehen, nur wir beide."

Emmy grinste. „Joy behält also Recht; du bist ein Charmeur."

Er erwiderte ihr Grinsen. Er mochte ihr Kompliment und drückte ihre Hand. „Nur für dich, Peanut."

Ihr Grinsen verwandelte sich in ein wehmütiges Lächeln, und sie zog sanft ihre Hand frei, um sich nach vorne zu lehnen und aus der Scheibe zu schauen. „Da ist die Station."

Er wollte sie fragen, warum sie plötzlich so traurig aussah, war aber gezwungen, sich auf die Steuerung des Shuttles zu konzentrieren, als sich hinter den bunten Lichtern der Whylon Station eine Festung aus Türmen präsentierte. Die Station wurde im Laufe der Jahrhunderte kontinuierlich erweitert und umgebaut, was zu einem wahren Labyrinth geführt hatte. Er war nur einmal auf der Station gewesen, aber er hatte die Andockpläne studiert, damit es beim Finden des Landeplatzes, den Doug für sie arrangiert hatte, nicht zu Problemen gab.

Er manövrierte durch den Verkehr und bahnte sich seinen Weg zwischen den Türmen, wobei er nach Syndicorp-Schiffen Ausschau hielt. Das Kartell kontrollierte Whylon, aber die Station befand sich technisch gesehen im Syndicorp-Sektor und wurde oft als neutraler Boden für den Handel zwischen beiden Parteien genutzt.

Er manövrierte das Shuttle an seinen Platz und betätigte die Andockklemmen. Er erhob sich von seinem Sitz, schulterte ihre Taschen und vermisste sofort das Gewicht einer Pulspistole an seiner Hüfte. Emmy hatte darauf bestanden, dass eine Waffe die Aufmerksamkeit auf sich ziehen würde, also führte er sie im Gepäck mit. Er hatte jedoch an ein Kampfmesser in seinem Stiefel gedacht. Die Whylon Station konnte ein gefährlicher Ort sein.

Als sich die Luftschleuse öffnete, hakte Emmy ihren Arm bei ihm ein, ihre Stimme kaum über das Zischen des stabilisierenden Luftdrucks zu hören. „Es ist Showtime. Bist du bereit?“

„Bin ich“, antwortete Chigs und drückte ihren Arm an seine Seite.

Gemeinsam betraten sie den belebten Weltraumhafen. Verschiedene Arten aus der ganzen Galaxie eilten durch die Korridore, marschierten, schlängelten oder flogen in Schwebewagen. Die meisten waren Händler, aber ein paar Touristen nutzten die Station als Sprungbrett für abgelegenere Regionen der Galaxie. Die Bewohner von Whylon wirkten zumeist recht zwielichtig, und Chigs schlang einen schützenden Arm um Emmys Schultern und zog sie näher, als sie einem Rakwiji-Paar auswichen, das mit ihren langen Klauen durch die Menge pirschte. Er spürte, wie sich die Haare in seinem Nacken aufstellten, als die schuppigen Wesen näher kamen. Für einen Moment fürchtete er, dass seine Verkleidung aufgeflogen war, bis einer von ihnen einen zerbrechlich aussehenden Finofan an der Schulter packte und ihn gegen die Wand schob.

Hinter ihnen brach Geschrei aus, während Chigs' Emmy von dem Gedränge wegführte. Sie kamen an mehreren Läden vorbei, und Emmys Schritte bremsten ab, als sie eine Schaufensterpuppe in einem leuchtend roten Kleid sah. „Oh, wow. Das ist wunderschön."

„Ich werde dir etwas Hübsches kaufen, wenn wir Aleigh erreichen", sagte er laut genug, dass die Leute es hören konnten, als er sie von dem Kleid wegzog.

Sie schien sich zurück in die Realität zu schütteln und ihr Tempo nahm zu, bis sie gezwungen waren, innezuhalten und auf eine lange Reihe von schwer beladenen, sechsbeinigen Yanipa-nimayu zu warten. Die umliegende Menge murrte über die Verzögerung, aber Emmy lehnte sich an ihn, sah ihm in die Augen und lächelte süß. Mit ihrem Lockenkopf erreichte sie kaum sein Schlüsselbein, und er atmete dankbar ihren lieblichen Duft über den beißenden Geruch fremder Gewürze und Körper ein, der die Station füllte. Sie spielte ihre Rolle als Neuvermählte ausgesprochen gut, und er musste sich daran erinnern, dass ihre Zuneigung nicht echt war. Um fair zu sein, war er ebenso überrascht, wie leicht es ihm fiel, die Rolle eines verzauberten Ehemanns zu spielen. Seine Herzen rasten bei ihrem Anblick, als wäre er wirklich verliebt.

Auch die letzten Yanipa-nimayu waren nun an ihnen vorbei, und Emmy erstarrte am ganzen Körper, als jemand ihren Namen rief. „Emmy?"

KAPITEL SECHS

Emmys Puls stieg beim Anblick einer schlanken Menschenfrau mit dunklem Haar und durchdringenden grauen Augen, die sich an einer Familie von hellblauen Finofans vorbeidrängte, ein wenig an.

„Emmy Voss!“ Die Frau hielt vor ihnen an. „Ich kann nicht glauben, dass du es bist!“

„Hi Laurna.“ Emmy zwang sich zu einem Lächeln. Sie hatte Laurna vor ein paar Jahren auf einem Psychologie-Seminar kennengelernt. Emmy war dort gewesen, um sich ihre nächste Beförderung zu verdienen, während Laurna mehr daran interessiert war, Klatsch über ihre Kollegen zu sammeln.

Laurna zog Emmy in eine Umarmung, die Emmy erwiderte, obwohl sie sich nie nah waren. Laurna trat einen Schritt zurück und fegte ihren Blick über Chigs. „Und wer ist dieser scharfe Kerl?"

Bei dem wertschätzenden Glanz in Laurnas Augen brodelte Emmys Blut. Sicher, Chigs war nicht wirklich ihr Ehemann, aber Laurna wusste das nicht. Emmy legte ihren Arm um Chigs' Taille und sagte: „Das ist mein Ehemann Charles. Wir sind auf dem Weg nach Aleigh. Für unsere Flitterwochen." Sie lehnte ihre Wange an seine breite Brust und warf Laurna einen Blick zu, der deutlich machte, dass Chigs tabu war. „Charles, das ist Laurna. Wir haben uns in meinen Syndicorp-Tagen auf einem Seminar kennengelernt."

Chigs nickte höflich, aber Emmy konnte die Spannung in seinem Körper spüren. „Freut mich, Laurna", sagte er.

Laurnas graue Augen flackerten vor Neugier. „Gleichfalls. Alle haben sich gefragt, wohin du nach der ... Sache gegangen bist und naja ..." Die Frau lehnte sich zu ihr, nur um dann laut zu flüstern: „Dafari hat mir erzählt, was passiert ist. Deinen Job auf diese Weise zu verlieren, muss verheerend gewesen sein. Da hätte ich denke auch überreagiert."

Emmy runzelte die Stirn, zu viele Fragen formten sich in ihrem Verstand, sodass sie nicht wusste, welche sie zuerst stellen sollte. Was hatte Dafari den Leuten erzählt?

Mit einem Lächeln, das jeden ihrer strahlend weißen Zähne zeigte, fuhr Laurna fort: „Aber sieh dich jetzt an! Glücklich verheiratet. Wir müssen uns unbedingt mal zum Mittagessen treffen und reden.“

Chigs zog seinen Arm enger um ihre Taille. „Peanut, wir werden unseren Flug verpassen, wenn wir uns nicht beeilen.“

„Natürlich“, antwortete Emmy mit einer höheren Stimme als üblich. „Es war nett, dich mal wieder gesehen zu haben, Laurna. Ich melde mich nach den Flitterwochen. Eine sichere Reise dir.“

„Euch auch, ihr entzückenden Turteltäubchen!“

Als sie außer Sichtweite waren, verlangsamte Chigs seinen Schritt und flüsterte: „Wird sie uns Ärger bereiten?“

„Ich denke nicht. Allerdings schätze ich, dass die Informationen über meinen neuen Ehemann Dafari nun früher erreichen, als wir es tun.“

„Zumindest bestärkt es unsere Geschichte.“

„Ja, aber jetzt brauchen wir eine gute Geschichte dafür, warum wir auf der Whylon Station waren. Die Station liegt von Jarboa in der entgegengesetzten Richtung zu Aleigh.“ Sie zuckte zusammen, als ein G'naxianer in der Nähe einen Begleiter anbrüllte, der mit gleicher Begeisterung lachte.

Chigs trat um sie herum, um sich zwischen ihr und den Störenfrieden zu positionieren, und führte sie mit einer Hand auf dem Rücken weiter. „Wir haben die Galaxie erforscht, erinnerst du dich? Wir sind auf dem Rückweg von einer Tour zu den herrlichen Wasserfällen auf Pexa.“

Emmy hatte den exotischen, bergigen Planeten bisher nur in Holos gesehen, aber sie hatte immer gedacht, dass es ein erstaunlicher Ort für einen Besuch sein würde. „Warst du schon mal auf Pexa?"

Er nickte. „Einmal, bei einem kurzen Zwischenstopp während meiner Dienstzeit. Ich konnte den Syndicorp-Stützpunkt nicht verlassen und schwor immer, dass ich zurückgehen würde, um die Wasserfälle zu sehen. Wenn meine Gefährtin reisen kann, werde ich sie vielleicht dorthin bringen."

„Das würde ihr sicher gefallen", sagte Emmy. Sie schaffte es geradeso, den Neid aus ihrer Stimme zu halten, als sie vorgab, die Waren in einer Konditorei zu bewundern.

Chigs drängte sie sanft weiter. „Unser Schiff wartet gleich dort drüben."

Sie schoben sich durch die Menge, bis sie die Gangway erreichten, und eilten an Bord. Das Raumschiff, einst ein kleiner Luxuskreuzer, war zu einem Transportshuttle umgebaut worden, und die Sitze waren abgenutzt, aber gemütlich. Als sie es sich bequem gemacht hatten, lehnte sich Chigs zurück und schloss die Augen. Emmy beobachtete den Verkehr durch eine Scheibe, während sie sich von der Whylon Station entfernten. Obwohl sie in ihrem Leben einige Spezies getroffen hatte, war sie wenig gereist, und die vielen Raumschiffe, die die Station umkreisten, faszinierten sie. Einige waren schnittig und glatt, während andere klobig und geradezu unbeholfen aussahen.

Die Reise nach Aleigh ging schnell vorbei, und schon bald konnte sie den hellgrünen und blauen Planeten sehen. Emmy beobachtete, wie die glitzernden Türme von Gebäuden näherkamen, die den größten Teil des Planeten bedeckten. Soweit das Auge reichte, erstreckten sich Resorts entlang eines Sandstrandes, und üppige grüne Wälder waren über den gesamten Planeten verstreut, ausgewiesene Schutzgebiete für die schwindende Tierwelt des Planeten.

Nachdem das Schiff im Weltraumhafen gelandet war, stiegen Emmy und Chigs aus und machten sich auf den Weg durch die Freilufthalle durchsetzt von Palmen, die sanft in der Brise schwankten. Als sie mit einem privaten Bodentransporter zum Resort fuhren, betrachtete Emmy die Gebäude, die hoch über ihnen ragten und das Sonnenlicht von ihren kristallinen Polymeroberflächen reflektierten. Eine Werbung blitzte über die Oberfläche eines Gebäudes, ein überlebensgroßes Versprechen an jüngere Haut. Eine weitere Anzeige für All-in-One-Reinigungsroboter, die von einer holografischen Drohne zwischen Palmen ausgespuckt wurde.

„Willkommen auf Aleigh", murmelte sie, kaum hörbar über den brummenden Motor des Transporters. „Interessant, oder?" Sie hatte einst alles an diesem Planeten und dieser Stadt geliebt.

Mittlerweile drehte sich ihr der Magen bei dem Anblick der Syndicorp-Propaganda um, die auf jede verfügbare Oberfläche gepflastert war.

„Mm", stimmte Chigs zu. „Wie lange hast du hier gelebt?"

„Vier Jahre", antwortete Emmy, als sie einen Blick auf ihr Lieblingsrestaurant in einer Seitenstraße erhaschte. Es erinnerte sie an Dafari, und sie fragte sich wieder, was er den Leuten erzählt hatte.

Der Transporter führte bis zu dem riesigen, klassischen Vordereingang des Starlight Resorts, dem glorreichsten Gebäude von Aleighs Hauptstadt. Der Zentralturm des Resorts ragte weit über jedes Gebäude in der Stadt hinaus, und das umliegende Gelände mit Gärten und Aktivitäten erstreckte sich entlang des Strandes so weit das Auge reichte.

Während ein Hotelpage mit ergrauten Haaren und einem angenehmen Lächeln das Gepäck trug, schlenderten Emmy und Chigs an den vergoldeten Säulen in der Lobby vorbei. Die Luft summte mit Gesprächen und Gelächter, als die Gäste von ihren kalten Getränken schlürften und einem Pianisten lauschten, der leise in einer Ecke spielte. Überall standen Schnittblumen in großen Vasen und füllten die Luft mit einem subtilen Duft.

Emmy behielt ihre Aufmerksamkeit auf Chigs. Es fiel ihr leicht, Anbetung vorzutäuschen. Seine menschliche Verkleidung war nett anzusehen, und mit seiner beeindruckenden Größe schaffte er es immer wieder, die Aufmerksamkeit von Frauen auf sich zu ziehen. Sie konnte nicht anders, als stolz auf die Eifersucht in den Augen zu sein, obwohl sie seine Bronzehaut und seinen Denaida-Bart bevorzugte.

Sie erreichten den Check-in-Schalter, wo die Concierge sie mit einem roten Lippenstift begrüßte. „Willkommen im Starlight Resort." Sie streckte ihnen das Pad eines biometrischen Scanners entgegen. „Bitte hier einchecken."

Emmy griff nach vorne und drückte ihre Handfläche auf den Screen. Der Scanner läutete und die Concierge reichte das Pad an Chigs weiter. Etwas angespannt beobachtete Emmy, wie er das Pad berührte. Was, wenn der Scanner feststellte, dass Chigs kein Mensch war? Sie wusste nicht, dass sie den Atem anhielt, bis die Concierge den Scanner zur Seite legte.

„Wie ich sehe, haben Sie unsere klassische Flitterwochen-Suite gebucht, Mr. und Mrs. Montague." Die Concierge strahlte sie an und winkte den Pagen herbei. „Glückwunsch. Ronny zeigt Ihnen gerne Ihr Zimmer."

Sie folgten dem Pagen zu einem transparenten Magnetaufzug. Einmal drinnen zog Chigs sie zurück an seine Brust und blickte über die hohen Gebäude, die im Licht der untergehenden Sonne orange glitzerten. Sie konnte seinen Herzschlag spüren, als sie sich an ihn lehnte, und für einen Moment erlaubte sie sich einfach, sich in der Fantasie zu verlieren. Dann war es eben nicht echt. Vorerst konnte sie sich vorstellen, dass es das war. „Ist das nicht erstaunlich, Schatz?"

„Das ist es", stimmte Chigs zu und lehnte sich vor, um einen federleichten Kuss auf ihre Wange zu pressen. Obwohl Emmy seinen Bart durch seine Verkleidung nicht sehen konnte, schickte das Kitzeln auf ihrer Haut einen köstlichen Schauer durch ihren Körper.

Sie traten vom Aufzug direkt in das Foyer ihrer Suite, und Emmy holte scharf Luft. Schillernde Wände in einem Pastellrosa ahmten den tropischen Sonnenuntergang draußen nach, und weiche Möbel und frische Blumen schmückten den Raum. Eine Reihe von deckenhohen Fenstern öffnete sich auf einen Balkon mit Blick auf die Stadt, während verführerische Ambient-Musik aus unsichtbaren Lautsprechern gespielt wurde.

„Erlauben Sie mir, Ihnen einige unserer Annehmlichkeiten zu zeigen", sagte der Page und stellte die Taschen zur Seite. „Unser fortschrittliches KI-System kann Ihre Körpertemperatur, Pheromone und Ihren Rauschpegel erfassen. Es passt den Klang, die Farben und die Düfte der Suite automatisch an Ihre Stimmung an." Er öffnete ein kleines Paneel in der Wand in der Nähe der Tür, enthüllte eine Replikationseinheit und drückte auf die Tastatur. Ein Tablett mit einer Flasche und zwei Champagnergläsern erschien. „Bitte genießen Sie unser Willkommensgeschenk mit kostenlosem Champagner und Erdbeeren. Der Replikator ist auch mit einer Auswahl an Cocktails und köstlichen Mahlzeiten von unseren Spitzenköchen programmiert."

Emmy betrachtete aufgeregt den Replikator und fragte sich bereits jetzt, was sie zubereiten könnte. Das Resort war immer weit außerhalb ihrer Preisklasse gewesen. Ob sie angesichts der Ernsthaftigkeit ihrer aktuellen Mission Zeit haben würde, die Annehmlichkeiten zu genießen?

Der Page deutete durch die Balkontüren auf den Ausblick über die Stadt. „Der Balkon ist zu Ihrer Sicherheit von einem nahtlosen Energieschild umgeben und bietet einen einseitigen Blickschutz für absolute Privatsphäre von der Außenwelt." Dann führte er den Weg durch Doppeltüren, wo ein massives Bett auf einer Plattform in der Mitte des Raumes stand. Es war von hauchdünnen, schillernden Vorhängen umgeben und bedeckt mit einer Tagesdecke aus Seide, in einer Farbe, die sie an geschmolzene Schokolade erinnerte. Er hielt nicht inne, als ob der Raum keiner Erklärung bedürfte, und ging schnell in den Waschraum.

Der göttliche Duft von Blumen und Moschus überflutete Emmy, als sie in einen riesigen Raum trat, der mit blauen Fliesen gestaltet war, die dem Ozean nachempfunden waren. Schimmerndes Wasser ergoss sich wie ein kleiner Wasserfall in eine extragroße

Wanne, von deren Oberfläche duftender Dampf aufstieg.

„Die Whirlpool-Badewanne für zwei Personen wird ständig mit Wasser aus der Mineralquelle des Starlight Resorts aufgefüllt und bietet mehrere taktile Einstellungen für Ihr Vergnügen." Der Page öffnete ein dezentes Paneel an der Wand. „Hier finden Sie eine Liste der Optionen sowie eine Replikationseinheit für intimes Spielzeug und passende Kleidung."

Emmy schluckte schwer und stellte sich plötzlich Chigs' nackten, muskulösen Körper in der warmen Wanne vor. Chigs' Hand spannte sich um ihre an. Sie sah zu ihm und sah, wie er sie mit einer Intensität anstarrte, die zu einer Hitzeflut zwischen ihren Beinen führte. Die Hintergrundmelodie in der Suite verlagerte sich subtil zu einem provokanten Beat.

Der Page räusperte sich und unterdrückte ein offensichtliches Lächeln. „Wir hoffen, dass Sie das Starlight Resort mit dem Gefühl verlassen, Ihr eigenes persönliches Paradies erlebt zu haben." Nach einer leichten Verbeugung verblassten die Schritte schnell, als er die Suite verließ.

Beschämt zog Emmy ihre Hand aus Chigs', während ihr Herz hart gegen ihre Rippen pochte. *Reiß dich zusammen, Emmy.* Die verdammte KI, die die Einstellungen der Suite kontrollierte, war definitiv auf Jungvermählte programmiert und würde reagieren, sobald sie an Chigs' heißen Körper dachte. Mentale Stärke ihrerseits war dringend von Nöten.

„Ich ... ähm ... ich brauche frische Luft", flüsterte Chigs. Dann wirbelte er herum und ging aus dem Waschraum.

Emmy schloss die Augen und versuchte, an flauschige Kätzchen zu denken. Oder daran, Toiletten zu schrubben. Alles ... nur nicht an Sex. Dummerweise schaffte sie es nicht, Bilder von Chigs' nassem, nacktem Körper aus ihrem Kopf zu schrubben. Stöhnend spritzte sie sich kaltes Wasser ins Gesicht und rieb es mit einem Handtuch trocken. Dieser Aufenthalt würde sich komplizierter gestalten, als sie es sich vorgestellt hatte.

KAPITEL SIEBEN

Chigs eilte davon und versuchte, das riesige Bett zu ignorieren, als er auf den Balkon zuging und betete, dass frische Luft ihm helfen würde, den Kopf freizubekommen. *Du bist auf einer Mission, deine Gefährtin zu retten.* Doch alles, woran er denken konnte, war, Emmy nackt in das warme Wasser dieses Whirlpools zu bekommen. Er wollte seinen Mund auf ihren pressen, während er ihre üppigen Kurven einseifte.

Usviiqe! Er musste sich zusammenreißen, bevor er etwas Unüberlegtes tat. Wie konnte er auch nur daran denken, mit Emmy intim zu werden, wenn seine Gefährtin da draußen war und unter den Händen von Syndicorp litt? Und was würde Emmy von ihm denken, wenn sie wüsste, was in seinem Kopf vorging? Die KI der Suite würde es ihm erschweren, die Richtung seiner Gedanken zu

ändern, wenn sie die Stimmung mit zielgerichteter Musik anheizte.

Die Balkontüren glitten auf, als er sich näherte. Draußen standen ein gemütlicher Zweitsitzer und ein kleiner Tisch mit zwei gepolsterten Stühlen. Sogar die Möbel schienen ein Paar dazu verlocken zu wollen, sich hinzusetzen und einander in die Augen zu schauen. Transparente Vorhänge flatterten in der kühlen Abendbrise und dimmten die funkelnden Lichter der Stadt am Horizont, und all das wurde von der romantischen Hintergrundmusik begleitet.

Er schob die Vorhänge zur Seite, stellte sich ans Geländer und atmete tief ein, während seine Herzen weiterhin einen komplexen Rhythmus gegen seine Rippen schlugen. Die Luft trug den Duft von Jasmin zu ihm, was ihn an Emmys subtiles Parfüm erinnerte. Er stöhnte. Gab es kein Entkommen von dieser Folter? Sein Schwanz in seiner Hose schmerzte, und bei den Schuldgefühlen wurde ihm übel.

Er schloss die Augen und konzentrierte sich auf seine Schicksalsgefährtin. *Ich werde sie retten.* Aber alles, was er sehen konnte, waren Emmys warme braune Augen und die Art und Weise, wie ihr Lächeln ihn innerlich erstrahlen ließ. Vorzugeben, mit ihr verheiratet zu sein, schien ihn zu verwirren. Das war es; sein Verstand kam einfach nicht hinterher. Er wollte seine Gefährtin so verzweifelt finden, dass er alles gab und so schien sogar sein Körper zu denken, dass er in Emmy verliebt war. Er rollte die Schultern.

Je früher er und Emmy Dafari kontaktierten und diese Farce beendeten, desto besser.

Als er seine braunen Hände sah, mit denen er das Geländer packte, erkannte er, dass er immer noch als Mensch verkleidet war. Er sollte den Holo-Projektor vor dem Treffen mit Dafari bis zur vollen Kapazität aufladen. Er wollte gerade die Kette um seinen Hals über den Kopf heben und hineingehen, als er Emmy hinter sich sagen hörte: „Hast du Hunger? Ich habe eine Mahlzeit für uns programmiert."

Sie stand in der Tür und hielt ein Tablett wie ein Friedensangebot, ihre sanften Gesichtszüge erstrahlten in dem Licht des Mondes. Seine Herzen setzten einen Schlag aus. *Es ist nur eine Mahlzeit mit einem Besatzungsmitglied,* erinnerte er sich. *Stell sie dir einfach als einen deiner Iluqs vor.* „Klingt gut." Er zwang sich, ihr weiterhin ins Gesicht zu sehen, anstatt auf ihre vollen Brüste. „Lass mich das nur schnell laden."

Er holte die Ladeeinheit aus dem Gepäck und steckte den Projektor hinein. Anschließend ging er wieder auf den Balkon, wo er Emmy am kleinen Terrassentisch sitzen sah. Sie hob den Deckel von einer abgedeckten Schale auf dem Tablett und entließ so einen wohlriechenden Dampf. „Ich war mir nicht sicher, was du gerne hättest, also habe ich mehrere Optionen mitgebracht." Das Gericht enthielt Fleisch in einer goldenen Soße, die auf einem Getreidebett daherkam. Ein anderes bestand aus gebratenem Geflügel und kleinen Kräuterknollen.

Sein Magen knurrte und er erkannte, dass er seit heute Morgen nichts mehr gegessen hatte. „Es riecht köstlich." Er setzte sich ihr gegenüber hin und nahm sich von dem Essen. Sein erster Biss war salzig und auch etwas scharf, und bevor er wusste, was vorging, hatte er sich schon eine zweite Portion geschnappt.

Sie hielt ihre Gabel hoch und musterte ein kleines Stück beigefarbener Knolle. „Ich frage mich, was es uns kosten würde, dies auf der Icarus in den Replikator einzuprogrammieren. Es wäre nett, etwas anderes als *Kemeg*-Eintopf zu essen."

Er schluckte einen weiteren Bissen Fleisch und leckte sich die Lippen. „Wir müssen Doug fragen, ob er eine Kopie herunterladen kann."

„Mmhm." Sie nickte und schloss die Augen. Es war deutlich, wie sehr sie das Essen genoss, als sie die Gabel zwischen ihre Lippen schob. Die Bewegung war unschuldig genug, aber die Art und Weise, wie sich ihre Lippen um die Gabel spitzten, führte dazu, dass er daran dachte, zu was dieser Mund noch fähig wäre. Sofort änderte sich die Musik zu einer anzüglichen Melodie. Hastig unterdrückte er seine Gedanken. Er wusste nicht, wie viel mehr er davon noch ertragen konnte.

Er schob sich vom Tisch weg, wandte ihr den Rücken zu und blickte über die Lichter der Stadt hinaus. „Bist du bereit, Dafari zu kontaktieren?"

„Oh." Emmys Gabel klapperte auf den Teller und sie räusperte sich, offensichtlich unbehaglich. „Ich denke, es wird verdächtig aussehen, wenn wir Dafari kurz nach unserer Ankunft kontaktieren. Wir sollten wahrscheinlich ein oder zwei Tage hier verbringen – schließlich ist das unsere Hochzeitsreise."

Chigs unterdrückte ein weiteres Stöhnen. Je länger sie sich hier aufhielten, desto gefährlicher konnte es für seine Gefährtin werden. Und ... was zum Teufel sollten er und Emmy tun, um die Zeit totzuschlagen? Sein Schwanz hatte einige Ideen zu diesem Thema. *Nicht daran denken!* Er zwang sich zu einem Nicken. „Das ergibt durchaus Sinn."

Für ein paar Minuten herrschte zwischen ihnen Stille, bis Emmy sagte: „Mein Vater sagte immer, dass jede Person, die wir treffen, uns etwas Neues beibringen kann. Ich habe das Gefühl, dass wir uns kaum kennen. Erzähle mir etwas über dich. Etwas, das nur wenige wissen."

Er überlegte. Das hatte ihn noch nie jemand gefragt. Er dachte an seine Kindheit auf Denaidadaru zurück, bevor er sich Syndicorp angeschlossen oder seine *Iluqs* kennengelernt hatte. „Als ich jünger war, habe ich gerne kleine Skulpturen aus Holz geschnitzt", sagte er. „Ich habe sie den jüngeren Kindern im Dorf zum Spielen geschenkt."

„Wirklich?" Emmy lächelte. „Das habe ich jetzt nicht erwartet. Magst du es immer noch, zu schnitzen?"

„Ich habe es lange nicht gemacht." Er griff nach unten und zog sein Kampfmesser aus seinem Stiefel und erinnerte sich an das Gefühl einer Klinge, die in die Maserung des Holzes biss. „Auf einem Raumschiff findet sich nicht besonders viel Holz. Was ist mit dir? Was hast du als Kind gerne gemacht?"

„Oh, ich habe gerne getanzt." Ihre Augen leuchteten vor Aufregung. „Ballett, Jazz, alles." Der Beat der Hintergrundmusik beschleunigte sich, wie eine Einladung, und Emmy tippte mit den Fingern zum Takt auf den Tisch. „Es ist so befreiend, sich in Musik und Bewegung zu verlieren."

„Ich glaube nicht, dass ich jemals getanzt habe", gab Chigs zu.

Sie starrte ihn an. „Noch nie?"

Er schüttelte den Kopf und bemerkte einen besorgten Blick auf ihrem Gesicht, bevor sie von ihrem Sitz aufsprang. „Du musst es lernen."

Chigs starrte sie an. „Jetzt?"

„Ja. Jetzt." Sie reichte ihm die Hand. „Dafari wird unsere Geschichte niemals glauben, wenn du es nicht tust. Er weiß, wie sehr ich das Tanzen liebe."

Er schluckte den Kloß in seinem Hals herunter, akzeptierte ihre Hand und erlaubte ihr, ihn auf die Füße zu ziehen.

„Es ist einfach, sobald du den Dreh raus hast." Sie zog ihn näher und bewegte ihre Hüfte zu dem heißblütigen Beat. „Lass dich einfach von der Musik verführen."

Chigs war fasziniert von der anmutigen Art, wie sie ihren Körper bewegte.

Sie streckte ihre Arme nach oben und platzierte ihre Hände auf seine Schultern. Ihr subtiles Parfüm erfüllte seine Sinne, und ihre Augen funkelten, als sie den Kopf in den Nacken legte und ihn anlächelte. „Verdammt, du bist groß. Das sollte interessant werden. Lege deine Hände auf meine Hüften.“

Wie in Trance kam er der Aufforderung nach und legte seine Handflächen auf die Kurve ihrer Hüfte.

Sie begann, ihre Hüfte zur Musik zu bewegen. „Jetzt versuche, meinem Beispiel zu folgen.“

Sie trat nach links, dann nach rechts und zeigte ihm, wie er seinen Körper ihren Bewegungen anpassen sollte. Ihr Haar fühlte sich auf seinen Armen wie seidene Federn an, und ihre vollen Brüste streiften immer wieder seine Rippen. Als Reaktion stolperte er und trat ihr auf die Zehen. Er wollte sich entschuldigen, doch sie lachte nur und bestand darauf, dass sie weitermachten. *Usviiqe*, er konnte ihrem Lachen stundenlang lauschen.

Schon bald wirbelten sie über den Balkon. Das machte mehr Spaß, als er erwartet hatte, und Emmy fühlte sich in seinen Armen so gut an. Als das Lied zu Ende ging, packte er sie, hob sie hoch und drehte sich mit ihr in seinen Armen, sodass sie erneut lachte.

Nachdem er sie abgestellt hatte, trat sie einen Schritt zurück. „Wow, jetzt habe ich Durst!“ Ihre Stimme zitterte leicht von der Anstrengung. „Wie wäre es mit etwas Champagner?“

Bevor er antworten konnte, verschwand sie in die

Suite und kehrte dann mit der Flasche auf einem Tablett zurück. Sie knallte den Korken, schenkte zwei sprudelnde Gläser ein und reichte ihm eines. Sie hob ihr Glas und sagte: „Darauf, dass wir deine Gefährtin schon bald finden werden."

Die Erinnerung an die Mission fühlte sich wie ein Schlag in den Magen an. Er hob sein Glas zum Toast und leerte es in einem Zug. Es war kein kantarellianischer Rum, aber hoffentlich wäre der Champagner stark genug, um den Schmerz in seinen Eiern zu lindern. „Darauf, dass wir bald meine Gefährtin finden", sagte er.

Bevor ich etwas Dummes tue.

———

Emmys Herz schlug von mehr als nur dem Tanzen, als sie sich auf dem Balkon wieder auf ihren Stuhl setzte. Gerade war sie wirklich froh, dass zwischen Chigs und ihr ein Tisch stand. Seine menschliche Verkleidung hatte eine Art Barriere zwischen ihnen geschaffen, aber jetzt, da er seinen Holo-Projektor abgelegt hatte, wollte sie mit ihren Händen über seinen Bart fahren und die harten Ebenen seiner glänzenden Bronzehaut erkunden. Er löste Gefühle in ihr aus, die sie sich einfach nicht erlauben konnte, besonders nicht für ihn. *Er ist vergeben,* erinnerte sie sich. *Einer anderen treu ergeben.*

Sie räusperte sich. Die Spannung in der Luft war

unangenehm. *Lenke das Gespräch einfach auf sichere Themen.* Ihre Beratungsaufgabe bestand schließlich hauptsächlich darin, die Leute zum Reden zu bringen. „Also ... hast du Geschwister?", fragte sie. Der Schmerz auf seinem Gesicht war eindeutig, und sie erkannte sofort ihren Fehler. Seine Welt war zerstört worden, seine Familie wahrscheinlich tot. „Es tut mir leid. Ich habe nicht nachge –"

„Ist schon gut", sagte er. „Ich hatte eine Schwester. Sie war viel älter als ich, und wir standen uns nicht sehr nahe."

Er erzählte ihr, wie es war, auf einem Bauernhof aufzuwachsen, von langen Tagen auf den Feldern, der Ernte und davon, Tiere zu hüten. „Damals stand ich auf den Feldern in der Nähe unseres Hauses, starrte stundenlang in den Nachthimmel und stellte mir vor, wie es wäre, die Galaxie zu bereisen. Mein Vater hielt mich für verrückt, aber als ein Syndicorp-Rekrutierer kam, ergriff ich die Chance, meinen Heimatplaneten zu verlassen."

„Das ist auch der Grund, warum ich ihnen beigetreten bin", sagte sie und schenkte ihnen beiden mehr Champagner ein. „Um wegzukommen. Meine Eltern lebten vor meiner Geburt in Dutzenden von Kolonien, auf vielen Planeten, aber als ich auf die Welt kam, entschieden sie, dass sie nicht mehr reisen wollten. Ich habe sie um ihre Abenteuer immer beneidet."

„Welche Orte hast du besucht?", wollte er wissen.

„Nur zwei Monde von Aleigh", gab sie zu und erinnerte sich an die Stadt, die am Rande eines Bergbaukraters lag, wo sie einige Zeit gearbeitet hatte. „Ich dachte, ich hätte Zeit und Geld fürs Reisen, sobald ich die Schule beendet habe. Aber dann hat mir mein Praktikum meine ganze Zeit geraubt ..." Sie drehte sich um und schaute über die Stadt. Die Lichter von Straßenschildern und Gebäuden löschten den Blick auf die Sterne fast aus, ein Lichtpunkt ließ sich jedoch nicht dämpfen und war stets im Süden zu erkennen. Sie zeigte darauf. „Ich denke, dieser Stern liegt im Posungi-System. Er schien immer so nah, als könnte ich ihn über ein langes Wochenende besuchen. Aber ich habe die Zeit nie gefunden."

Chigs schnaubte amüsiert. „Du verpasst dort nichts. Ich hatte ein paar Missionen auf Posungi. Nichts als Sumpf."

Sie lachte. „Nun, es wäre trotzdem ein Ort gewesen, den ich hätte besuchen können, um etwas anderes zu sehen als den Planeten, auf dem ich aufgewachsen bin. Vielleicht sehe ich jetzt, wo ich bei der Rebellion bin, neue Orte."

Er hob sein Glas. „Trinken wir darauf, dass du schon bald die Sterne bereisen wirst."

Sie saßen eine Weile in angenehmer Stille, verloren in Gedanken ans Reisen, bis Emmys Augenlider zu schwer wurden. Sie erschrak, als sie spürte, wie Chigs' starke Arme sie von ihrem Sitz hoben. „Was ...“, sagte sie benommen und legte instinktiv einen Arm um seinen Hals.

„Du musst ins Bett“, antwortete er, als er sie ins Schlafzimmer trug.

Plötzlich hellwach blinzelte sie. Es gab nur ein Bett, und sie konnte nicht anders, als sich zu fragen, ob er vorhatte, neben ihr zu schlafen. *Oh Gott, ja!* Warte – nein! Das konnte und würde nicht passieren. Sie zeigte mit der freien Hand auf das Sofa, als sie daran vorbeigingen. „Ich kann auf dem Sofa schlafen.“

Chigs ignorierte sie und ging direkt ins Schlafzimmer. „Du nimmst das Bett“, sagte er und setzte sie auf den Rand der federnden Matratze. „Ich schlafe draußen auf dem Balkon.“

„Draußen?“, wiederholte Emmy überrascht.

Er nickte. „Unter den Sternen.“ Chigs machte einen Schritt zurück. Er wirkte doch etwas unbehaglich. „Ich habe es wirklich genossen, mit dir zu reden“, murmelte er, bevor er sich abwandte. „Gute Nacht.“

Emmy schluckte schwer, als sie sich dabei erwischte, wie sie auf seinen heißen Arsch schaute, während er das Zimmer verließ.

„Gute Nacht“, rief sie ihm nach. Sie gab alles, um die plötzliche Hitze zu ignorieren, die tief in ihrem Bauch entfacht war.

Sie zog sich ihren Pyjama an, schlüpfte unter die

Decke und wusste bereits jetzt, dass sie heute Nacht von Chigs träumen würde.

KAPITEL ACHT

Chigs zog sich erneut auf den mondbeschienenen Balkon zurück. Unfähig, den Duft von Emmys Parfüm abzuschütteln, der nach der kleinen Tanzeinlage auf ihm verweilte, stand er am Geländer. Seine Eier schmerzten mit aufgestauter Begierde. Wäre er aber ehrlich zu sich selbst, ging die Anziehungskraft weit über das Physische hinaus. Emmys Wesen, ihre Intelligenz, ihre Leidenschaft, anderen zu helfen … einfach alles an ihr zog ihn an. Es war leicht, mit ihr zu sprechen. Mit ihr konnte er sich auf eine Weise öffnen, die er nicht von vielen behaupten konnte. Durch sie wurde er daran erinnert, wie befriedigend es sein konnte, in den endlosen Nachthimmel zu blicken – an die Tage, bevor er ein Syndicorp-Soldat geworden war, was ihm seiner Unschuld beraubt hatte. Wie würde es sich anfühlen,

Abenteuer mit ihr zu teilen und das Universum durch ihre Augen zu sehen?

Er sah durch die Glastüren in die Suite und dachte daran, wie sie dort auf der Seidenbettwäsche lag. Er erinnerte sich an das Gefühl ihrer Hüfte unter seiner Handfläche. Wie würde es sich anfühlen, jeden Zentimeter ihrer nackten Haut zu berühren, während sie sich vor Lust unter ihm wand? Wie würde es sich anfühlen, ihren Hals zu küssen und an ihren süßen Nippeln zu saugen, während sie seinen Namen stöhnte? Er überlegte, ins Schlafzimmer zu gehen und mit ihr unter die Decke zu schlüpfen, wohl wissend, dass er es nicht konnte. Sein Schicksal wartete woanders auf ihn.

Stöhnend drückte er den Handballen über seiner Hose gegen seinen geschwollenen Schwanz. Das war Wahnsinn. Er war für eine andere bestimmt. Selbst jetzt könnte seine wahre Gefährtin in einem Syndicorp-Labor leiden. Doch jede Faser seines Seins war auf die Frau ausgerichtet, die im anderen Raum schlief. Er packte das Balkongeländer, hin- und hergerissen zwischen seiner Pflicht gegenüber seiner Schicksalsgefährtin und seiner aufbäumenden Sehnsucht nach Emmy.

Diese höllische Hintergrundmusik hatte sich zu einem langsamen, tiefen Beat verlagert, der seine Hüfte dazu verleitete, nach vorn stoßen zu wollen, um sich tief in Emmys wartender Hitze zu vergraben.

Usviiqe! Er brauchte Erlösung. Er warf einen Blick hinter sich, um sicherzustellen, dass er allein war, schloss die Augen und tauchte eine Hand in seine Hose, froh über den Sichtschutz des Balkons.

Seine rauen Finger umfingen seinen Schaft und streichelten auf und ab, während er sich Emmy vorstellte, die abgesehen von ihrem subtil duftenden Parfum nichts am Körper trug. Er fuhr mit der Zunge über seine Lippen und stellte sich ihre samtweiche Haut vor, wie ihre Nippel sich aufrichteten, wenn er an ihnen saugte. Er konnte fast hören, wie sie lustvoll stöhnte, wie ihr Körper unter seiner Berührung bebte. In seiner Vorstellung ließ er seine Finger über ihren Bauch und ihr Geschlecht gleiten, schob sich zwischen ihre Schenkel und fand ihre Pussy feucht und willig vor.

Seine Eier strafften sich, aber die Grenzen seiner Hose hielten ihn davon ab, mehr zu tun und so schaffte er es nicht ... zu kommen. Frustriert blickte er noch einmal hinter sich, bevor er den Verschluss öffnete und seinen geschwollenen Schwanz frei ließ. Sein Becken zuckte nach vorn, und er packte den dicken Schaft fest, pumpte hart und schnell, während er sich vorstellte, wie Emmy in Ekstase schrie und ihr Kanal sich pulsierend um ihn zusammenzog.

Mehr brauchte es nicht, um zu explodieren. Sein Griff festigte sich weiter um seinen Schwanz, als er seinen Samen in seine Hand ergoss und Emmys Namen hauchte.

Reue überflutete ihn, als er keuchend in die Realität zurückkehrte. Er schaute auf die Schweinerei, die er hinterlassen hatte. „*Anaq*", flüsterte er und wischte seine Hand an einer Serviette ab, die noch von der Mahlzeit übrig war. Als er seine Hose hochzog, musste er sich fragen: „Was tue ich denn hier bloß?"

Er warf die Serviette zurück auf das Tablett und brachte alles zum Recycler. Es wäre nicht gut, wenn Emmy irgendein Zeichen seiner Indiskretion entdecken würde. Er sollte diese Gedanken nicht über sie haben. Ellam Cua hatte zu ihm gesprochen. Sein Gott hatte diese Träume zu ihm geschickt, um ihn wissen zu lassen, dass seine Gefährtin da draußen auf ihn wartete und ihn durch den Gefährtenbund zu sich rief.

Toviks Kommentar, bei dem er auf die Notwendigkeit eines körperlichen Kontakts hingewiesen hatte, der für einen Gefährtenbund wichtig war, schwebte Chigs durch den Kopf, und zum ersten Mal keimten Zweifel in ihm auf. War es möglich, dass der Traum kein Zeichen von Ellam Cua war? Kashatok und die anderen hatten zynisch reagiert. Chigs schüttelte den Kopf. Der Traum hatte sich so real, so lebendig angefühlt. Und doch ... er lehnte sich an das Geländer des Balkons und dachte an die Bilder in seinem Traum zurück: das trostlose Labor, die Reihen von Pods, die verschwommenen Bilder von Frauen hinter Glas. Jede Frau hatte gleich ausgesehen. Er suchte nach der Erinnerung an die süße Stimme seiner Gefährtin, doch alles, was er hören konnte, war Emmys leises Lachen. „Warum kann ich mich nicht erinnern?“

Vielleicht war seine Anziehungskraft zu Emmy ein Test, um seine Loyalität und seinen Glauben herauszufordern – eine Ablenkung von seinem wahren Schicksal. Er schaute auf den Horizont hinaus und betrachtete die Sterne über den Lichtern der Stadt. Er konnte nur den hellen Punkt sehen, auf den Emmy zuvor gezeigt hatte.

Es läuft immer wieder auf Emmy hinaus.

Zerrissen zwischen seiner Hingabe für seine Gefährtin, der er bisher noch nicht begegnet war, und den Gefühlen in seinen Herzen, murmelte Chigs: „Ellam Cua, hilf mir. Zeig mir den Weg, dem ich folgen muss.“

Das Schweigen, das folgte, ließ ihn nur noch mehr zweifeln. So sehr er seinem Schicksal treu bleiben wollte, die Chemie zwischen ihm und Emmy war unbestreitbar. Der Gedanke, nie zu wissen, was zwischen Emmy und ihm hätte sein können, ließ ihn vor Sehnsucht Schmerzen erleiden.

„Emmy“, hauchte er und spürte, wie seine Entschlossenheit nachließ. „Was soll ich nur tun?“

———

Emmy warf sich von einer Seite auf die andere, unfähig, ihren Verstand abzuschalten. Sie sah immer wieder Chigs' Gesicht und erinnerte sich an das Gefühl seiner Arme um sie, als er sie ins Bett getragen hatte. Ihr Körper kribbelte vor Sehnsucht, und Verlangen pulsierte zwischen ihren Schenkeln.

Sie gab den Schlaf auf, glitt aus dem Bett und verließ barfuß das Schlafzimmer. Vielleicht würde eine Tasse Kamillentee helfen, den Gedankenfluss zu stoppen. Als sie den Replikator programmierte, warf sie einen Blick auf den Balkon und entdeckte Chigs, der sich gegen das Geländer lehnte. Sein breiter Rücken war ihr zugewandt, ein Arm vor ihm, der sich auf unverwechselbare Weise bewegte.

Emmy erstarrte an Ort und Stelle und ihr Herz hämmerte immer und immer schneller. Sie sollte gehen, sollte ihm Privatsphäre gewähren, aber sie konnte ihren Blick nicht abwenden. Wen stellte er sich vor? Obwohl die Logik ihr sagte, dass es seine auserwählte Gefährtin sein musste, wünschte sich ein kleiner Teil von ihr, dass er sich sie vorstellte. Ihre Wangen erhitzten sich bei dem Gedanken, und sie tadelte sich selbst. Der Ausdruck auf seinem Gesicht, als er sie im Schlafzimmer zurückgelassen hatte, kam zu ihr zurück. Hatte sie sich die Begierde in seinen Augen nur eingebildet?

Unfähig, ihre Augen abzuwenden, lief Emmy

rückwärts zum Schlafzimmer. Ihre Pussy pulsierte und sie wurde feucht, als er anfing, seine Hüfte nach vorn zu stoßen. Wie würde es sich anfühlen, würde er in sie stoßen? Sie erschauerte und rieb die Oberschenkel aneinander, bis sie dachte, sie würde gleich kommen. Hier und jetzt. *Wende dich ab, Emmy.*

Mit ihrer letzten Willenskraft zwang sie sich mit wild pochendem Herzen, sich umzudrehen und in das einsame Schlafzimmer zurückzukehren. Sie warf sich aufs Bett, vergrub ihr Gesicht in einem Kissen und versuchte, die Sehnsucht zwischen ihren Beinen zu ignorieren. Nur sah sie ihn immer wieder vor sich, stellte sich vor, wie sich sein harter, muskulöser Körper an ihren presste. Wie er sich über sie schob, sein Gewicht auf sie absenkte und ... sie hart nahm. Sie drehte sich auf den Rücken und glitt mit den Händen über ihre harten Nippel, bevor sie ihre Finger in ihr Höschen tauchte und ihre Klitoris betörte.

Über Chigs zu fantasieren, würde nur zu Problemen führen, aber sie konnte nicht anders. Er füllte ihre Gedanken. Emmy biss sich auf die Unterlippe und hielt ein Stöhnen zurück. Sie rieb langsame Kreise um ihr pochendes Nervenbündel und stellte sich vor, es wären Chigs' Finger ... sein Schwanz. Ihre Fantasie war so lebhaft, dass sie regelrecht seinen heißen Atem an ihrem Hals spüren und sein leises Stöhnen an ihrem Ohr hören konnte.

Ihre Finger bewegten sich schneller, als sich die

Hitze in ihr bündelte und der Druck wuchs. Sie rotierte ihre Hüfte und die Lust bäumte sich auf. *Gleich, oh, gleich. Nur ein bisschen noch.*

Sie stellte sich seine intensiven Bronzeaugen vor, die sich in ihre bohrten, voller Verlangen, so wie sie es sich vorgestellt hatte, als er sie ins Bett gesteckt hatte. Und dann passierte es … ihr Orgasmus stürzte in einer rauschenden Welle über ihr zusammen. Für einige lange Momente trieb sie in einem Meer der Glückseligkeit.

Keuchend zog Emmy ihre Hand aus ihrem Höschen. Eine unangenehme Mischung aus Erleichterung und Angst überflutete sie. Sie schlang die Arme um ihr Kissen und starrte an die Decke. Was machte sie denn nur? Noch nie hatte sie sich so sehr nach jemandem gesehnt, nicht einmal nach Mek oder Dafari. Und natürlich gab es die unbestreitbare Tatsache, dass Chigs im Grunde bereits mit einer anderen gepaart war. *Wieder einmal verliebte sie sich in den falschen Mann.* Aber sie konnte die Anziehungskraft zwischen ihnen nicht verleugnen. Die Art und Weise, wie ihn seine Kindheitserinnerungen zum Lächeln brachten, enthüllte eine jugendliche Unschuld hinter seiner harten Kriegerfassade. Oder die Art und Weise, wie ihr Herz einen Salto machte, wenn er sie Peanut nannte, obwohl sie wusste, dass es Teil eines Drehbuchs war. Er würde einen wunderbaren Gefährten abgeben.

„Chigs", flüsterte sie in die Dunkelheit, als ob es

ihr helfen würde, seinen Namen zu sagen, um die komplizierten Gefühle zu verstehen, die in ihrem Herzen Wurzeln geschlagen hatten. Selbst als Emmy versuchte, diese Gefühle zu verdrängen, wusste sie, dass das nicht so leicht sein würde.

KAPITEL NEUN

Die Sonne war kaum aufgegangen, als Emmy erwachte. Ihr Körper kribbelte immer noch von den lebhaften Träumen über Chigs. Ihre Wangen erröteten, als sie sich an ihre eigenen Handlungen letzte Nacht erinnerte, nachdem sie Chigs auf dem Balkon gesehen hatte. Sie musste ihn aus ihrem Kopf bekommen, aber das wäre angesichts ihrer aktuellen Situation unmöglich. Sie musste einfach ihre Gedanken und Emotionen abschirmen und ihre Mission so schnell wie möglich erledigen. Je früher er seine Gefährtin fand, desto eher konnte sie mit dem Thema abschließen.

Sie zog sich an und wagte sich aus dem Schlafzimmer, wo Chigs ein Tablett aus dem Replikator zog. Der Geruch von Bacon traf auf ihren Geruchssinn und ihr Magen knurrte.

„Guten Morgen", sagte Chigs, als er sie entdeckte,

seine Stimme ein wenig angespannt. „Ich hoffe, du hast gut geschlafen."

Scheiße. Wusste er, dass sie ihn beobachtet hatte? Sie räusperte sich und hoffte, dass das rosa Licht des frühen Morgens, das vom Balkon hereinströmte, ihre roten Wangen verbarg. „Das habe ich, danke."

Lügner. Ihr Körper hatte vor Verlangen keine Ruhe gefunden, sodass sie sich stundenlang im Bett gewälzt hatte. Selbst wenn sie ihn jetzt ansah, spürte sie das Flattern in ihrem Bauch – egal, wie oft sie sich daran erinnerte, dass er nie ihr gehören konnte.

Chigs deutete auf den Balkon. „Hast du Hunger?"

Sie entdeckte mehrere Teller, die bereits auf dem Tisch angeordnet waren. Sie frühstückte selten, aber wenn einem ein heißer Kerl Essen machte, wäre es dämlich, das Angebot abzulehnen. „Danke, das klingt wundervoll."

Sie folgte ihm nach draußen und sah Rührei, knusprigen Bacon, eine große Auswahl an frischem Obst und warmem Gebäck, das mit klebrigem Zuckerguss beträufelt war. Zwei große Sektflöten hielten sprudelnden Orangensaft bereit, sodass sie davon ausgehen musste, dass dies Mimosas waren. Und zu guter Letzt entdeckte sie noch zwei dampfende Tassen duftenden Kaffees. Offensichtlich kannte sich Chigs mit dem Lebensmittelreplikator aus.

Sie zog einen Stuhl zurück, griff nach dem Kaffee

und fügte Sahne aus einem kleinen Krug auf dem Tisch hinzu.

Chigs setzte sich und bot ihr einen leeren Teller an. „Ich hoffe, das ist akzeptabel. Es scheint, dass sie hier nur menschliche Nahrung anbieten, und ich war mir nicht sicher, was du magst, weshalb ich alles aus den Frühstücksoptionen bestellt habe."

„Danke, es sieht alles fantastisch aus." Sie akzeptierte den Teller und nahm sich von den Eiern, dem Bacon und gönnte sich auch eines der dekadenten Gebäcke. Ihr Verlangen nach Chigs mochte unerfüllt bleiben, aber zumindest konnte sie sich diesem Hunger hingeben.

Er stach ein Messer in ein goldenes Stück Melone und schnupperte daran. „Was möchtest du heute machen?"

Emmy rutschte auf ihrem Stuhl herum. Ihr Intimbereich wusste genau, was sie tun wollte, und kurzzeitig kam es ihr in den Sinn, sich ihm als Freundin mit gewissen Vorzügen anzubieten. Andere machten das doch ständig, oder? *Das bist nicht du, Emmy.* Und Sex zwischen ihnen würde der Mission sicherlich nicht helfen.

Sie ignorierte den Kaffee und griff nach dem Mimosa, in der Hoffnung, ihre hartnäckigen Gedanken zu dämpfen. „Vielleicht eine leichte Lektüre oder etwas mehr Schlaf. Ich bin mir sicher, dass auf den Unterhaltungskanälen etwas Interessantes läuft. Was ist mit dir?"

Chigs schien zu entscheiden, dass die Melone essbar war, nahm einen Bissen und kaute langsam, bevor er antwortete: „Ich bin nicht gut darin, still zu sitzen. Ich schätze, ich könnte ein paar Kampfmanöver trainieren." Er sah sich auf dem Balkon um. „Sieht so aus, als wäre hier draußen genug Platz."

Vor ihrem inneren Auge sah sie ihn plötzlich nackt und verschwitzt. Sie konnte regelrecht seine Haut an ihrer spüren … wie er sie gegen eine Wand drückte und zwischen ihre Schenkel stieß. Ihre Pussy pulsierte und sie atmete zittrig aus. Verdammt, zwei Tage in einem begrenzten Bereich mit Chigs könnten ihren Untergang bedeuten.

Sie musste den Kopf frei bekommen. Sie schob ihr Frühstück zur Seite und sagte: „Warum erkunden wir nicht die Gärten und das Gelände des Resorts? Sogar Frischvermählte brauchen eine Pause von …" Ihre Wangen erröteten, als würde sie vor einem Hochofen stehen. Warum schien alles auf Sex zurückzuführen?

Chigs schob auch seinen Teller beiseite. „Klingt nach einem guten Plan. Ein Spaziergang könnte mir helfen, etwas Energie abzulassen." Er stand auf und bot ihr den Arm an. „Wollen wir, Peanut?"

Ihr Herz flatterte bei dem Kosewort und sie musste sich daran erinnern, dass nichts davon real war. „Du musst deinen Holo-Projektor noch holen."

„Oh, richtig." Er nahm es aus dem Ladegerät und legte es sich um seinen Hals.

Obwohl seine menschliche Verkleidung zugegebenermaßen gutaussehend war, vermisste sie seinen sexy Bart. Sehr gut. Hoffentlich würde die Verkleidung helfen, ihre Zügellosigkeit zu unterdrücken.

Sie verließen die Suite Hand in Hand und fuhren mit dem Aufzug hinunter zur Lobby, wo sie hinter dem Turm auf einen Pfad aus Muscheln traten. Blühende Bäume filterten die Sonne, beschatteten den Boden und erfüllten die Luft mit angenehmer Süße. In der üppigen Landschaft zwischen den Wegen luden kristalline Skulpturen, kleine Brunnen und dunkle Ecken mit gemütlichen Bänken zu Erkundungstouren und privaten Momenten ein.

Emmy atmete tief durch und versuchte, die Spannung aus ihrem Körper zu drängen, obwohl Chigs' Hand um ihre eine ständige Erinnerung daran war, wie kompliziert ihre Gefühle geworden waren. Beim Laufen sah sie aus dem Augenwinkel immer wieder zu ihm und bemerkte, wie angespannt seine Schultern waren. „Was ist los?", fragte sie schließlich.

Er deutete auf einen Brunnen in der Form des Syndicorp-Logos. „Alles hier ist eine Erinnerung an den Einfluss von Syndicorp."

Sie betrachtete die allgegenwärtige Syndicorp-Propaganda, die die Schönheit der Gegend trübte. Hier wirkte es weniger aufdringlich als in der Stadt, und doch war die Präsenz greifbar, von holografischen Projektionen über den Abfallbehältern bis hin zu glitzernden Logos, die auf den Steinen unter ihren Füßen aufgedruckt waren. „Gott, das ist mir nicht mal aufgefallen."

Sie schlenderten über die Pfade und suchten nach lokalen Geschäften, die nicht mit Syndicorp in Verbindung gebracht werden konnten, wo Emmy ein paar Artikel kaufte. Sie erstand ein biolumineszierendes Schmuckset, das blassrosa leuchtete, und bestellte ein Stück quantenverschlossener Sandkunst, die sie ihren Eltern als Geschenk schicken würde. Chigs wollte für Kashatok eine Miniatur-Biokuppel kaufen, die einige der gefährdeten Arten auf Aleigh beherbergte, aber sie waren sich nicht sicher, wie sie das Teil zu ihm bringen sollten, ohne unnötig Aufmerksamkeit zu erregen, sodass sie sich letztendlich dagegen entschieden. Sie hielten zum Mittagessen in einem kleinen Café mit Blick auf die azurblauen Wellen an und genossen handgemachte Crêpes mit lokal angebauten Beeren und frisch aufgeschlagener Sahne.

Da sie es nicht eilig hatte, ins Hotelzimmer zurückzugehen, schlug sie vor, den Umweg über den Strand zu gehen.

Sie schlenderten durch den Sand und genossen die warme Sonne und die frische Luft. „Ich wusste bis jetzt nicht, wie sehr ich das Leben auf einem Planeten vermisst habe", sagte Emmy. Sie zog ihre Schuhe aus, hob ihr Kleid an und watete bis zu den Oberschenkeln ins Wasser. „Oh, das Wasser fühlt sich großartig an! Komm rein."

Chigs schüttelte den Kopf und zeigte auf den Holo-Projektor um seinen Hals, wobei er nervös auf einige Sonnenanbeter in der Nähe blickte, die auf Schwebeliegen am Wasser lagen.

Emmy kam wieder aus dem Wasser und sagte leise zu ihm: „Emilryde meinte, das Pigment sollte eine Woche halten."

„Ich möchte es lieber nicht riskieren. Aber geh nur. Ich bin froh, dass du es genießen kannst", sagte er mit einem breiten Lächeln.

Das Funkeln in seinen Augen machte sie plötzlich verlegen. Dennoch konnte sie nicht leugnen, dass sie die Art und Weise mochte, wie er sie beobachtete – zumal gerade keine KI in der Nähe war, der ihr wild schlagendes Herz auffallen würde. Sie watete zurück ins Wasser und genoss die kühlen Wellen, die an ihren Knien brachen, und den weichen Sand zwischen ihren Zehen.

Sie suchten zusammen nach Muscheln und bewunderten einen großen grünen Vogel, der nach Fischen tauchte. Als sie den Hauptweg zurück zum Resort erreichten, verließ sie widerwillig das Wasser, sodass der Saum ihres nassen Rockes an ihren Oberschenkeln klebte. Hoffentlich würde die Zeit im Freien reichen, um das Material zu trocknen. In einer Outdoor-Bar am Rande des Strandes spielte ein

Musiker eine lebhafte Melodie, während einige Paare im Schatten eines Pavillons tanzten. Ein Roboter-Kellner verteilte Getränke an mehrere Menschen, die auf hohen Hockern saßen, während ein Finofan-Kellner mit einem Tablett zu Tischen unter Schirmen huschte.

Chigs drückte ihre Hand. „Wir sollten uns einen Drink genehmigen."

Emmy jedoch schenkte ihm keinerlei Aufmerksamkeit. Wie erstarrt sah sie zu einem Tisch, an dem ein Mann mit einer Frau in einem weißen Sommerkleid saß. Ihr Puls ging durch die Decke. Er war ihr nicht zugedreht, aber Emmy würde dieses Profil überall erkennen. *Dafari.* Sie musterte die rothaarige Frau und versuchte herauszufinden, ob sie sie kannte. Eine Kollegin? Eine Liebhaberin?

„Was ist los?", fragte Chigs, der nun ihrem Blick folgte.

In einem gebrochenen Flüstern sagte Emmy: „Dafari ist hier."

Als ob er seinen Namen gehört hatte, schwenkte Dafaris Kopf in ihre Richtung.

Emmy geriet in Panik. Sie riss Chigs zu sich, hob sich auf ihre Zehenspitzen und presste ihre Lippen auf seine.

Chigs atmete scharf ein, schlang dann seine starken Arme um sie, hob sie gegen seine Brust und vertiefte den Kuss. Sein Mund bewegte sich hungrig über ihren, seine Zunge glitt über die Naht ihrer Lippen, bis sie sich für ihn öffneten.

Dies war deren erster wahrer Kuss, und eine Explosion des Verlangens führte zu harten Nippeln, die sich in die definierten Ebenen seiner Brust bohrten. Eine seiner großen Handflächen glitt zu ihrem Arsch, presste sie an sich und sandte so lustvolle Funken direkt zu ihrer Mitte. Die Welt um sie herum verblasste zu bedeutungslosem Geschwätz, und alles, was noch existierte, war Chigs.

Er plünderte weiter ihren Mund, kostete und erforschte jeden Millimeter. Der sexy Moschus seines Eau de Cologne vermischte sich mit der salzigen Seeluft, und seine unbestreitbare Erektion drückte sich hart gegen ihren Bauch. Sie wollte ihre Beine um seine Taille wickeln und seinen heißen Schaft an ihrer Pussy spüren. Hier und jetzt.

„Emmy?" Dafaris Stimme riss sie zurück in die Realität.

Chigs unterbrach den Kuss und sie rutschte an seinem Körper herunter und auf die Füße. Ihr Puls schlug vor unerfülltem Verlangen, und sie konnte sich kaum konzentrieren, als sie sich etwas unbeholfen ihrem Ex-Verlobten zuwandte.

„Oh ... hallo!", sagte Emmy, ihre Stimme eine Oktave höher als üblich. Die Realität, ihm persönlich gegenüberzutreten, traf sie bis ins Mark, und plötzlich erfüllte sie die Angst. Wie sollte sie Informationen über das Labor sammeln, wenn sie nur weglaufen wollte?

Er lächelte und blickte kurz zu Chigs, bevor er sich wieder auf Emmy konzentrierte. „Meine Freundin Irina und ich wollten uns gerade noch einen Drink holen. Möchtet ihr euch zu uns setzen?"

Chigs bewahrte sie davor, antworten zu müssen. „Eigentlich waren wir gerade auf dem Weg zur Tanzfläche. Vielleicht könnten wir uns euch danach anschließen?"

„Natürlich", sagte Dafari. Es war eindeutig, dass er den neuen Mann an ihrer Seite einer Beurteilung unterzog. „Wann immer es euch passt. Wir sind gleich dort drüben."

Mit einer Hand um ihre Taille zog Chigs Emmy auf die Tanzfläche unter dem Pavillon, wo der Musiker jetzt eine langsame Melodie spielte.

„Was machst du denn?", fragte sie. „Besser konnte es nicht laufen. Er hat uns eingeladen."

„Wir müssen sicher sein, dass er glaubt, dass wir ein Paar sind." Er zog sie eng an sich, so wie sie es ihm auf dem Balkon in der Suite gezeigt hatte. „Außerdem denke ich, dass du einen Moment brauchst, um dich zu fassen."

Ihr Herz setzte einen Schlag aus und sie musste sich gegen das Brennen hinter ihren Augen erwehren. Sie konnte nicht dankbarer sein, dass Chigs verstand, wie sie sich fühlte. „Danke."

Er senkte den Kopf und küsste sie auf die Stirn,

sodass die Leidenschaft erneut in ihr aufflammte. *Verdammt.* Sie nahm jedoch an, dass es besser war als die Angst, die sie beim Anblick von Dafari empfunden hatte. Und es würde sicherlich die Rolle, die sie zu spielen hatte, untermalen.

Sie legte ihre Wange an Chigs' Brust und war sich nur allzu bewusst, dass sich sein muskulöser Körper mit ihrem bewegte und wie perfekt sie zusammenpassten. Die Worte des Liedes schwebten um sie herum, eine Ballade über die Hingabe eines Liebenden. Scheiß auf Dafari und seine Begleitung. Es war gut möglich, dass Emmy niemals ihre wahre Liebe finden würde, aber diese Mission war dazu gedacht, Chigs diesen Traum zu erfüllen, und das würde ihr all die Befriedigung geben, die sie sich erhoffen konnte.

Das Lied endete und Chigs streichelte sanft über ihre Taille. „Bereit, Peanut?"

Sie nickte und hob entschlossen das Kinn. „Showtime."

KAPITEL ZEHN

Chigs musterte Dafari, als Emmy ihn an der Hand zum Tisch ihres Ex-Verlobten führte. Das kunstvoll gestylte, blonde Haar des Mannes fiel verwegen in seine Stirn, und er trug eine einfache, aber makellose Tunika mit einem schwarz-silbernen Syndicorp-Logo. Er unterhielt sich mit der Kellnerin, die offensichtlich mit ihm flirtete. Sie lachte und tippte mit den Fingerspitzen auf seine Schulter, bevor sie sich abwandte.

Dafari lehnte sich zu seiner rothaarigen Begleiterin und murmelte etwas. In dem Moment entdeckte er Emmy und Chigs. Er schien nur Augen für Emmy zu haben, und ein schiefes Lächeln, das von Anerkennung sprach, formte sich auf seinen Lippen.

Du kannst sie nicht haben. Der Gedanke kam ungebeten, aber die Eifersucht, die ein Loch in Chigs'

Brust brannte, war echt. Emmy war unglaublich. Alles, was sich ein Mann von einer Gefährtin wünschen konnte, von ihrer Großzügigkeit und Freundlichkeit bis hin zu der unbestreitbaren Leidenschaft in ihrem Kuss. Chigs war immer noch hart von dem Tanz. Und bei der Art und Weise, wie Dafari sie jetzt ansah, wollte Chigs sein Gesicht zu Brei verarbeiten.

Dafari erhob sich, als sie sich näherten, seine eisblauen Augen wanderten anzüglich über Emmys üppige Kurven. „Du siehst hinreißender aus als je zuvor, Emmy."

„Immer noch ein Charmeur, wie ich sehe", antwortete Emmy und belohnte den Mann mit einem kleinen Lächeln. Chigs' Hände ballten sich unwillkürlich. Er wusste, dass sie schauspielerte, aber ihm wurde bei dem Gedanken schlecht, dass sie sich von Dafaris Charme einwickeln lassen könnte.

Dafari grinste als Antwort, bevor er sich an Chigs wandte und ihm die Hand entgegenstreckte. „Ich bin Dafari."

Chigs akzeptierte Dafaris Handschlag und drückte etwas stärker zu als nötig. „Charles Montegue. Emmys Ehemann."

Er rechnete es Dafari hoch an, dass er nicht zusammenzuckte, obwohl er seine Finger anspannte und wieder lockerte, bevor er erneut Platz nahm.

Die rothaarige Frau streckte Emmy die Hand entgegen. „Ich bin Irina. Freut mich, dich endlich kennenzulernen, Emmy. Dafari hat mir so viel über dich erzählt.“

„Tatsächlich? Nichts Schlimmes, hoffe ich?“ Emmy antwortete mit überraschender Leichtigkeit.

„Überhaupt nicht“, sagte die andere Frau lachend. Sie warf Dafari einen vorwurfsvollen Blick zu. „Manchmal denke ich, dass er es bereut, mit dir Schluss gemacht zu haben.“

Emmys Augenbrauen schossen hoch und sie errötete. Sie räusperte sich und legte eine Hand auf ihr Herz, als ob sie geschmeichelt wäre. „Ich bin mir nicht sicher, was ich dazu sagen soll.“

Chigs mochte die Richtung nicht, in die sich dieses Gespräch bewegte. Er hielt Emmys Stuhl für sie, und als sie sich setzte, fragte er: „Möchtest du einen Drink, Peanut?“

„Ein Glas Wein wäre großartig“, sagte sie.

„Lass mich“, warf Dafari ein und hob sogleich den Arm, um den Finofan-Kellner zu sich zu winken. „Eine Flasche Chardonnay für den Tisch und eine Portion Calamari.“ Er lächelte Chigs mit einem herausfordernden Blick an, als der Finofan davonlief. „Emmy liebt Calamari.“

Chigs zog die Augenbrauen zusammen. Vielleicht wäre ein gezielter Schlag auf den Kiefer doch nicht so unpassend. Er rutschte mit seinem Stuhl so nah wie möglich an Emmy heran und legte einen Arm um ihre Schultern. „Emmy liebt viele Dinge.“

Dafari schmunzelte, als er sich in seinem Stuhl

zurücklehnte. „Wie habt ihr beiden euch kennengelernt?"

„In einer Bar wie dieser. Ich hörte sie von der anderen Seite des Raumes lachen und wusste, dass sie etwas Besonderes war." Chigs strahlte Emmy voller Bewunderung an. „Es war Liebe auf den ersten Blick."

„Wir sind gerade auf unserer Hochzeitsreise", sagte Emmy mit einem nervösen Lachen und sah zu Irina. „Was ist mit euch? Wie lange seid ihr schon zusammen?"

Chigs fragte sich, ob sie eifersüchtig auf die andere Frau war. Könnte Emmy noch Gefühle für Dafari hegen? Der bloße Gedanke, dass sie sich wieder auf dieses *Qumli* einlassen könnte, machte ihn wütend.

Irina erklärte, wie eine gemeinsame Kollegin sie einander vorgestellt hatte. „Wir daten erst seit ungefähr einem Monat."

„Also arbeitet ihr beide zusammen?", fragte Emmy.

Dafari betrachtete sie über den Rand seines Weinglases. „Nein. Nicht lange, nachdem du gegangen bist, habe auch ich das Weite gesucht."

„Warum?", fragte Emmy etwas zu eifrig. „Wolltest du nicht unbedingt der leitende Forscher für dieses Projekt werden?"

Chigs drückte sanft ihre Schulter und hoffte, dass sie seinen unausgesprochenen Hinweis verstand, es etwas gemächlicher anzugehen, doch ihr durchdringender Blick blieb auf ihrem Ex haften.

Irina warf Dafari einen warnenden Blick zu und stellte ihr Glas ab. „Reden wir nicht über die Arbeit", sagte sie sanft, aber bestimmt. „Heute ist seit Wochen mein erster freier Abend und ich möchte ihn lieber nicht mit Gesprächen dieser Art ruinieren." Mit einem breiten Lächeln wandte sie sich zu Emmy: „Sagt uns stattdessen, was ihr beide gerne in eurer freien Zeit macht."

Ohne auf eine Antwort zu warten, begann die Frau eine Geschichte über eine kürzliche Reise zu erzählen, die sie und Dafari zum Finofan-Mond unternommen hatten. Dafari schloss sich direkt an und beschrieb ihre Floßfahrt durch ein unterirdisches Flusssystem und die exotischen Kreaturen, die sie gesehen hatten.

Chigs war nicht großartig darin, seine ionische Kraft zu nutzen, um den Herzschlag einer anderen Person wahrzunehmen, aber er konnte Emmys Puls spüren. Er erinnerte sich, dass Emmy ihm erzählt hatte, dass Dafari nie Zeit hatte, um mit ihr zu reisen. Nun fühlte es sich an, als würde das *Qumli* sie damit eifersüchtig machen wollen. Chigs knackte seinen Kiefer. *Wenn Dafari nicht mehr an dem Projekt arbeitet, dann ist dieses Gespräch nutzlos.* Die Mission war in eine Sackgasse geraten.

„Peanut, wir werden den Sonnenuntergang verpassen, wenn wir jetzt nicht gehen", sagte Chigs und unterbrach eine von Dafaris langatmigen Erzählungen. Er stand auf, zog Emmy auf ihre Füße und warf Dafari ein schwaches Lächeln zu. „Danke für den Drink. Vielleicht sollten wir am Ende unserer Hochzeitsreise noch einen Abstecher auf Finofan machen."

Dafari schoss auf die Füße und eilte um den Tisch. „Es war toll, dich wiederzusehen, Emmy."

Es sah so aus, als würde er sie gleich umarmen, was bei Chigs zu einem Knurren führte, das er nicht unterdrücken konnte. Er packte Dafaris Hand und zwang den Mann, einen Schritt zurückzutreten. „Gut, dass ich dem Namen jetzt ein Gesicht zuordnen kann, *Dafari*."

Dafari erwiderte den Griff mit einer Festigkeit, die mit seiner eigenen mithalten konnte. „Charles." Sein Blick wanderte zu dem Holo-Projektor um Chigs' Kehle und ... verharrte. „Es hat mich gefreut."

Chigs' Herzen schlugen doppelt so schnell, als er Emmy aus dem Restaurant führte und sich dabei zwang, die Augen geradeaus zu halten. Hatte der Mann eine Vermutung? Wenn Dafari einen Blick auf Chigs' erfundenen Hintergrund warf, würde er rasch auf Unstimmigkeiten stoßen. Die gesamte Mission könnte im Handumdrehen den Bach runtergehen.

Sobald er und Emmy allein im Aufzug standen, drehte er sich zu ihr um. „Ich denke, er ahnt etwas. Wir sollten packen und sofort von hier verschwinden."

„Was meinst du damit?"

„Er hat direkt auf meinen Holo-Projektor gestarrt. Ziemlich sicher, dass er etwas vermutet."

Emmys Schultern entspannten sich und sie lachte. „Er hat dich wahrscheinlich nur abgeschätzt. Dafari mag es nicht, zu verlieren – besonders nicht, wenn es um Frauen geht." Ihr Lachen brach ab und Reue überschwemmte ihre hübschen Gesichtszüge. „Es tut mir leid, dass wir keine Informationen erhalten haben, die uns helfen könnten, deine Gefährtin zu finden."

Sein Magen rebellierte, als er merkte, dass er nicht einmal an seine Gefährtin gedacht hatte. Er hatte Emmy nur so weit wie möglich von diesem Kerl wegbringen wollen.

Die Tür zur Flitterwochensuite öffnete sich und Emmy trat vor ihm in das weiche Licht, das nach dem Sonnenuntergang von den Balkontüren in die Suite fiel. Bei der Art und Weise, wie es ihre Kurven in rosa Licht hüllte, stockte ihm der Atem, und als sie sich ihm zuwandte, konnte er sie nur fasziniert anstarren. Für ihn hatte sie sich gerade der Quelle einer schmerzhaften Erinnerung gestellt. Und hier war sie, immer noch mehr um ihn besorgt als um sich selbst. Er konnte sich nicht erinnern, wann das letzte Mal jemand so nett zu ihm gewesen war.

Als er Emmy in die Augen sah, schwankte seine Gewissheit, dass sein Traum eine göttliche Eingebung gewesen sein könnte. Was, wenn seine Interpretation falsch war? Je mehr Zeit er mit Emmy verbrachte, desto unsicherer wurde er. Es fühlte sich an, als gäbe es etwas zwischen ihnen – etwas, das aufhören würde, zu existieren, wenn er dem vor ihm liegenden Pfad bis zum Ende folgte.

Ellam Cua, führe mich! Langsam zweifelte er die ganze Mission an.

Er löste den Holo-Projektor und glitt mit der Hand durch seinen Bart. „Wir sind nur wegen einer … Vision hier. Ich frage mich, ob es doch nur ein Traum war."

„Noch würde ich deinen Traum nicht anzweifeln", sagte Emmy, als sie sich schnell ihr Datenpad schnappte. „Die SAK-Einheiten, die du gesehen hast, existieren – ich habe sie selbst gesehen, erinnerst du dich? Bevor wir aufgeben, werde ich versuchen, einige meiner anderen Kollegen hier auf Aleigh zu kontaktieren." Sie ließ sich auf die Chaiselongue fallen, zog ihre Sandalen aus und schob einen nackten Fuß unter ihren Po, während sie durch ihre Kontakte scrollte.

Das Sommerkleid war schulterfrei und die weichen Locken ihrer Haare ergossen sich über ihre cremige Haut. Chigs wollte ihre Wellen berühren, wollte seine Nase an ihre Kehle drücken und ihre Süße einatmen, wollte die Weichheit ihrer Kurven erforschen. *Ich werde es tun.*

Der Gedanke erschütterte ihn bis ins Mark. War er tatsächlich bereit, seine Vision aufzugeben?

Er dachte zurück an die Art und Weise, wie Emmy ihn geküsst hatte, wie sich ihr Mund für ihn geöffnet und ihr Herz mit seinen im Einklang geschlagen hatte. Auf der Tanzfläche hatte sie sich an ihn geklammert, als hätte sie nicht genug von ihm bekommen können. All das konnte nicht nur Show sein, oder? Auch sie musste es fühlen. Da war etwas zwischen ihnen.

Er trat näher an sie heran, seine Herzen wie Trommeln in seiner Brust. „Emmy, ich muss dir etwas sagen ...“

KAPITEL ELF

Emmy starrte auf ihre Kontakte und versuchte, sich ins Gedächtnis zu rufen, wer jetzt für Dafaris Projekt verantwortlich sein könnte. Der Gedanke, den ganzen Weg zu kommen, Dafari gegenüberzustehen und Aleigh mit leeren Händen zu verlassen, machte sie krank. Es musste jemanden geben, der ihnen helfen konnte. „Das ist eine Labormitarbeiterin, die an dem Projekt gearbeitet hat", murmelte sie. „Hmm, ob sie das auch jetzt noch tut, ist die Frage."

Chigs setzte sich neben sie und legte eine warme Hand auf ihren Unterarm.

Seine plötzliche Berührung löste einen Schauer in ihr aus. Leicht benommen blinzelte sie und hob den Blick zu seinen bronzefarbenen Augen.

„Ich habe nachgedacht …" Er atmete langsam

aus und streichelte ihre nackte Schulter, während er um Worte zu ringen schien.

Sie biss sich auf die Unterlippe. Hatte er die Mission aufgegeben, seine Schicksalsgefährtin zu finden? Sie konnte sich nicht erlauben, auf so etwas zu hoffen. Sie liebte es, wie hingebungsvoll Chigs war, wie loyal – selbst, wenn er diese Loyalität für eine andere Frau reserviert hatte. Er verdiente es, sein Glück zu finden.

Auch mit mir könnte er glücklich sein. Der Gedanke kam ungebeten, jedoch kraftvoll. Eine tiefe Sehnsucht, wie sie Emmy noch nie zuvor erlebt hatte. Sie wollte es laut sagen. Sie wollte ihm ihre Gefühle gestehen und sich dann in seine Arme werfen. Aber sie hielt ihre Lippen geschlossen und übte sich in Zurückhaltung. Jetzt war nicht die Zeit für sie zu sprechen. Es war Zeit für sie, zuzuhören.

„Würdest du …" Chigs fuhr mit den Fingern über ihren Arm, fand ihre Hand und sandte einen elektrisierenden Ruck der Begierde durch sie.

Oh Gott, wird er sagen, was ich denke? Sie hielt den Atem an. Bei dem Hoffnungsschimmer wurde ihr ganz schwindelig.

Ein lautes Summen ließ sie zusammenzucken. Chigs schoss auf die Füße und ließ ihre Hand los, als wäre er bei einem Verbrechen erwischt worden. An der Kommunikationseinheit an der Wand blitzte ein kleines grünes Licht auf.

Enttäuschung traf wie ein Bleigewicht auf ihren Magen. Die Hoffnung auf ein Geständnis zerfiel zwischen einem Atemzug und dem nächsten. Sie war so dämlich. Was hatte sie bitte erwartet? Sie fühlte sich immer zu vergebenen oder uninteressierten Männern hingezogen, und der verbotene Chigs bildete in diesem Punkt keine Ausnahme. Der Gedanke erfüllte sie mit wütender Verzweiflung. *Dummes Herz, dumme Mission, dummer Buzzer ...*

Sie erhob sich und ging zu dem Bedienfeld. „Es könnte Doug sein", sagte sie und war stolz, dass ihre Stimme nicht zitterte. „Aber nur für den Fall, zieh besser deine Verkleidung wieder an."

Chigs nickte, sein Bronzegesicht nun vollkommen fahl. Er griff nach dem Holo-Projektor und nahm erneut seine gutaussehende menschliche Fassade an.

Emmy aktivierte den kleinen Videobildschirm und erwartete, Dougs vertrautes kybernetisches Auge zu sehen. „Hallo?"

Stattdessen erschien Dafaris Gesicht. „Hallo, Emmy."

Jeder Muskel in ihrem Körper spannte sich an. „Dafari? Wie hast du mich gefunden?"

„Du meintest, dass dies deine Hochzeitsreise ist", sagte er mit einem Grinsen. „Also habe ich jedes Hotel in der Gegend angerufen und nach der Flitterwochen-Suite gefragt, bis ich dich erreicht habe."

Emmy runzelte die Stirn. Sie aufzuspüren, musste ihn einige Mühe gekostet haben. *Warum ruft er an?* Sie erinnerte sich, dass Irina erwähnt hatte, dass er es bereute, mit ihr Schluss gemacht zu haben. Das war es sicherlich nicht, oder? Obwohl er in der Bar sehr charmant gewesen war ... *Vielleicht sollte ich mitspielen.* Selbst wenn er nicht mehr im Labor arbeitete, hätte er vielleicht immer noch ein paar Informationen, die ihnen helfen könnten.

Sie lächelte süß, lehnte sich näher an den Bildschirm und zwang sich, sich zu entspannen. „Nun, du hast mich gefunden", antwortete sie, ihre Stimme tief und sexy. „Was jetzt?"

„Ich kann nicht aufhören, an dich zu denken. Ich bereue es, was zwischen uns passiert ist, konnte aber mit Irina neben mir nicht darauf eingehen."

Er will wieder mit mir zusammen sein? Echt jetzt? Sie versuchte, sich die Überraschung nicht ansehen zu lassen. Dies könnte der Moment sein, ihm Informationen zu entlocken, aber sie musste behutsam vorgehen. Dafari konnte sehr verschwiegen sein, wenn er wollte. Vor allem wenn es um seine Projekte ging. „Du weißt, warum ich unsere Beziehung beenden musste", sagte sie leise. „Meine Gefühle haben sich in dem Punkt nicht geändert."

„Darüber sollten wir uns von Angesicht zu Angesicht unterhalten", entgegnete Dafari und warf einen Blick über seine Schulter, als befürchtete er, belauscht zu werden. „Triff mich heute Abend um elf Uhr im Velvet Enigma.“

Sie spitzte die Lippen und nickte dann. „Okay.“

„Komm alleine“, fügte Dafari hinzu und trennte schließlich die Verbindung.

Emmy starrte auf den leeren Bildschirm, während das Blut in ihren Ohren rauschte. Nach einem tiefen Atemzug drehte sie sich zu Chigs um, der mit verschränkten Armen hinter ihr stand.

„Warum hast du zugestimmt, dich mit ihm zu treffen?“, knurrte er. „Er arbeitet nicht mehr im Labor.“

Sie runzelte die Stirn. „Aber er hat sehr lange dort gearbeitet. Wenn er Informationen hat, lohnt es sich, einen Blick darauf zu werfen. Wir können diese Mission nicht aufgeben, wenn es auch nur die geringste Chance gibt, hinter mehr Informationen zu kommen. Noch nicht.“

„Ich sage dir, er vermutet etwas. Er weiß, dass wir in den Flitterwochen sind, hat aber darum gebeten, dich allein zu sehen.“

„Ich denke, dass er vielleicht hofft, mich zurückgewinnen zu können.“ Emmy biss sich auf die Unterlippe, angewidert von der Idee. Dennoch war sie bereit, für die Mission mitzuspielen.

Die Muskeln in Chigs’ Kiefer spannten sich an. „Was ist, wenn ich Recht habe und es eine Falle ist?“

„Du bist zu paranoid.“ Sie schüttelte den Kopf.

„Unsere Trennung war vielleicht unschön, aber Dafari würde mich nicht so hinters Licht führen." Er hatte seine Arbeit über seine Beziehung mit ihr gestellt, jedoch würde Dafari sie nicht für sein eigenes Interesse opfern.

„Ich werde nicht zulassen, dass du das Risiko eingehst. Das ist es nicht wert."

„Ich bin willig, es zu tun, Chigs. Denk daran, dass es hier um mehr als nur deine Gefährtin geht – es lagen so viele Denaidanerinnen in diesen SAK-Einheiten."

Chigs rieb sich die Schläfen, die Stirn gerunzelt, aber dann nickte er. „Na gut. Aber ich lasse dich nicht allein gehen. Ich folge dir und bleibe außer Sichtweite. Wenn etwas passiert, bin ich bereit."

Die Erleichterung, die sie dabei fühlte, überraschte sie. „In Ordnung." Sie warf einen Blick auf ihr blau-goldenes Sommerkleid, der Saum immer noch feucht von ihrem Spaziergang am Strand. Dann sah sie zu Chigs' lässiger Tunika und seiner Stoffhose. „Velvet Enigma ist eine High-End-Bar. Wir müssen uns beide umziehen, um reingelassen zu werden."

Chigs zuckte mit den Schultern. „Joy hat dafür gesorgt, dass das Programm über einen Anzug verfügt."

„Großartig. Gib mir ein paar Minuten."

Sie zog sich ins Schlafzimmer zurück und wühlte durch ihr Gepäck. Keines ihrer Kleider war gut genug. Sie wollte vor Dafari etwas ganz Bestimmtes zum Ausdruck bringen. Sie musste sexy und elegant aussehen und trotzdem musste rüberkommen, dass sie ihr Glück bereits gefunden hatte.

Sie tat ein blaues Satinkleid als zu schlicht ab und legte dann ein paillettenbesetztes Kleid beiseite, das zu protzig schien. Ihre Finger zögerten über einem kleinen schwarzen Cocktailkleid. Schlicht, vielleicht etwas zu kurz, aber es sollte gehen. Gerade als sie ihr Sommerkleid über den Kopf ziehen wollte, klopfte es an der Schlafzimmertür.

„Ja?"

Chigs steckte seinen Kopf hinein. „Ich habe etwas für dich." Er trat in das Zimmer und hielt ein atemberaubendes rotes Kleid hoch, das sie ... auf der Whylon Station gesehen hatte. „Ich habe versprochen, es dir zu kaufen, erinnerst du dich?"

Sie starrte das elegante Kleidungsstück an. „Wann hattest du dafür die Zeit?"

Er lächelte verlegen. „Ich habe es heute Morgen bestellt. Ich wollte sichergehen, dass ich es nicht vergesse. Es ist handgefertigt und perfekt auf deinen Körper zugeschnitten."

Emmy nahm das Kleid und der weiche Stoff glitt wie Butter über ihre Finger. Das Kleid war exquisit, mit zarten Spitzendetails entlang des Ausschnitts und einer schmeichelhaften Silhouette mit tiefer Taille, die ihre Kurven in Szene setzen würde.

„Chigs ... es ist wunderschön", flüsterte sie, tief berührt von seiner Geste.

„Ich habe mir die Freiheit genommen, einen Tracker in den Saum einnähen zu lassen, damit ich zu jeder Zeit weiß, wo du bist. Probiere es an." Die Tür schloss sich mit einem leisen Klick.

Emmy zog sich schnell das Kleid an. Hoffentlich müsste der Tracker nicht zum Einsatz kommen, jedoch war es besser, auf Nummer sicherzugehen. Sie schätzte Chigs' ausgeprägten Beschützerinstinkt. Als sie sich im Spiegel ansah, verunsicherte es sie ein wenig, wie sich der Stoff an ihre Kurven schmiegte, konnte aber nicht leugnen, dass das Kleid ihrer Figur schmeichelte.

Sie trug frisches Make-up auf und stylte ihr Haar in losen Wellen, die über ihren Rücken fielen. Sobald sie mit ihrem Aussehen zufrieden war, holte sie tief Luft und betrat den Wohnbereich, in dem Chigs wartete.

Er stand sofort auf und ließ den Blick genüsslich über ihren Körper schweifen. „Wow." Er schluckte hörbar. „Hinreißend."

„Danke", sagte sie. Hitze stieg in ihre Wangen, und ja, sie liebte das Kleid und fühlte sich wunderschön.

Chigs streckte seinen Arm aus, und sie hakte sich bei ihm ein, sodass er sie durch die Lobby zum Ausgang eskortieren konnte. Er rief ihr einen Schwebetransporter und half ihr auf die Rückbank. „Ich werde direkt hinter dir sein."

Als das Fahrzeug beschleunigte, schaute Emmy

durch das Fenster, bis sie ihn nicht länger sehen konnte. Dann lehnte sie sich gegen den Sitz und atmete langsam aus und wieder ein, um ihre Nerven zu beruhigen. Sie wusste nicht, was sie von dem Treffen mit Dafari halten sollte, aber sie war entschlossen, nicht den Kopf zu verlieren.

KAPITEL ZWÖLF

Lange Schatten flackerten durch die Fenster von Chigs' Transporter, als er an den Gebäuden vorbei durch die Straßen schoss. Er hatte Emmy im Verkehrsfluss aus den Augen verloren, sodass er seine Herzen nicht davon abhalten konnte, schneller zu schlagen. Er sah auf sein Datenpad und stellte sicher, dass der Tracker funktionierte. Emmys Punkt bewegte sich stetig auf der Straße vor ihm.

Er schaute auf die Lichter der Stadt, gespickt mit Syndicorp-Werbung. Er vertraute Dafari nicht, kein bisschen – und schon gar nicht, wenn es um Emmy ging. Zum einen war der Mann ein offensichtlicher Syndicorp-Anhänger und … nun ja, Chigs hatte die Begierde in den Augen des Mannes gesehen. Es war klar, dass dieses *Qumli* versuchte, Emmy zu beeindrucken – trotz der Tatsache, dass seine neue Freundin direkt neben ihm gesessen hatte.

Chigs wusste, dass er nicht das Recht hatte, eifersüchtig zu sein, aber irgendwann hatten seine Gefühle für Emmy eine gewisse Grenze überschritten, und jetzt fühlte es sich an, als gäbe es kein Zurück mehr. Er hatte geplant, ihr heute Nachmittag zu sagen, wie sehr er sie begehrte und dass er seine Vision aufgeben wollte. Natürlich hatte Dafari genau in diesem Moment angerufen. Chigs hatte Schuldgefühle, die sich auf seine Herzen auswirkten. Wenn Ellam Cua seine perfekte Gefährtin ausgewählt und ihm den Weg gezeigt hatte, um sie zu finden, dann war es falsch, Emmy zu wollen. Egal wie sehr er versuchte, an seinem Glauben festzuhalten, er konnte nicht aufhören, sich nach dem zu sehnen, was hätte sein können.

Vor ihm entdeckte er ein Gebäude, das mindestens achtzig Stockwerke hoch war. Das goldene Schild über der Tür las *Velvet Enigma*. Die Fassade des Gebäudes war ein mattes Schwarz, das das Licht um sich herum wie ein schwarzes Loch zu absorbieren schien, als ob es Leute dazu ermutigen wollte, in die geheimen Räumlichkeiten einzudringen. Davor standen mehrere Transporter hintereinander, sodass die Gäste direkt unter der massiven, goldenen Markise aussteigen und ins Gebäude stolzieren konnten.

Er brauchte den Tracker nicht, um Emmys

winzige, rot gekleidete Form auszumachen, die aus einem der Transporter stieg. Er wies seinen Fahrer an, ein paar Blocks entfernt an den Bordstein zu fahren, um ihr von dort in die Bar zu folgen. Ein Portier in elegantem Schwarz und Gold hielt die Tür zur Lobby auf, wo leise Musik spielte und die Luft nach teurem Eau de Cologne duftete.

Eine Frau mit gelben Locken und brauner Haut stand hinter einer dunklen Marmortheke. „Willkommen im Velvet Enigma", begrüßte sie mit einem strahlend weißen Lächeln. „Möchten Sie unser neuestes Angebot erleben? Einen Besuch in der antiken Stadt Sula'terran?"

„Nein, danke", sagte Chigs, sein Fokus auf den Tischen, die er in der Bar hinter ihr sehen konnte. „Ich bin mit jemandem verabredet."

Die Empfangsdame trat um die Theke herum und versperrte ihm höflich, aber durchsetzungsfähig den Weg. „Der Name des Gastes, bitte?"

Er gab ihr – wie er hoffte – ein charmantes Lächeln. „Ich bin mir sicher, dass ich sie auch allein finde."

„Es tut mir leid, Sir, aber die Privatsphäre unserer Gäste ist uns von außerordentlicher Wichtigkeit. Ich kann Sie nicht ohne Reservierung reinlassen." Sie blinzelte und enthüllte den Beweis einer kybernetischen Verbindung, eingebettet in ihr Auge. Alarmierte sie gerade die Security? Emmy hatte erwähnt, dass dieser Ort für seine geheimen Treffen bekannt war.

Chigs senkte den Kopf und sprach in einem vertraulichen Ton mit der Empfangsdame. „Ich bin hier, um eine Frau in einem roten Kleid zu treffen, die kurz vor mir angekommen ist." Er griff in seine Tasche und zog einen Credit-Chip heraus. „Ich werde dafür sorgen, dass es sich für Sie lohnt, wenn Sie so nett sind, mir den Weg zu weisen."

Die Frau schaute spöttisch auf den Credit-Chip. „Der Preis, um als VIP aufgenommen zu werden, beträgt zehntausend."

Natürlich würde Dafari sich auf dem VIP-Level treffen wollen – er wollte Emmy beeindrucken. Glücklicherweise hatte es Chigs dank Dougs Fähigkeit mit unendlichen Ressourcen zu tun und demnach kein Problem mit etwas Konkurrenz. Er zwinkerte der Empfangsdame zu. „Kein Problem. Da ich nur eine Nacht in der Stadt bin, würde ich es schätzen, wenn wir die Dinge beschleunigen könnten."

Die Frau zeigte einen berechnenden Ausdruck. „Das Problem ist das Komitee. Sie treffen sich nur einmal im Monat."

Chigs hielt an dem Lächeln auf seinem Gesicht fest und sagte: „Sie scheinen viel über den Bewerbungsprozess zu wissen." Er zog eine Handvoll Credits aus seiner Tasche. „Vielleicht finden wir zusammen eine Lösung."

Sie zog ein winziges Datenpad aus dem Mieder ihres Kleides und sagte: „Wenn Sie die Zehntausend sofort übermitteln können, denke ich, dass wir das hinbekommen."

Ohne zu zögern übermittelte Chigs die Credits, wohl wissend, dass es nie beim Komitee ankommen würde. Sobald der Transfer bestätigt war, steckte die Empfangsdame das Datenpad wieder in ihr Kleid und begleitete ihn in die schwach beleuchtete Bar. Tief hängende Kronleuchter warfen intime Lichtkreise auf die Tische, die von hochwertigen Samtstühlen umgeben waren, auf denen Männer und Frauen in maßgeschneiderten Anzügen und eleganten Kleidern an exotischen Cocktails nippten. Eine Rolltreppe in der Mitte des Raumes führte in die oberen Ebenen, wo der Eingang von zwei stämmigen Sicherheitsmännern bewacht wurde. Die Empfangsdame jedoch ging direkt auf einen Samtvorhang neben der Bar zu, wo zwei weitere Sicherheitsmänner positioniert waren.

Die Empfangsdame murmelte ein paar Worte zu einem von ihnen, übermittelte Credits, woraufhin er den Vorhang zur Seite schob und ihnen den Zutritt erlaubte. Hinter dem Vorhang befand sich in einer Nische eine glänzende Metallaufzugstür.

Die Empfangsdame führte ihn zum Aufzug und tippte einen Zugangscode in das Bedienfeld. „Dies bringt Sie direkt zum VIP-Level, wo Sie vollen

Zugriff haben", sagte sie. „Ich muss Sie jedoch warnen, dass die anderen Level einen Pass erfordern. Jedes verdächtige Verhalten wird dazu führen, dass Sie aus dem Gebäude geführt werden." Als die Türen des Aufzuges zur Seite glitten, drehte sie sich zu ihm um und lächelte. „Genießen Sie Ihren Abend, Sir."

Chigs stieg in die Kabine, und als er sich umdrehte, war die Tür bereits zu und so stand er allein in diesem sterilen Metallwürfel. Es schien kein Bedienfeld im Aufzug zu geben, und sein Magen flatterte, als der Aufstieg begann. Er zog sein Datenpad aus der Brusttasche. Wenigstens war er jetzt allein, damit er den Tracker checken konnte.

Jedoch fand er nur einen leeren Bildschirm. Mit einem finsteren Blick startete er das Gerät neu, aber der Bildschirm blieb leer. *Anaq.* Das Velvet Enigma musste einen Signalstörsender betreiben. Kein Wunder, wenn man bedachte, wie die Empfangsdame auf die Privatsphäre der Gäste bestanden hatte. Für einen Moment befürchtete er, dass es auch seinen Holo-Projektor blockieren könnte, sodass er schnell einen Blick auf sein Spiegelbild warf. Erleichtert stellte er fest, dass er immer noch menschlich aussah. Der Verlust des Trackers bedeutete einfach, dass er Emmy alleine finden musste. Hoffentlich hatte die Empfangsdame ihn in die richtige Richtung gewiesen.

Der Aufzug kam zum Stillstand und die Türen glitten auf. Sofort brach eine überwältigende Welle aus Geräuschen, Farben und Gerüchen über ihn ein. Der Raum vor ihm war mit windenden Körpern gefüllt, die alle unterschiedlich viele Kleidungsstücke am Körper trugen, während der schwere Geruch nach Sex die Luft dominierte.

Seine Kinnlade klappte auf. *Dafari hat Emmy an diesen Ort gebracht?* Der Mann musste wirklich verdorben sein. Hatte Emmy damit gerechnet? Bei dem Gedanken wurde Chigs schlecht. Er wusste wenig über Emmys frühere Beziehung, abgesehen davon, dass die Trennung hässlich gewesen war. Jetzt wiederholten seine Gedanken, wie sie über Dafaris Schmeicheleien und Chigs' flüchtigen Verdacht gelacht hatte, dass sie immer noch Gefühle für ihren Ex haben könnte.

Er schüttelte den Kopf. Nein. Nicht seine Emmy. Das war nicht ihre Szene. Das fühlte er in seiner Seele. Aber wie weit wäre sie bereit zu gehen, um an Informationen über das Labor zu kommen? Sie war genauso entschlossen wie er, die Mission mit einem befriedigenden Ergebnis abzuschließen – vielleicht sogar noch mehr. Er musste dem ein Ende setzen, bevor es zu weit ging.

Chigs trat aus dem Aufzug und scannte den Raum nach einem Hinweis auf Emmy oder ihrem roten Kleid. Neben Menschen sah er Arten aus der ganzen Galaxie. Enayshuaner mit Körperöl auf der Haut glänzten mit den Saluqan und deren Lavendelhaut und den schillernden Adern um die

Wette. Finofans zeigten sich mit bunten, ausgestellten Schuppenkämmen an den Ohren und sogar ein massiver, sechsbeiniger Yanipa-nimayu war anwesend. Es war eine Orgie, wie er sie sich nie hätte vorstellen können. *Ellam Cua, wo ist Emmy?*

Eine tentakelgesichtige Posungi-Frau entdeckte ihn, und sie erhob sich aus einem Pool mit glitzernder Flüssigkeit, wobei alle acht ihrer spitzen orangefarbenen Brustwarzen mit Piercings geschmückt waren. „Du bist neu hier, hmm?", sagte sie mit verschleimter Stimme, während sich ihre Tentakel um ihr Gesicht wanden. Mit einer Hand fuhr sie anzüglich über die glitzernde Kurve ihrer Hüfte. „Wie wäre es, wenn ich dich herumführe?"

Er schluckte schwer. Posungi waren kaltblütige, humanoide Eileger, aber es war bekannt, dass sie sich gerne mit warmblütigen Partnern paarten. Sein Schwanz schrumpelte allein bei dem Gedanken zusammen. In der Hoffnung, ihre Aufmerksamkeit von sich abzulenken, zog er einen Credit-Chip aus seiner Tasche. „Eigentlich suche ich eine Frau in einem roten Kleid. Hast du sie gesehen?"

Die Posungi-Frau kam näher. Bevor er blinzeln konnte, schossen ihre Tentakel nach vorn, fegten den Chip von seiner Handfläche und versteckten ihn an einem Ort, den nur Ellam Cua kannte. Dann hakte sie sich bei ihm ein. „Komm mit mir."

Jeder Zentimeter seiner Haut wollte von der feuchten Berührung des Posungi auf Abstand gehen, aber er erlaubte ihr, ihn durch die Menge zu führen, um Körper herum und neugierigen Händen ausweichend. Noch etwas fiel ihm auf: Bei der Kleidung auf dem Boden war mehr als eine Syndicorp-Uniform dabei.

Der Raum war mit allen möglichen exotischen Möbeln und Einrichtungsgegenständen gefüllt, von Stühlen in verschiedenen Höhen und Formen bis hin zu Kissen in allen erdenklichen Farben. In der Mitte des Raumes hingen zwei Schaukeln von der Decke, in denen zwei Paare schwangen und sich einander Lust schenkten. Versteckt in Nischen, bei denen die Wände nur aus Spiegeln bestanden, gab es eine unendliche Anzahl von Sexakten. Andere Gegenstände wie Ketten, Flogger, Bondage-Masken und Vibratoren ruhten im gesamten Raum auf Regalen und Tischen.

Seine Posungi-Eskorte blieb stehen und zeigte auf eine Frau, die in einer Nische auf dem Rücken lag. Ihr rotes Kleid bündelte sich um ihre Taille, während zwei Enayshuan-Männer sie mit dem Mund betörten und sich ein dritter, ein Menschenmann, bei dem Schauspiel einen runterholte.

„Sollen wir uns ihnen anschließen?", gurrte die Posungi-Frau.

Chigs bekam keine Luft. Er trat näher und fürchtete sich vor dem, was er abgesehen von dem Kleid gleich zu sehen bekommen würde. In einem der vielen Spiegel erblickte er das Gesicht der Frau, das Kinn nach oben gestoßen, während sie vor Lust nach

Luft schnappte und dabei an ihrem kurzen blonden Haar riss.

Er entließ erleichtert den Atem. „Das ist sie nicht."

Die Posungi-Frau zuckte mit den Schultern. „Nun, das ist die einzige Frau in Rot, die heute Abend den Raum betreten hat."

Er warf einen Blick über die Menge. Emmy war nicht hier. Das spürte er. Die Empfangsdame hatte ihn zu dem falschen roten Kleid geführt. Was bedeutete, dass er von hier verschwinden und Emmy ohne die Hilfe des Trackers finden musste. Die Empfangsdame hatte ihn jedoch bereits gewarnt, dass die anderen Level einen separaten Pass erforderten.

Er griff in seine Tasche und zog eine Handvoll Credits heraus. „Kannst du mir sagen, wo die Treppe ist?"

„Dies ist ein gesichertes Level. Das Treppenhaus ist verriegelt."

„Das lass mal meine Sorge sein. Ich muss nur wissen, wo es ist."

Sie zuckte mit den Schultern, und die Credits verschwanden wieder zwischen ihren Tentakeln. Sie drehte sich um, lief an den vielen Anwesenden vorbei und stoppte mehrere Schritte vor einer Wand mit einem hauchdünnen Vorhang, wo ein Mensch mit glänzenden Metallarmen Wache hielt. „Bitte sehr. Hinter dem Vorhang."

Ein Schauer jagte über Chigs' Rücken. Der Mann

war ein Cyborg, ein tödlicher Gegner, selbst für einen Denaidaner. Er war sich bewusst, dass die hohen Tiere bei Syndicorp sie als Leibwächter anheuerten, aber er hatte abgesehen von Doug und seiner Crew noch nie einen gesehen. Als er sich umschaute, entdeckte er weitere Cyborgs, die alle strategisch im Raum platziert waren, darunter einer in der Nähe des Aufzugs, den er bei seinem anfänglichen Schock nicht gleich registriert hatte.

Die Posungi-Frau drehte sich um, um zu gehen, aber er griff ihren Arm. „Warte."

„Hast du es dir anders überlegt, Süßer?" Einer ihrer Gesichtstentakel schlängelte über seine Brust und hinterließ eine kalte, nasse Spur. Beim Kontakt mit seinem Bart erstarrte sie. Ihre orangefarbenen Augen weiteten sich, als sie auf den leeren Raum unter seinem Kinn starrte.

Usviiqe. Chigs packte ihre Hand und zog sie ein paar Schritte von der Wache weg. „Sag nichts."

Sie löste sich aus seinem Griff, eine schleimige Zunge leckte in einer abschätzenden Geste über ihre Lippen. „Oh, ich kann diskret sein. Wenn der Preis stimmt."

Chigs zog mehr Credits heraus. „Auch möchte ich, dass du für eine Ablenkung sorgst."

Sie lachte heiser. „Dieser ganze Raum ist eine Ablenkung."

„Du weißt, was ich meine."

„Sie beäugte erneut die Credits. „Wenn ich Ärger

mache, werden sie mich bestrafen. Wahrscheinlich wochenlang. Sorge dafür, dass sich der Aufwand für mich lohnt."

Er runzelte die Stirn und fragte sich, ob sie eine Sklavin war. Syndicorp billigte die Sklaverei nicht öffentlich, aber er wusste aus Erfahrung, dass es immer noch einen Markt dafür gab. *Für dieses Problem hast du gerade keine Zeit.* Im Moment musste er hier raus und Emmy finden. Er holte den Rest seiner Credits heraus und gab sie ihr.

Die Posungi-Frau grinste und nahm das Geld, und ihre Tentakel krümmten sich, als machten sie sich bereit für einen Kampf. „Gib mir ein paar Minuten und du wirst deine Ablenkung bekommen."

Sie wirbelte herum und schlenderte zurück in die Menge.

Chigs betete, dass sie ihr Wort hielt, und wandte seine Aufmerksamkeit wieder der Wache in der Nähe des Treppenhauses zu. Er war sich nicht sicher, was die Posungi-Frau im Sinn hatte, aber er musste bereit sein. Er gab vor, als wäre er an einem Paar interessiert, um sich ihm anzuschließen.

Eine Minute später ertönte ein ohrenbetäubender Schrei von irgendwo auf der anderen Seite des Raumes. Jede Person im Raum unterbrach, was sie tat und schaute sich verwirrt um.

Die Wache entfernte sich von der Tür und schien dem Aufruhr auf den Grund gehen zu wollen. Ohne eine Sekunde zu verschwenden, eilte Chigs nach vorn und drückte seine Hand auf das Bedienfeld des Ausgangs. Ein Ionenimpuls reichte, um es kurzzuschließen. Er trat ins Treppenhaus, schloss die Tür hinter sich und atmete erleichtert auf. Jetzt musste er sich nur beeilen und Emmy finden.

KAPITEL DREIZEHN

Emmy widerstand dem Drang, sich nach Chigs umzusehen, als die Empfangsdame sie an zwei stämmigen Türstehern und einer Reihe von Rolltreppen vorbeiführte, von denen jede von jeweils zwei Türstehern bewacht wurde. Sie war noch nie im Velvet Enigma gewesen, und überall, wo sie hinschaute, gab es etwas Neues und Aufregendes zu entdecken. Eine Ebene war mit Vintage-Möbeln dekoriert und spielte Old-School-Musik. In einer anderen war ein schneller, pulsierender Beat zu hören, mit Stroboskopbeleuchtung und voller taumelnder Körper auf der Tanzfläche. Auf der nächsten Ebene wurde lauthals Karaoke gesungen.

Schließlich stoppten sie auf der Ebene mit schwach beleuchteten Neonsäulen, in denen langsam Blasen aufstiegen. Die Empfangsdame führte sie an Tischen und Sofas vorbei, während es die lauten

Gespräche schafften, die elektronische Musik zu übertönen.

Emmy blickte sich um und bemerkte die vielen Syndicorp-Uniformen. Ein ungutes Gefühl breitete sich in ihrer Brust aus. Vielleicht war Chigs' Vermutung, dass dies eine Falle sein könnte, gar nicht so weit hergeholt gewesen. Sie zögerte und überlegte, ob sich das Risiko lohnte, aber Dafari hatte sie bereits entdeckt. Er saß an einem Tisch in der Nähe der Bar und erhob sich, um sie zu begrüßen. Sie sprach sich Mut zu, atmete tief ein und ging direkt zu ihm.

„Emmy, meine Liebe", gurrte Dafari mit tiefer und verführerischer Stimme. „Du siehst absolut umwerfend aus." Er versuchte, sie in den Sitz neben ihm zu führen, jedoch wich sie seiner Hand aus und wählte stattdessen den Platz gegenüber von ihm.

Sie hatte diesem Treffen unter dem Vorwand zugestimmt, die Beziehung zu ihm möglicherweise wiederbeleben zu wollen, aber egal wie sehr sie es versuchte, sie konnte sich nicht dazu durchringen, so zu tun, als würde sie das wirklich wollen. „Was willst du, Dafari? Charles ist nicht glücklich darüber, dass ich mich hier mit dir treffe."

Mit einem angespannten Lächeln setzte er sich und nahm seinen leuchtend grünen Cocktail in die Hand. „Kann ich dir etwas zum Trinken bestellen?"

Sie ignorierte ihn und fragte stattdessen leicht genervt: „Wo ist deine Freundin?"

„Ah", antwortete er und nahm einen Schluck von

seinem Drink. „Ich würde Irina nicht gerade als meine Freundin bezeichnen. Irina ist ... nur jemand, mit dem ich Zeit verbringe." Er lehnte sich vor und starrte ihr direkt ins Gesicht. „Wenn ich ehrlich sein soll, habe ich es immer bereut, wie die Dinge zwischen uns geendet sind."

„Ist das so?" Am liebsten würde Emmy die Zähne fletschen, aber sie hielt ihr Gesicht ausdruckslos. Er versuchte offensichtlich, sie zu manipulieren – wie üblich. Was zum Teufel hatte sie jemals in ihm gesehen? Sie verschränkte die Arme vor der Brust. „Ich bin auf der Whylon Station auf einen gemeinsamen Bekannten gestoßen", sagte sie kühl. „Es klang, als hättest du eine interessante Perspektive auf das, was während unserer Trennung wirklich passiert ist."

Seine Augenbrauen schossen hoch. „Ich habe nur versucht, deine Karriere zu retten, nachdem du verschwunden bist. Ich habe den Leuten gesagt, dass du dich nach dem Ende unserer Beziehung erst mal wieder sammeln musstest. Warum hast du keines der Stellenangebote akzeptiert, die ich für dich arrangiert habe?"

Sie runzelte die Stirn. Ihr war nicht bewusst gewesen, dass die Angebote wegen ihm gemacht worden waren. „Warum hast du das für mich getan?"

„Weil du mir immer noch wichtig bist." Sein Blick schien nach Anzeichen zu suchen, dass seine Gefühle auf Gegenseitigkeit beruhten.

„Ich bin jetzt glücklich verheiratet." Sie neigte den Kopf, ihre Arme noch immer verschränkt. „Charles und ich werden auf Jarboa leben. Er besitzt dort eine Plantage."

Dafaris Augenbrauen schossen überrascht nach oben, aber er erholte sich schnell. „Die Frau eines Farmers? Das hätte ich mir für dich nie vorgestellt, Emmy."

„Er ist kein Farmer", sagte Emmy in einem unterkühlten Ton. „Er ist ein dekorierter Kriegsheld im Ruhestand." Sie sah sich um und hoffte, dass Chigs sie inzwischen gefunden hatte. Sie sehnte sich nach seinem erdenden Einfluss. Leider war er nirgendwo zu sehen.

„Du und ich waren ein großartiges Team, Emmy", sagte Dafari leise. „Das könnten wir wieder sein."

Bei seiner Kühnheit entfachte die Wut in ihr. „Wie kannst du es wagen, das vorzuschlagen? Nach allem, was du mir angetan hast? Du hast mich nie wirklich geliebt, Dafari. Deine Karriere stand immer an erster Stelle." Sie funkelte ihn an und ihre Stimme hob sich leicht. „Jetzt sag mir, warum du mich wirklich gebeten hast, dich hier zu treffen."

Dafari zögerte, seine Aufmerksamkeit schweifte durch den Raum, bevor er schließlich nachgab. Er griff in seine Brusttasche, zog einen kleinen Datenchip heraus und schob ihn über den Tisch. „Bevor du gegangen bist, hast du gesagt, dass du die

Machenschaften hinter dem Projekt aufdecken willst. Vorausgesetzt, du willst das noch immer, möchte ich dir helfen."

Emmy starrte ihn an und wagte es nicht einmal, auf den Chip auf dem Tisch zwischen ihnen zu schauen. In der Erwartung von Ärger klopfte ihr Herz wie wild und sie ließ nervös den Blick durch die schwach beleuchtete Bar schweifen. „Warum bietest du mir das an?", flüsterte sie.

Dafari lehnte sich zurück, als wäre dies das angenehmste Gespräch aller Zeiten. „Man könnte sagen, ich hatte einen Sinneswandel."

Emmy betrachtete ihn mit zusammengekniffenen Augen. „Warum?", hakte sie nach.

„Dieser Bastard, der das Projekt jetzt leitet, hat mich rausgeworfen." Eine zornige Grimasse kreuzte sein Gesicht, bevor sich seine Alltagsmaske wieder darüberlegte. „Ich will, dass das Projekt den Bach runtergeht."

Das ergab schon mehr Sinn. Dafaris Ego war angeknackst. Er dachte wahrscheinlich, wenn er nicht involviert sein könnte, würde er sicherstellen, dass es auch niemand anderes war. „Warum deckst du dann nicht selbst die Machenschaften auf?"

Er nahm einen weiteren Schluck von seinem Getränk und sah sie über den Rand des Glases an. „Weil ich im Gegensatz zu dir bei Syndicorp bleiben will."

Natürlich will er das. Nur weil er bereit war, dieses

Projekt zu enthüllen, bedeutete das nicht, dass ihm plötzlich ein Gewissen gewachsen war. Mit einer unauffälligen Bewegung schob sie den Chip in ihre Handtasche und stand auf. Als sie sich umdrehte, um zu gehen, ergriff Dafari ihre Hand.

„Warte damit nicht zu lange, Emmy. Das Labor könnte jederzeit den Standort wechseln." Er ließ ihre Hand los, wandte sich ab und signalisierte der Kellnerin, ihm einen weiteren Drink zu bringen.

Es hatte eine Zeit gegeben, in der diese Geste sie verletzt hätte. Im Moment war sie einfach erleichtert, ihn zurückzulassen. Und diesen Mann hätte sie fast geheiratet. Ihre Eltern hatten Recht behalten.

Als Emmy entschlossen auf die Rolltreppe zuging, musste sie zugeben, dass sie sich leichter fühlte. Sie schwebte regelrecht. Nach dieser Mission könnte sie endlich mit Dafari abschließen. Bei den Rebellen hatte sie eine Familie gefunden, und alle Mitglieder mochten sie. Allein der Gedanke, dass Chigs mit seiner Gefährtin sein Glück fand, zauberte ein Lächeln auf ihre Lippen – durchzogen mit etwas Traurigkeit. Ihre gemeinsame Zeit auf dieser Mission war wunderbar gewesen, und obwohl sie Chigs nicht für sich haben konnte, hatte sie in ihm einen neuen Freund gefunden.

Wie von ihren Gedanken herbeigerufen, wehte der Klang von Chigs' Stimme die Rolltreppe hinauf. „Ich habe es doch schon gesagt. Ich suche nur meinen Tisch."

Sie erreichte das Erdgeschoss und fand ihn zwischen zwei kräftigen Türstehern eingeklemmt, die Fäuste der Männer geballt und bereit für einen Kampf. Er entdeckte sie und sofort erhellte sich sein Gesichtsausdruck. „Da ist sie!"

Der Türsteher sah zu Emmy. „Er gehört zu Ihnen?"

Emmy nickte, und die Türsteher traten zurück und neigten die Köpfe. „Entschuldigen Sie das Missverständnis", sagte einer von ihnen.

Sie lächelte nachsichtig. „Ist schon gut. Wir wollten ohnehin gerade gehen."

Chigs schlang einen besitzergreifenden Arm um ihre Taille. „Lass uns *usviiqe* nochmal von hier verschwinden", sagte er entschlossen und lenkte sie zum Ausgang.

Er marschierte los, sodass sie regelrecht neben ihm herrennen musste, und als sie den Bordstein erreichten, war sie leicht außer Atem. „Chigs, was ist los?"

Er winkte einen Transporter heran, half ihr hinein und wartete, bis sie losfuhren, bevor er ihr von der Sache im Penthouse erzählte. „Ich möchte nie wieder einen nackten Posungi sehen", sagte er. „Und ich werde nicht einmal darüber reden, was der Yanipa-nimayu getan hat."

Emmy kicherte und erschauderte gleichzeitig. „Das klingt ... traumatisierend?"

Er schüttelte den Kopf. „Du hast ja keine Ahnung. Apropos traumatisierend, hast du Dafari getroffen?"

Sie hielt den Datenchip hoch und erkannte, dass sie kein bisschen traurig war. Sie fühlte sich gut. Energiegeladen. „Er gab mir das hier. Ich schätze, er ist sauer, weil er aus dem Projekt geworfen wurde. Demnach hofft er, dass wir dort Ärger machen."

Chigs kniff seine Augen zusammen. „Das fühlt sich zu einfach an. Ich vertraue ihm nicht."

„Zu Recht. Jedoch kenne ich Dafari gut genug, um seine Absichten zu beurteilen. Ich glaube, er war aufrichtig." Sie drückte den Chip in Chigs' Hand. Die nächsten Worte über ihre Lippen zu bringen, fiel ihr nicht leicht. „Das könnte dich endlich zu deiner Gefährtin führen."

Seufzend schloss Chigs seine Finger um den Chip. „Okay, mal schauen, was wir darauf finden." Für einen Moment schweiften seine Augen über ihr Gesicht, als ob er versuchte, sich ihre Gesichtszüge einzuprägen. „Danke für alles, was du getan hast, Emmy. Ich freue mich allerdings darauf, von diesem Planeten zu verschwinden." Dann drehte er sich um und starrte aus dem Fenster.

Eine Mischung aus widersprüchlichen Emotionen setzte sich in Emmys Kehle fest und auch sie entschied, aus ihrem Fenster zu schauen. Zum ersten Mal erkannte sie, dass dies bedeutete, dass ihre Mission mit Chigs beendet war. Sie würden keine Zeit mehr miteinander verbringen. Er und die anderen

Denaidaner würden anfangen, einen Überfall auf das Labor zu planen, zusammen mit einer Rettungsmission für Chigs' Gefährtin und die anderen Denaida-Frauen. Emmys Herz schmerzte, als sie erkannte, wie sehr sie die Wärme der Intimität vermissen würde, die zwischen ihnen entzündet worden war.

Du wirst ihn immer noch an Bord des Raumschiffes sehen, erinnerte sie sich. *Wir sind jetzt Freunde.*

Nur wollte sie mehr als nur Freunde sein. Dummerweise wusste sie, dass das niemals geschehen würde.

Der Transporter hielt vor dem Hotel an, und Chigs, der Gentleman, streckte die Hand nach ihr aus, um ihr aus dem Fahrzeug zu helfen. Sie mussten immer noch die Rolle des Ehepaares spielen, bis sie den Planeten verließen, also gingen sie händchenhaltend zum Aufzug. Obwohl sie lächelte und versuchte, sich so zu verhalten, als wäre sie verliebt, musste sie sich in die Unterlippe beißen, damit sie nicht losheulte.

KAPITEL VIERZEHN

Chigs wusste, dass sie den Datenchip so schnell wie möglich zurück zur Icarus bringen und an einem Plan zur Rettung der Frauen arbeiten mussten, aber er war sehr versucht, ihren Aufenthalt auf Aleigh zu verlängern. Gedanken an die Zukunft lasteten schwer auf ihm. Eine Zukunft, die Emmy nicht einbeziehen würde – und er war nicht bereit, sie loszulassen.

Emmy schien jedoch nur allzu begierig, den Planeten zu verlassen. „Je früher wir Doug den Chip zur Entschlüsselung bringen, desto besser", verkündete sie, während sie ihre Sachen in ihren Koffer stopfte. „Dafari deutete an, dass das Labor bald verlegt werden könnte."

Die Flitterwochen-Suite war hell erleuchtet, als würde die KI versuchen, seine Unsicherheit zurück in die Dunkelheit zu jagen, wo sie hingehörte. Dennoch wurde es für ihn immer unmöglicher zu glauben, dass seine wahre Gefährtin unter den Frauen im Labor war. Denn ... ein flüchtiger Blick von Emmy reichte aus, um seine beiden Herzen in Aufruhr zu versetzen.

Er schnappte sich seine Tasche und eilte hinter Emmy zum Aufzug, um nach ihrem Koffer zu greifen. „Lass mich das tragen." Als sie ihren Mund öffnete, um zu protestieren, sagte er: „Bis wir zur Icarus zurückkehren, bist du immer noch meine geliebte Frau."

Er sah ... Schmerz in ihren Augen aufblitzen, aber sie nickte nur und wandte sich dann den Türen des Aufzugs zu. „Richtig. Wir müssen die List noch ein wenig aufrechterhalten."

Die List. Seine Brust fühlte sich beengt an, als sie schweigend in die Lobby fuhren. Dann ging es auch schon zum Weltraumhafen, wo sie eine Überfahrt mit einem Frachtschiff buchten, das für eine Verbrennung nach Jarboa geplant war, um ihre Covergeschichte zu stützen. Von Jarboa würden sie ein Shuttle besteigen und außerhalb des Syndicorp-Sektors zur Icarus zurückkehren. Der Frachter würde gleich abheben, sodass sie einen schmalen, grauen Korridor hinuntereilen mussten, um ihre winzige Kabine noch rechtzeitig zu erreichen. Zwei verbeulte Nav-Grav-Sitze nahmen den größten Teil des Platzes ein, ihr mattgrauer Stoff war ausgefranst und fleckig. Eine Toilette durfte auch nicht fehlen, zusammen mit einer Gepäckablage direkt über ihnen, sodass Chigs sich ducken musste, um nicht dagegen zu rennen. Er sicherte ihre Koffer und drehte sich zu Emmy, die die Stühle misstrauisch beäugte.

„Darauf freue ich mich nicht gerade", sagte sie. „Diese Einheiten sehen aus, als wären sie von einer Müllhalde gerettet worden. Glaubst du, dass sie ... funktionsfähig sind?"

„Ich kann meinen ionischen Schild ausdehnen, um die Wirkung der Verbrennung für dich zu mildern." Er streckte eine Hand aus und bewegte sich auf einen der Sitze zu. „Doppelt hält besser." Die Reise würde nur einen Tag dauern, aber drei Verbrennungen in schneller Abfolge erfordern. Er freute sich nicht auf die anstrengende Reiseroute, aber zumindest hatte er seine ionische Kraft, um ihn vor dem Schlimmsten zu bewahren. Sie hätte nur die Nav-Grav-Einheit.

Emmys Augen weiteten sich und für einen Moment dachte er, sie würde seine Hilfe annehmen. Dann schüttelte sie den Kopf. „Nein, ich komm schon klar."

„Du hast bereits Verbrennungen erlebt, oder?", fragte er. „Es kann für Menschen eine Qual darstellen."

Sie biss sich auf die Unterlippe und betrachtete erneut die alten Sitze. „Ja, ich weiß."

Er trat näher und nahm ihre Hand. „Lass mich dir helfen." Er setzte sich und zog sie auf seinen

Schoß. Ein Funke zischte zwischen ihnen vor und zurück, als sich ihre Kurven an ihn pressten.

„Chigs, ich glaube nicht –" Das Deck unter ihren Füßen bebte, sodass sie den Satz abbrach, als das Schiff den Weltraumhafen verließ.

Er straffte seine Arme schützend um sie. „Wir sind hier nicht auf einem Luxuskreuzer, Emmy. Ich will, dass du in einem Stück zur Icarus kommst. Jeder wird hören wollen, wie es mit Dafari gelaufen ist."

Sie hörte auf, sich zu wehren, und atmete tief durch. „Ja, okay. Aber du brauchst doch deine Kraft, wenn du deine Gefährtin retten willst."

Die Erinnerung hallte wie eine hohle Trommel in ihm wider. „Das lass mal meine Sorge sein."

Die Ankündigung, sich auf die Verbrennung vorzubereiten, kam über die Gegensprechanlage und beendete so das Argument. Chigs erhöhte die Intensität seiner ionischen Kraft, um einen schützenden Kokon um sie beide zu werfen. Trotzdem drang das Gefühl des Raums, der sich in sich selbst zusammenfaltete, in seine Sinne ein, und Lethargie breitete sich als Welle in seinen Armen und Beinen aus, sodass er das Gefühl hatte, betrunken zu sein. Er schloss die Augen und ritt die Welle. Es war eine gute Sache, dass er darauf bestanden hatte, Emmy während dieser Sequenz in den Armen zu halten, denn diese alten Nav-Grav-Einheiten waren nutzlos.

Emmy schwankte und ließ ihren Kopf gegen seine

Brust zurückfallen. Er hielt sie, bestimmt und doch sanft, und war sich ihrer nackten Arme unter seinen Fingerspitzen nur allzu bewusst. Unfähig, dem Drang zu widerstehen, senkte er seine Wange auf ihren Haarschopf und atmete tief ein. Weiche florale Noten vermischt mit einem Duft, der ausschließlich weiblich war – ganz Emmy.

Die Zeitlinie einer Verbrennung war eine unbestimmte Sache, und es schien sowohl ewig zu dauern als auch schnell vorbei zu sein. Schließlich nahm das Schiff den normalen Antrieb wieder auf und der Druck gegen seinen ionischen Schild ließ nach. Er hielt seine Arme jedoch weiterhin locker um Emmy, da er noch nicht bereit war, sie gehen zu lassen. Sie zu halten, befriedigte ihn auf eine Weise, die er sich nie hätte vorstellen können.

Schließlich regte sich Emmy und sie stand auf: „Danke. Das hat mir sehr geholfen." Sie sah ihn besorgt an. „Wie geht's dir?"

„Mir geht's gut. Mach dir keine Sorgen um mich." Seine Hände zuckten mit dem Bedürfnis, ihre Hüften zu packen und sie zurück auf seinen Schoß zu ziehen, aber auch er stand auf und streckte sich. „Die nächste Verbrennung folgt in wenigen Minuten. Brauchst du einen kurzen Moment für dich?" Er deutete auf die kleine Toilette.

„Nein, aber Wasser wäre nett."

Glücklich, eine Aufgabe zu haben, eilte er zur Bordküche des Schiffes, fand ein Päckchen Wasser und schaffte es innerhalb weniger Minuten zurück in die Kabine. „Bitte sehr."

Sie nahm mehrere lange Schlucke, bevor sie es ihm anbot. „Hättest du gerne etwas Wasser?"

Er hatte keinen Durst, nahm aber trotzdem einen Schluck. „Danke."

Sie leerte das Paket und schob es in den Gepäckträger, um es später in einem Recycler zu entsorgen.

„Bereit?", fragte er, als er sich auf den Nav-Grav-Sitz setzte und erneut die Hand nach ihr ausstreckte.

Diesmal wirkte sie etwas entspannter und ihr Körper schmiegte sich an seinen, als wäre sie nur für ihn erschaffen worden. Er schlang beide Arme um ihre Weichheit und hob seinen Ionenschirm, da der Countdown bis zur Verbrennung bereits nach unten tickte. Das Schwindelgefühl kam und ging, begleitet von kribbelnder Hitze. Im Kokon seiner ionischen Kraft vermengten sich seine und Emmys Düfte zu einer berauschenden Mischung aus Verlangen, und er konnte seinen Schwanz unter ihrem Arsch nicht davon abhalten, auf sie zu reagieren.

Auch nachdem die Verbrennung lange vorbei war, hatte er sich noch nicht bewegt, seine Arme noch immer um sie, seine Atmung flach, die Oberschenkel angespannt. Er konnte sich nicht dazu bringen, sie loszulassen.

Emmy schien es auch nicht eilig zu haben, aufzustehen. Langsam drehte sie sich um und sah ihn über die Schulter an, ihre Lippen nun wenige Millimeter von seinen entfernt. Zu viel. *Scheiß auf die Mission.* Er konnte ihr nicht länger widerstehen. Chigs überwand den Abstand und drückte seinen Mund auf ihren. Ihre Lippen teilten sich einladend, und sie lehnte sich in den Kuss und zündete damit eine Plasmaexplosion in seinen Adern. Er glitt mit der Zunge über ihre und kostete von ihrer Süße.

So süß. So weich. So *mein.*

Er packte sie fester und zog sie an sich.

Ihr Duft sprach von Erregung. Mit ihren Lippen noch immer auf seinen glitt sie mit dem Arsch über seine immer härter werdende Erektion. Sie drehte sich, sodass sie seitwärts auf ihm saß, befreite sich mit einem Zucken ihrer Schultern von seinem Griff, um die Hände in seinen Nacken legen und ihn näher zu sich ziehen zu können.

Er stöhnte, knurrte, vertiefte den Kuss und glitt mit einer Hand über ihre Brust. Ihre Nippel waren mittlerweile so hart, dass sie durch den Stoff ihres Oberteils spürbar waren. Er zwickte sanft in die Knospe und entlockte ihr ein Keuchen, das ihn nur noch heißer machte. Er wollte sie vor Ekstase seinen Namen schreien hören.

Emmy griff mit ihrer freien Hand nach unten und rieb den dicken Schaft durch seine Hose. Seine Eier schmerzten mit aufgestauter Begierde. Sie rotierte ihre Hüfte wieder über seiner Länge und spreizte ihre Oberschenkel in Einladung.

Anaq, ja! Seine Hand verließ ihre Brust, schob sich in den Bund ihrer Hose und tauchte unter ihr Höschen, wo er sie heiß und feucht vorfand. Er presste seine Handfläche auf ihr Geschlecht und glitt mit zwei Fingern zwischen ihre feuchten Schamlippen. Er umkreiste und erkundete die samtweichen inneren Schamlippen und glitt über ihre anschwellende Klitoris.

Ein leises Stöhnen erhob sich in ihr. Sie neigte ihr Becken zu ihm, die Beine gespreizt und nur auf ihn wartend. Er tauchte einen Finger in ihre enge Hitze, die sich augenblicklich um den Eindringling zusammenzog. Er fügte einen zweiten Finger hinzu, glitt in sie und wieder raus, während er mit dem Daumen ihre Klitoris neckte.

Sie wimmerte und fand mit ihrer Hand den Verschluss seiner Hose. So sehr er wollte, dass sie ihn befreite, hatte er im Moment nur ein Ziel vor Augen, sodass er ihr nicht zur Hilfe kam. „Komm für mich", murmelte er an ihren Lippen, als er seinen Rhythmus erhöhte und seine Finger so tief in sie stieß, wie es ging. Sie pulsierte um ihn, stöhnte und buckelte, um seinen erregenden Stößen entgegenzukommen.

Er beugte seine Finger und fand diese bestimmte Stelle, die sie zum Schreien brachte: „Chigs!"

Ihre Wände zogen sich um ihn zusammen, aber er ließ nicht nach, stieß weiter in sie, bis sich ihr bebender Körper beruhigte. Außer Atem brach sie an seiner Brust zusammen. „Oh, mein Gott."

Er wog sie in seinen Armen, seine Atmung schnell. Seine Eier schmerzten, aber er war es gewohnt, sich zurückzuhalten; schließlich war er seit der Zerstörung seines Planeten nicht mehr mit einer Frau zusammen gewesen. Im Moment war er zufrieden damit, die Nachwirkungen von Emmys Lust zu genießen. Er bewegte sanft eine Haarlocke, die an ihrer geröteten Wange klebte, und verteilte Küsse auf ihre Schläfe.

Emmy atmete tief ein, eine Handfläche wanderte von seiner Brust zu seinem Bart und über seinen Kiefer. Er neigte den Kopf nach unten und bereitete sich auf einen weiteren Kuss vor, als sie sich plötzlich aufsetzte und eine kalte Kluft zwischen ihren Körpern öffnete. Mit großen Augen schoss sie auf ihre Füße und drehte sich zu ihm um. „Das können wir nicht ... das darf nicht noch einmal passieren."

Chigs' Brust verkrampfte sich, als bei ihm ankam, was dieser Moment für Auswirkungen nach sich ziehen könnte. *Ellam Cua, was habe ich mir nur dabei gedacht?*

KAPITEL FÜNFZEHN

Chigs kratzte sich am Kopf, Emotionen und Wünsche schossen wie ein feindliches Kreuzfeuer durch seinen Körper. „Nein, du hast Recht", stimmte er heiser zu.

Er war auf der Suche nach seiner Gefährtin und sollte nicht mit Emmy rummachen. Aber Pflicht und Logik trugen nichts dazu bei, seine Begierde nach ihr auszulöschen.

Emmy machte mehrere unsichere Schritte zurück und plumpste auf den anderen Nav-Grav-Sitz, wo sie sich anschnallte, ohne auch nur ein einziges Mal zu ihm zu sehen. Die letzte Verbrennung und der Rest der Reise gingen schweigend vorbei, und als sie den kleinen Weltraumhafen auf Jarboa erreichten, hatte Emmy wieder ihre reservierte Persönlichkeit aufgenommen.

Es war mitten in der Nacht, als sie ankamen, und

jenseits der Lichter des Frachtschiffs wurde der Landeplatz nur von einem einzigen hohen Pfosten beleuchtet, an dessen Spitze eine Glühbirne mit einem grellen Orange leuchtete. Chigs nahm ihr Gepäck und führte den Weg durch die Schatten zu einem baufälligen Hangar am anderen Rand des asphaltierten Bereichs. Doug hatte ein kleines, undokumentiertes Shuttle aus dem Darknet erworben, damit Chigs sie ohne großes Aufsehen zur Icarus fliegen konnte.

Chigs schob die Hangartür mit einem ohrenbetäubenden Rattern auf und verzog das Gesicht bei dem Zustand eines Schiffes, das aussah, als stamme es von derselben Müllkippe wie die Nav-Grav-Sitze im Frachter. Die Nase war etwas krumm, und der Rumpf in der Nähe der Triebwerke zeigte sich dunkel und rußig. Er war nur ein paar Mal solo geflogen, und dieser Rosteimer sah nicht so aus, als wäre er für den Weltraum zu gebrauchen.

Er wollte nicht, dass Emmy sich Sorgen machte, also gab er den Code ein und verstaute das Gepäck in stoischer Stille, bevor er den Pilotensitz einnahm. Emmy hatte sich bereits in den Co-Pilotensitz geschnallt, mit dem Kopf zurück und den Augen geschlossen, offensichtlich erschöpft von der letzten Verbrennung.

Er erinnerte sich daran, warum sie sich dafür entschieden hatte, diesen schrecklichen Nav-Grav-Sitz zu ertragen, woraufhin er den Kiefer anspannte und die Säure ignorierte, die in seinem Bauch brannte. Er lenkte sich damit ab, eine Vorflugkontrolle durchzuführen. Nachdem er sich alles dreimal angesehen hatte, hob er das Shuttle schließlich mit einem rasselnden Stoß vom Asphalt. Es dauerte nicht lange, bis sie endlich in der Shuttle-Bucht der Icarus zum Stehen kamen und Chigs die Luke öffnete. Zuerst sah er Tovik. Und für den Jungen war er wirklich nicht in der Stimmung.

„Ihr seid zurück!", rief Tovik, seine nackten Füße klatschten über das Deck. „Habt ihr die Informationen bekommen? Ich möchte alles über Aleigh hören."

„Später, Junge. Ich bin müde."

Tovik beugte sich vor, um an Chigs vorbei in das Shuttle zu schauen. „Wo ist Emmy? Oh, da ist sie!" Tovik schob Chigs aus dem Weg, um ihr seine Hand anzubieten. „*Assirpaa!* Du siehst erschöpft aus."

Chigs zügelte seinen Drang, Tovik am Nacken zu packen und ihn aus dem Shuttle zu werfen. Die Mission war vorbei; die Rolle eines besitzergreifenden Ehemanns zu spielen, gehörte nicht mehr zu seiner Aufgabe. Seine schmerzenden Herzen und sein aufgewühlter Magen sahen das jedoch anders.

„Ich sehe, die Verkleidung funktioniert immer noch", rief Emilryde vom unteren Ende der Shuttle-Rampe.

Chigs erkannte, dass sein Holo-Projektor immer noch lief, schaltete ihn schnell aus, riss sich die Kette vom Hals und marschierte die Rampe hinunter. Er übergab den Projektor an den Cyborg. „Funktionierte wunderbar."

Emilryde akzeptierte das Gerät mit einem verwirrten Ausdruck, aber mehr Besatzungsmitglieder waren gekommen, um sie willkommen zu heißen und sie mit Fragen zu bombardieren. Er antwortete kurz angebunden, seine Aufmerksamkeit auf Emmy, als Tovik ihr aus dem Shuttle half. Sie schloss sich der Crew an, lächelte und lachte sogar. Anscheinend ging es ihr wieder besser. Trotzdem spürte Chigs die Spannung zwischen ihnen, und er hatte das Gefühl, dass sie alles gab, um nicht zu ihm zu sehen.

Rust schob sich durch die Menge, sein kybernetischer Blick direkt auf Emmy gerichtet. Chigs zog die Augenbrauen zusammen und bereitete sich darauf vor, einzugreifen. Die Cyborgs waren eigentlich in Ordnung, aber Rust konnte ohne ersichtlichen Grund die Beherrschung verlieren.

„Hier." Rust streckte Emmy eine Schachtel hin und murmelte etwas, das Chigs nicht verstehen konnte.

Emmys Gesicht erstrahlte daraufhin, und sie nahm das Geschenk an und legte eine Hand auf Rusts Unterarm, sodass Chigs sich fragen musste, ob sie und Rust in einer Beziehung waren – oder ob Emmy in einer Beziehung mit jemand anderem war. Er hatte nie daran gedacht, nachzufragen, aber der bloße Gedanke reichte aus, um seinen Körper reagieren zu lassen.

Eine kybernetische Hand legte sich auf seine Schulter. „Also, wo ist der Chip?", fragte Doug.

Chigs wühlte in seiner Tasche, reichte ihm den kleinen Chip und fühlte sich schuldig, da er hoffte, dass die Daten beschädigt waren. „Hier. Ich hoffe, dass der Dafari-Typ uns damit nicht verarscht."

Doug nickte. „Ich werde mich sofort daran machen, die Daten zu entschlüsseln."

„Ihr seid bestimmt am Verhungern", rief Twerp, um über die lauten Gespräche Gehör zu finden, während sie gleichzeitig geräuschvoll heranrollte. „Ich habe an meinen Kochkünsten gearbeitet, also würde ich mich freuen, wenn mir alle in die Kantine folgen."

Chigs war zu frustriert, um sich irgendwo hinzusetzen und zu essen. Erschöpft von den Brennsequenzen verlangte es ihm danach, etwas Dampf abzulassen. Mit einem Schulterzucken lehnte er die Einladung ab und machte sich stattdessen auf den Weg in den Kraftraum.

Seine Stiefel hallten auf dem metallischen Boden wider, als er durch den Korridor lief und versuchte, seine schlechte Laune abzuschütteln. Er versuchte, sich in Erinnerung zu rufen, dass er froh sein sollte, dass sie der Rettung seiner Gefährtin einen Schritt näher gekommen waren. Aber es war unmöglich, sich auf jemanden zu freuen, den er noch nie getroffen hatte, wenn er doch nur an Emmy denken konnte.

Er erreichte den Kraftraum und fand ihn leer vor. Die Matten waren von jahrelanger Kampfpraxis abgenutzt, und ausgefranste Boxsäcke hingen von der Decke und schwankten leicht in der recycelten Luft. Chigs ging zum Waffenregal und wählte einen Stab.

Er hatte diesen Ort schon immer gemocht, hatte stets Trost darin gefunden, sich ausschließlich auf die Körperlichkeit des Kampfes zu konzentrieren. Er brauchte diese Art von Erlösung jetzt mehr denn je, solange er es mit diesen widersprüchlichen Emotionen zu tun hatte. Sein Pflichtbewusstsein band ihn an die göttliche Botschaft von Ellam Cua. Aber wie sollte er sich in eine andere Frau verlieben, wenn sich seine Herzen nach Emmy sehnten?

„Wirst du auf etwas einschlagen oder einfach nur da stehen und brüten?" Kashatoks Stimme brachte Chigs zurück in die Realität.

Als er sich umdrehte, sah er seinen großen, bärtigen Freund, der mit einem schiefen Lächeln auf den Lippen an das zweite Waffengestell lehnte. Wie lange stand Kashatok schon dort? „Auf etwas einschlagen", sagte Chigs und schwang seinen Stab. „Möchtest du dich freiwillig dafür melden?"

Kashatok lachte und griff selbst nach einem Stab. „Versuche es nur, *Iluq*."

Sie stellten sich einander gegenüber, und Chigs startete eine Reihe von Angriffen und peitschte den Stab durch die Luft. Jeder Zusammenprall der beiden Stäbe ließ seine Hände vibrieren und linderte die

Spannung in seinen Schultern. Aber keine Anstrengung konnte das Dilemma in seinem Kopf beruhigen.

Kashatok landete einen Schlag gegen seinen Handrücken, sodass Chigs' Fingerknöchel pochten. „Wo bist du mit deinem Kopf?", fragte sein Freund. „Teil des Kampfes ist er nicht."

Chigs wirbelte herum und versuchte, Kashatok den Boden unter den Füßen wegzufegen. Sein Freund kannte ihn zu gut. „Diese Mission bringt mich dazu, alles in Frage zu stellen."

Mit einem Ausbruch von Ionenenergie sprang Kashatok hoch, umging so Chigs' Plan und landete wieder auf der Matte. „Es geht um Emmy, oder?"

„Ich kriege sie nicht aus meinem Kopf." Chigs fletschte die Zähne, sprang nach vorn und schwang gleichzeitig seinen Stab, sodass Kashatok zum Rückzug getrieben wurde. „Warum hat Ellam Cua mich mit einer Frau auf eine Mission geschickt, die mich von meinem Ziel abbringt?"

Kashatok duckte, rollte und kam wieder auf die Füße, von wo er Chigs mit hochgezogenen Augenbrauen begegnete. „Unser Trickster-Gott spricht nicht immer klar und deutlich zu uns. Vielleicht ist dein Schicksal nicht so einfach, wie du dachtest."

Stirnrunzelnd senkte Chigs seinen Stab. „Was willst du damit sagen?"

„Dass du die Chance auf dein Glück nicht

wegwerfen sollst, nur weil du denkst, dass es nicht Teil eines großen Ganzen ist."

Die Schiffskommunikation piepste und Dougs Stimme hallte durch den Raum. „Alle in die Einsatzzentrale kommen."

Kashatok stellte seinen Stab zurück in das Gestell und neigte seinen Kopf zur Tür. „Klingt, als müssten wir ein paar Frauen retten."

Auch Chigs legte seinen Stab beiseite. Auf dem Weg durch den Korridor ließ er sich seine Optionen durch den Kopf gehen. Er wusste, was seine Herzen wollten, konnte er jedoch wirklich zwischen Liebe und Pflicht wählen? Es war nicht lange her, da war er zu Emmy gegangen, um nach Rat zu fragen. Vielleicht war es an der Zeit, wieder mit ihr zu sprechen. Aber diesmal war es nicht nur ein Rat, um den er sie bitten würde.

KAPITEL SECHZEHN

Nach der Mahlzeit mit der Crew entschuldigte sich Emmy und lief durch die ruhigen Korridore zu ihrem Büro. Chigs war zum Essen nicht in die Kantine gekommen. Sie war sich sicher, dass er ihr aus dem Weg ging. *Kannst du es ihm verübeln?* Nach dem, was zwischen ihnen in dem Shuttle passiert war, bezweifelte sie, dass sie sich jemals wieder zusammen im selben Raum wohl fühlen würden.

Sie saß mit geschlossenen Augen an ihrem Schreibtisch und lauschte dem sanften Rauschen ihres Meditationsbrunnens. Sie atmete tief durch und versuchte, die Kontrolle über ihre Emotionen wiederzuerlangen. *Nur ein kurzweiliger Moment der Leidenschaft. Mehr nicht.* Der Gedanke ließ ihr Herz nur noch mehr schmerzen. Die Erinnerung an Chigs' Mund auf ihrem, seinen Händen auf ihrer Haut, dem pochenden Schwanz an ihrem Arsch durchdrang ihren Verstand.

Sie wollte ihm für alles die Schuld geben, konnte es jedoch nicht. Sie hatte seinen Kuss gewollt, obwohl sie wusste, dass Chigs' Herzen nie wirklich ihr gehören konnten. Er hatte seinen Beitrag dazu geleistet, aber sie war mitverantwortlich für das verworrene Netz, das sie zusammen geknüpft hatten. Frustration und Schuld schufen in ihrem Magen einen schwindelerregenden Strudel.

Da sie keinen Frieden finden konnte, atmete sie langsam aus und öffnete die Augen. Ihr Blick fiel auf die Schachtel von Rust, die er ihr nach dem Verlassen des Shuttles gegeben hatte. Darin befand sich das Kuscheltier in der Form eines Drachen, den er während ihrer letzten Sitzung zerrissen hatte. Er hatte ihn geflickt. Wenn nur alles so einfach zu reparieren wäre.

„Em, geht es dir gut?"

Emmys Kopf zuckte zur Tür. Marlis stand auf der Türschwelle, ihre blonden Augenbrauen besorgt zusammengezogen. Emmy versuchte, ihrer Freundin ein besänftigendes Lächeln zu schenken. „Ich bin nur müde. Es war eine lange Mission."

Marlis schlenderte herein und lehnte sich mit der Hüfte gegen den Schreibtisch. „Also ... wie ist es mit Dafari gelaufen?"

Emmy blinzelte. Die ganze Sache mit Dafari war vor ein paar Tagen so eine große Sache gewesen, aber jetzt dachte sie kaum noch an ihn. „Es war nicht so schlimm."

„Mm." Marlis neigte den Kopf. „Warum wirkst du dann so niedergeschlagen?"

„Ich? Bei mir ist alles okay", antwortete Emmy, bevor sie ihren Blick wieder auf die Schachtel vor ihr richtete. „Wie ich schon sagte ... nur müde."

Marlis stieß mit den Fingerknöcheln gegen die Schachtel. „Was ist da drin? Ich habe gesehen, wie Rust es dir in der Shuttle-Bucht gegeben hat."

Lächelnd zog Emmy den Drachen heraus und setzte ihn auf ihren Schreibtisch. Die Nähte an seinen Flügeln waren ein wenig ungeschickt, aber sie wusste, dass dies bewies, dass seine Entschuldigung aufrichtig war. „Er hat den Drachen für mich repariert, da er ihn während einer Therapiesitzung kaputt gemacht hat und ... anscheinend tat es ihm leid."

„Oje. Ich habe gehört, dass er ein Tyrann sein kann." Marlis setzte sich kerzengerade hin, die Augenbrauen in Sorge zusammengezogen. „Wenn du jemals Verstärkung brauchst, lass es mich wissen."

Emmy zuckte mit den Schultern und lächelte. Es war schön, zu wissen, dass sie eine Freundin hatte, auf die sie sich verlassen konnte. Nur wollte sie niemanden gegen Rust aufhetzen – besonders nicht, wenn er Fortschritte zu machen schien. „Rust kann schroff sein, aber er hat ein gutes Herz."

Marlis' Augenbrauen entspannten sich, und ein

Funkeln erschien in ihren Augen. „Geht hier noch mehr vor sich? Ein bisschen Romantik vielleicht?"

Emmy spürte, wie sich ihre Wangen bei den Worten erwärmten. „Auf keinen Fall."

„Warum nicht? Rust ist nicht unansehnlich." Marlis zwinkerte ihr vielsagend zu. „Wenn er ein gutes Herz hat, hat er vielleicht auch andere gute Körperteile."

Emmy lachte, obwohl ihr eigenes Herz schwer wurde. „Marlis, du bist unverbesserlich."

„Das wurde mir schon öfter gesagt." Marlis lachte.

Ihr Lachen wurde durch die Stimme aus dem Lautsprecher unterbrochen: „Alle in die Einsatzzentrale kommen", kam es von Doug.

Marlis stand auf und justierte ihren Waffengürtel. „Endlich!", sagte sie und schritt zur Tür. „Ich kann es nicht erwarten. Ich brauche etwas Action."

Emmy hatte das Gefühl, auf ihrem Stuhl festzukleben. Chigs würde da sein, und sie war noch nicht bereit, sich ihm zu stellen. „Ich dachte, Doug würde länger brauchen."

„Er ist ein Cyborg. Sie erledigen alles doppelt so schnell." Marlis stoppte und schaute über ihre Schulter. „Kommst du?"

„Nein." Emmy öffnete eine Schreibtischschublade und zog ihr Datenpad heraus, wobei sie den donnernden Puls in ihren Ohren ignorierte. „Ich muss etwas Arbeit aufholen."

„Bist du nicht neugierig, was Doug auf dieser

Festplatte gefunden hat?" Marlis musterte sie und zog misstrauisch die Augenbrauen zusammen.

„Mein Teil der Mission ist vorbei." Emmy öffnete eine zufällige Datei auf ihrem Pad und ignorierte Marlis' durchdringenden Blick. „Ihr Soldaten könnt euch um den Rest kümmern."

Marlis marschierte zum Schreibtisch, zog das Datenpad aus Emmys Griff und riss sie auf die Füße. „Doug hat das Treffen für alle einberufen, Emmy, und du warst Teil der Erkundungsmission. Du musst mitkommen, ob du nun Arbeit nachholen musst oder nicht."

Emmy seufzte resigniert. Gegen Marlis hatte sie keine Chance, wenn sie sich erstmal etwas in den Kopf setzte. Mit Nervosität im Herzen folgte Emmy ihrer Freundin aus dem Büro.

Die Einsatzzentrale summte regelrecht vor Aktivität, als sie eintraten. Ein großer Tisch in der Mitte dominierte den Raum, ein holografischer Projektor kreierte darüber komplexe Lichtmuster. Doug stand am Kopfende des Tisches, während verschiedene Besatzungsmitglieder die Sitze füllten oder an den Wänden lehnten. Emmy versuchte, sich unauffällig zu bewegen und verweilte mit einigen der anderen Besatzungsmitglieder im hinteren Teil des Raumes, aber Doug erblickte sie schnell und winkte sie zu sich nach vorne.

„Emmy, wir haben dir einen Platz reserviert." Er deutete auf einen leeren Stuhl neben Chigs.

Scheiße. Es gab keine Möglichkeit, charmant abzulehnen, also kam sie der Einladung nach und setzte sich. Neben Chigs, wobei sie darauf achtete, dass sie ihn nicht mal mit dem Ellbogen berührte. Er roch nach sauberem, männlichem Schweiß, und sie hatte das Gefühl, dass seine bloße Berührung sie aus dem Konzept bringen würde. *Konzentriere dich auf Doug,* sagte sie zu sich selbst. Sie fühlte jedoch, dass Chigs sie mit einer Intensität anstarrte, die einen Schauer in ihr auslöste.

„Ruhe", begann Doug und sicherte sich somit die Aufmerksamkeit aller Anwesenden. „Wir haben viel zu besprechen und nur sehr wenig Zeit."

Der Raum verstummte, als Doug das holografische Bild eines Planeten über der Mitte des Tisches hervorbrachte. „Ich habe den Datenchip entschlüsselt, den Chigs und Emmy von ihrer Mission mitgebracht haben. Das Labor, in dem die gefangenen Frauen festgehalten werden, befindet sich auf einem Planeten namens Naraka. Dabei handelt es sich um ein umkämpftes Gebiet des Syndicorp-Sektors. Aber die Informationen deuten auch darauf hin, dass das Labor dabei ist, seinen Standort zu wechseln."

Besorgtes Gemurmel erfüllte den Raum.

Tovik schlug eine Handfläche auf den Tisch. „Worauf warten wir dann noch? Los!"

„Ganz ruhig, Junge", sagte Doug, als sich das Holo-Bild zu einer Reihe von Diagrammen änderte.

„Ein Frontalangriff auf diesen Ort wäre Selbstmord – für uns und die Frauen in Gefangenschaft. Es könnte jedoch eine Möglichkeit geben, ein Team reinzubringen, um so die Abwehr des Labors zu umgehen."

„Wie?", fragte Chigs, der bereits die Daten studierte.

Emmys Herz setzte einen Schlag aus. Natürlich war er interessiert. Er sollte interessiert sein. Trotzdem fühlte es sich an, als hätte er gerade Salz auf die Wunde gestreut.

Doug zeigte auf eine Reihe von Symbolen. „Die Orbitalpatrouillen könnten ein Problem sein, ich habe jedoch einen alten Code gefunden, mit dem es erlaubt sein sollte, ein kleines Shuttle zu landen."

Er beschrieb weitere Details über die Patrouillenrouten, während Emmy ihre Finger unter dem Tisch wrang und nur halb zuhörte. Diese Frauen mussten gerettet werden, aber unabhängig von deren Notlage konnte sie nur daran denken, diesem Meeting zu entkommen. Sie hatte ein Date mit einem riesigen Eimer Schokoladeneis. Und sie wollte das Brennen in ihren Augen mit Tränen löschen ...

Der Klang ihres Namens brachte sie zurück und sie erkannte, dass alle im Raum sie anstarrten.

„Okay, Emmy?", sagte Doug, während sein kybernetisches Auge sein grünes Licht auf sie richtete.

„Tut mir leid. Ich habe geträumt", entgegnete

Emmy mit roten Wangen. „Können wir etwas zurückspulen?"

Doug runzelte die Stirn, wiederholte aber seine Zusammenfassung. „Laut dem Datenchip bist du immer noch auf der Personalliste des Labors. Das bedeutet, dass du die Einzige bist, die uns in das Gebäude bringen kann."

Emmy blinzelte ihn an. „Warum zum Teufel stehe ich auf der Liste?"

„Es scheint, dass du nach deinem Abgang nie vollständig entfernt wurdest."

Emmy zog die Augenbrauen zusammen, Galle brodelte in ihrem Magen, als sie erkannte, dass Dafari dies geplant haben musste. *Er ließ mich auf der Liste, um sich reinschleichen zu können.* Sie schluckte an dem Kloß in ihrem Hals vorbei. „Du willst, dass ich auf diese Mission gehe?"

„Ja. Sobald ihr drinnen seid, begebt du und Chigs euch auf den Weg zum Großrechner und deaktiviert die planetaren Abwehrschilde. Er ist mit den Grundlayouts von Syndicorp vertraut."

„Wer kommt sonst noch mit?" Ihre Handflächen wurden nass, als sie daran dachte, wieder mit Chigs allein zu sein.

„Das Shuttle befördert nur zwei Personen, sodass ihr beide die erste Etappe alleine bewältigen müsst. Sobald die Schilde unten sind, können wir ein Team in der Nähe der Einrichtung landen, um die Frauen zu befreien, und alle vom Planeten zu holen."

„Ich sehe ein Problem mit diesem Plan", sagte Tovik. „Was ist, wenn es dort Hybriden wie Rashana gibt? Ich habe an einem Gerät gearbeitet, um ihre Gedankenkontrollkräfte zu blockieren, aber es ist noch fehlerhaftet."

Emmy sah zu Rust, da sie sich an die Therapiestunden erinnerte, in denen er über das invasive Gefühl gesprochen hatte, als Rashana seine Gedanken manipuliert hatte. Zumindest stand Rashana jetzt auf der Seite der Rebellion, aber was wäre, wenn sie anderen wie ihr begegneten? Sie erschauderte bei dem Gedanken.

„Chigs kann seinen Ionenschild benutzen, um sie beide zu schützen", sagte Doug. „Das kannst du, Chigs, oder?"

Chigs rutschte auf seinem Stuhl herum. „Ja, aber Emmy ist eine Psychologin, keine Soldatin. Kannst du nicht die Informationen einer anderen Person ins System schleusen, sodass sie anstelle von Emmy gehen kann?"

Obwohl sie der neuen Mission zögerlich gegenüberstand, verletzte es Emmy, Chigs so reden zu hören. „Ich kann auf mich selbst aufpassen, Chigs."

Er warf ihr einen Blick zu, der ihr das Gefühl gab, sich beschützt und gleichzeitig verletzlich zu fühlen. „Ich weiß, dass du das kannst, aber du hast schon einmal dein Leben für diese Mission riskiert."

„Oh! Lass mich Emmy sein!", sagte Marlis.

Doug schüttelte den Kopf. „Die Kontrollpunkte in

der Einrichtung sind genetisch, und obwohl ich es schaffen könnte, stattdessen dich einzuschleusen, wäre der Aufwand dafür zu groß.“

„Es werden neben Emmy noch mehr Frauen sein, die beschützt werden müssen, sobald das Team ins Innere gedrungen ist“, sagte Rust. „Lass mich an Chigs’ Stelle gehen. Ein Cyborg ist so viel wert wie zehn reguläre Soldaten.“

Chigs entließ einen genervten Laut. „Sagt wer? Ich habe mich in Dutzenden Schlachten bewährt.“ Er erhob sich und legte eine Hand auf Emmys Stuhllehne. „Und ich werde meine Gefährtin mit jeder Zelle meines Wesens beschützen.“

Emmys Herz blutete bei der Erwähnung von Chigs‘ Gefährtin, und raste los, als sie beobachtete, wie Rust seine kalten, metallischen Arme beugte, wobei jedes Gelenk mit tödlicher Präzision klickte.

„Willst du dich beweisen?“, sagte Rust mit gefletschten Zähnen. „Lass uns die Angelegenheit im Ring klären.“

„Geht klar.“ Chigs ballte seine Fäuste und trat vor, bis seine Oberschenkel gegen die Tischkante stießen und die Muskeln unter seiner Haut anschwollen. Testosteron verstopfte die Luft, aber niemand schien bereit zu sein, einzugreifen.

Emmy hielt es nicht länger aus. Sie schob sich vom Tisch zurück und erhob sich zu ihrer vollen, wenn auch winzigen Größe. „Hört ihr eigentlich, was ihr da sagt? Während ihr diesen Längenvergleich veranstaltet, gibt es dort draußen unschuldige Frauen, die gefoltert und umgebracht werden.“

Alle Augen richteten sich auf sie. Rust funkelte Chigs weiter an, senkte aber die Arme an seine Seiten. Chigs drehte sich zu ihr um und hob beschwichtigend die Handflächen. Dougs normalerweise passiven Gesichtszüge zeigten ein Grinsen, und Marlis stieß sie mit einem Ellbogen an. „Mach sie fertig, Em.“

Emmy atmete tief ein und wies auf die Tür. „Während ihr euer Gezänk beendet, werde ich mich auf diese Mission vorbereiten. Ich warte am Shuttle.“

Damit wirbelte Emmy herum und ging aus dem Raum, wissend, dass Chigs am Ende gewinnen und sie begleiten würde. Sie würden seine Gefährtin retten. *Und dann kann ich diesen Herzschmerz für immer hinter mir lassen.*

KAPITEL SIEBZEHN

Chigs saß gebeugt über der antiquierten Shuttle-Konsole, seine großen Hände ließen den Steuerknüppel vollkommen verschwinden, als er sie von der Icarus wegnavigierte. Obwohl Tovik sich das Shuttle kurz angesehen hatte, flackerten auf dem Steuerpult immer wieder mehrere Lichter auf.

Emmy saß leise auf dem Co-Pilotensitz und blickte hartnäckig aus der Scheibe vor ihr. Sie hatte kaum fünf Worte zu ihm gesagt, seit er sich ihr in der Shuttle-Bucht angeschlossen hatte, von wo sie die Mission gemeinsam begannen.

Die Entscheidung für ihn, Emmy nach Naraka zu eskortieren, war logisch gewesen. Nicht einmal Rust konnte nach Emmys Ausbruch noch ein Gegenargument finden. Nur fühlte sich Chigs in ihrer Nähe doch etwas verlegen. Er war normalerweise dafür bekannt, fokussiert und entschlossen zu agieren, aber die neuen Emotionen, die er ihr gegenüber empfand, brachten ihn aus dem Gleichgewicht.

Aus dem Augenwinkel sah er zu ihr. Das schwache Licht entfernter Sterne ließ die Paspeln an ihrer Syndicorp-Uniform silbern glänzen. Er räusperte sich und sagte: „Was für ein Glück, dass Doug uns auf Jarboa dieses undokumentierte Shuttle sichern konnte, was?"

Sie zuckte mit den Schultern und nickte, ihre Augen jedoch verließen nie die Scheibe vor ihr.

Usviiqe. Sie machte es ihm nicht leicht. Er wollte ihr endlich erzählen, dass er einen ... Sinneswandel hatte. Wie aber sagte man einer Frau, die der Liebe nicht länger vertraute, dass sie die Auserwählte war? Zumal sie ja dachte, dass sie nur dafür da war, ihm dabei zu helfen, eine andere zu retten.

Er leckte sich über die Lippen und versuchte es erneut. „Wie lange wird es deiner Meinung nach dauern, den Großrechner zu erreichen, wenn wir erstmal drin sind?"

„Das hängt davon ab, mit wie vielen Wachen wir es zu tun bekommen", sagte sie in einem kurz angebundenen Ton. „Meine Freigabe gilt für die Patientenebene, nicht für die Security."

Er knirschte mit den Zähnen, als ihm wieder in Erinnerung gerufen wurde, in welche Gefahr sie sich begab. Gleichzeitig tadelte er sich selbst dafür, daran zu denken, ihr in einem Moment wie diesem seine Herzen vor die Füße werfen zu wollen. Die Planung für diese Mission und Emmys Sicherheit sollten im Vordergrund seiner Gedanken stehen. „Ich hoffe, du kannst uns aus allen Konfrontationen herausreden, aber ich kann bei Bedarf ein paar Wachen ausschalten."

„Hoffen wir, dass das nicht nötig sein wird." Zum ersten Mal, seit er sich ihr im Shuttle angeschlossen hatte, sah sie ihm nun in die Augen. „Es wird überall Kameras geben. Du hast deine Verkleidung mitgebracht, oder?"

Chigs nickte und tippte auf den Holo-Projektor um seinen Hals. „Tovik hat zusätzlich eine Syndicorp-Uniform eingepackt."

Sie nickte kurz und lenkte ihre Aufmerksamkeit wieder auf die Scheibe. „Gut."

Er seufzte, doch der Laut verlor sich unter dem Brummen der Triebwerke. Bereits jetzt sehnte er sich nach der Kameradschaft, die sie während ihrer Zeit auf Alleigh geteilt hatten. *Sag es einfach.* Wieder räusperte er sich. „Emmy, ich möchte mit dir darüber sprechen, was zwischen uns passiert ist."

Ihre Hände ballten sich auf ihrem Schoß zu Fäusten und sie schüttelte den Kopf. „Ich bin nicht in der Stimmung, zu reden, Chigs. Konzentrieren wir uns einfach darauf, diese Mission lebend durchzustehen, okay? Wir können uns keine Ablenkungen leisten."

„Natürlich", murmelte er, denn er wusste, dass sie Recht hatte. So sehr er dieses Gewicht von seiner Brust nehmen wollte, konzentrierte er sich auf die Konsole. Sein Geständnis müsste warten. Er steuerte den zerbrechlichen Flugkörper in Richtung des wachsenden Lichtkreises, bei dem es sich um den Planeten Naraka handelte.

Einige Minuten später nahm der Planet das Sichtfeld vor ihnen ein, eine Fläche aus Hellbraun und Schwarz mit Staubwolken, die über die Oberfläche wirbelten. Das Shuttle knarrte, als sie in die äußere Stratosphäre eindrangen, und das Joch vibrierte unter Chigs' Handflächen.

„Shuttle AX-237, hier spricht die Orbitalkontrolle des Planeten Naraka", knisterte eine Stimme über den Lautsprecher. „Sie haben den eingeschränkten Luftraum betreten. Bitte verlassen Sie sofort diesen Bereich."

„Wir haben eine Freigabe", antwortete Chigs. Etwas nervös gab er den Code ein, den Doug zur Verfügung gestellt hatte.

„In Bearbeitung", kam die knappe Antwort.

Chigs packte das Joch mit verschwitzten Handflächen. Wenn der Code nicht funktionierte, würden sie hoffentlich nur den Befehl bekommen, umzudrehen. Leider bestand die Möglichkeit, dass sie das Shuttle und damit auch ihn und Emmy zu Weltraumstaub verarbeiten würden.

Die Stille streckte sich wie ein Draht, der kurz

davor war, zu brechen. In der Dunkelheit jenseits der Oberfläche des Planeten trieb das Patrouillenschiff wie ein auf der Lauer liegendes Raubtier.

Schließlich sagte die Stimme über den Lautsprecher: „Ihr Code ist abgelaufen."

Chigs festigte seinen Griff um das Joch und wünschte, es wäre die Steuerung zu einem Geschützturm. Wenigstens hätte er dann eine Chance gegen das andere Schiff. Er warf einen Blick auf Emmys blasses Gesicht. „Halt dich gut fest. Das könnte hässlich werden."

„Warte." Sie lehnte sich vor und drückte den Knopf für die Kommunikation. „Hier spricht Dr. Emilia Voss. Ich bin gekommen, um den Transport von Testpersonen zu überwachen. Lassen Sie uns landen und ich werde alle Missverständnisse aus dem Weg räumen." Dann ratterte sie Referenzen und zusätzliche Autorisierungscodes so schnell und zuversichtlich ab, dass sogar Chigs fast glaubte, sie würde immer noch für das Labor arbeiten.

„Wir können Ihnen ohne den richtigen Code keine Landeerlaubnis erteilen", beharrte die Patrouille.

„Wenn Sie sich nicht dem Zorn des leitenden Arztes stellen wollen, schlage ich vor, Sie prüfen meine Referenzen und lassen uns endlich passieren", sagte Emmy. „Dies ist eine zeitkritische Mission, und jede Verzögerung könnte die jahrelange Forschung beeinträchtigen."

Ein weiterer Moment der Stille verging, dann sagte die Stimme: „Dr. Voss, Ihr Status wurde bestätigt. Bitte aktualisieren Sie den Code Ihres Schiffes für zukünftige Kontrollen. Beachten Sie, dass auf der Oberfläche gerade ein schwerer Sandsturm wütet. Gehen Sie mit der nötigen Vorsicht vor."

„Verstanden", antwortete Emmy unterkühlt, bevor sie die Verbindung unterbrach.

Als das Patrouillenschiff auf Abstand ging, warf Chigs ihr einen beeindruckten Blick zu. „Gut gemacht."

Emmy stieß laut den Atem aus. „Ich bin mir nicht sicher, ob meine Geschichte standhalten wird, wenn er herumfragt. Lass uns landen, bevor er tiefer gräbt."

Er zielte mit dem Shuttle auf die Oberfläche. Der Rumpf klapperte und übertönte das statisch gefüllte Brummen der Konsole. Chigs richtete das Joch aus, um den Kurs zu stabilisieren. „Er meinte es ernst mit dem Sturm. Schnall dich besser an."

Obwohl die Trägheitsdämpfer sie für die Landung in einer guten Position halten sollten, wollte er bei diesem in die Jahre gekommenen Shuttle lieber auf Nummer sicher gehen.

Emmy kämpfte mit der Harness. Er sehnte sich danach, ihr zu helfen und ihre bebende Hand in seine zu nehmen, musste sich aber darauf konzentrieren, das ruckelnde Joch auf Kurs zu halten.

Als sie den dunstigen Schleier des Sturms durchbrachen, schlängelten sich schwarze

Staubwolken über den Bildschirm. Der kleine Flugkörper bebte und neigte sich zur Seite. Emmy schnappte nach Luft und packte ihre Armlehnen, während Chigs seinen ionischen Schild aktivierte und sich so an Ort und Stelle fixierte. Er wünschte, er könnte Emmy das gleiche Maß an Sicherheit bieten.

Das Shuttle ruckelte und bebte, während der Metallrumpf des Schiffes stöhnte. Eine Vibration begann in den Bodenplatten, ein tückischer Schauer, der durch Chigs' Stiefel reiste und sich wie Eis in seinen Adern niederließ.

„Ruhig, Mädchen", murmelte er dem Shuttle zu, obwohl es seine eigenen Nerven waren, die er beruhigen wollte. Er war auf Missionen geflogen, aber an sich war das Leben als Pilot nicht seine Berufung. Ellam Cua hatte ihn für den Kampf geformt, nicht für Finesse mit Triebwerken und Flugbahnberechnungen. Durch die Scheibe erhaschte er immer wieder Blicke auf zerklüftete Felsen und aufgewühlten, schwarzen Sand.

Ein Ruck schickte das Shuttle in einen Wirbel, Sandkörner prasselten in ohrenbetäubender Lautstärke gegen den Metallrumpf. Er erkannte, dass die Trägheitsdämpfer offline waren, als ein verirrtes Rationspaket an ihm vorbei zum Fenster schwebte. Das Paket wackelte für ein paar Herzschläge, dann fiel es wie ein Stein, als die Dämpfer wieder online kamen.

Er warf einen Blick auf Emmy, die kreidebleich ihre Armlehnen umklammerte. „Halte durch", sagte er. „Fast geschafft."

Aber das stimmte nicht. Die Messwerte auf seinem Pult zeigten, dass sie vom Kurs abgekommen waren. Er zog hart an dem Joch und versuchte, sie zurück zum Landeplatz der Einrichtung zu lenken. Nur schaffte er es nicht, die Kraft des Windes zu kompensieren, sodass das Shuttle wieder eingesaugt wurde.

Plötzlich war ein lauter Knall zu hören. Ein Kabel, das unter zu viel Spannung gestanden hatte und nun gerissen war? Zu seinem Entsetzen riss sich der Co-Pilotsitz los – Emmys Sitz –, hob ab und schlug mit der Oberseite gegen die Decke. Emmy schrie und hob die Hände schützend vor ihr Gesicht, als sich die Deckenplatte löste und es um sie herum Kabel und Drähte regnete. Dann segelten Emmy und der gesamte Stuhl rückwärts und somit außer Sichtweite.

Ein Blick über seine Schulter zeigte, dass ihr Sitz nicht weit vom Ausgang seitlich in der Wand steckte. Er konnte ihr Gesicht nicht sehen, wusste also nicht, ob es ihr gut ging. „Emmy!", rief er, doch seine Stimme verlor sich in der Kakofonie von Alarmen und dem Banshee-Heulen des Sturms, der ihnen das Leben gerade schwer machte.

Das Joch ruckte wieder in seinen Händen und er

lenkte seine Aufmerksamkeit auf die Steuerung. Es fühlte sich an, als würde das Shuttle auseinandergerissen werden, und sein Höhenmesser machte ihm klar, dass sich der Boden schnell näherte. Er musste sich konzentrieren, sonst würden sie wie Insekten zerquetscht werden. *Ellam Cua, bitte steh mir bei ...*

Der Sandwirbel vor der Scheibe zeigte sich jetzt als hohe Wand, als Chigs Knöpfe drückte und alles gab, um die Kontrolle über das Shuttle nicht zu verlieren. Seine Sensoren spielten vollkommen verrückt, verwirrt durch den wirbelnden Sand. Chigs konnte nur am Joch festhalten und seine Instinkte einsetzen, während er immer wieder Stoßgebete zu Ellam Cua schickte.

Hart landeten sie auf der Oberfläche, Metall bog sich und knirschte um sie herum, als das Shuttle eine Furche in der Landschaft kreierte. Der beißende Geruch von durchgebrannten Stromkreisen erfüllte die Luft und die Rauchwolke, die aus der Konsole trat, formte Tränen in seinen Augen.

Er sprang auf und stolperte durch den Dunst auf Emmy zu. Sie war immer noch an ihren Stuhl gefesselt, das gezackte Metall, das ihn einst am Deck gehalten hatte, war jetzt in die Steuereinheit des Triebwerks eingebettet. Wie gespenstische Finger quoll Rauch aus dem beschädigten Bedienfeld, und funkelnde Drähte schwankten alarmierend nahe an

Emmys Kopf. Ihre Augen waren geschlossen, aber sie schien unverletzt zu sein.

Er fiel neben ihr auf die Knie, und seine Hände zitterten, als er an ihrem Gurt riss. Der Sitz ließ endlich von ihr ab und sie sank schlaff in seine Arme.

„Emmy! Emmy, wach auf!", schrie er und schüttelte sie sanft.

Sie rührte sich nicht.

„Nein, nein, nein", murmelte Chigs panisch. Seine Finger suchten den Puls an ihrem Hals. Der Schlag unter seinen Fingerspitzen war schwach, aber stetig, eine Symphonie inmitten des Chaos. Erleichterung schauderte durch ihn, als ihre Augenlider flatterten.

„Bleib bei mir, Emmy", sagte er und die rauchige Luft machte seine Stimme kratzig. Sie mussten aus dem Shuttle raus, bevor der Rauch sie umbrachte.

„Chigs?" Ihre Stimme war schwach.

„Ich bin hier", versicherte er ihr und schmiegte sie an seine Brust, als er aufstand.

„Haben wir es ... geschafft?", lallte sie.

„Wir leben, und darauf kommt es an. Wir müssen einen Unterschlupf finden."

Bevor er die Luke öffnete, aktivierte er seine Ionenkraft, sodass sich eine schimmernde Blase um sie beide legte. Sand prasselte auf den Schild ein, ein ohrenbetäubendes Rauschen erfüllte die Luft, was seine Konzentration zu stören versuchte. Er trat in den Sturm, setzte Kurs auf den schattenhaften

Umriss der nächsten Felsformation und betete, dass sie dort etwas Ruhe finden konnten.

Emmys Arme strafften sich um seinen Hals, und sie drückte ihre Wange gegen seine Brust. Mit jedem Schritt wurde ihm bewusster, wen er da gerade in den Armen hielt, die emotionale Wirkung, die sie auf sein Leben hatte … *Ich hätte sie verlieren können.*

Der Gedanke, ohne Emmy zu existieren, war unerträglich.

Als sie die Felsen erreichten, legte Chigs sie vorsichtig auf den weichen Sand und seine beiden Herzen klopften vor Panik und Erleichterung. Die Felsen schufen einen Zufluchtsort, einen Bereich, in dem der Sand sie nicht erreichen konnte. Obwohl der Sandsturm immer noch wie ein bösartiges Tier heulte, konnte Chigs zumindest seinen Schild für eine Weile fallen lassen.

„Geht es dir gut?", fragte er und schob ihr sanft ihre dicken braunen Haare aus dem Gesicht, sodass er nun die Beule an ihrer Stirn sah.

„Ich denke schon." Sie setzte sich auf, ließ die Hände prüfend über ihren Körper streifen und zuckte zusammen, als ihre Finger die Beule fanden. „Ich wurde nur ein bisschen herumgeschubst."

All die Angst und Verzweiflung, die Chigs während der ereignisreichen Landung empfunden hatte, brachen wie ein Damm auf. Er legte beide Hände auf ihre Schultern und bat sie so, ihm ihre Aufmerksamkeit zu schenken. „Emmy, ich muss dir etwas sagen. Meine Gefährtin ist nicht in diesem Labor."

Sie runzelte die Stirn. „W-Was meinst du damit? Hattest du noch einen Traum?"

„Nein. Ich bin nur ... Ich glaube, ich habe mich geirrt. Emmy, ich glaube, *du* bist meine Gefährtin."

KAPITEL ACHTZEHN

Emmy saß mit dem Rücken an dem rauen Stein ihres Unterschlupfs und die gezackten Kanten bohrten sich in den Stoff ihrer Uniform. Der Wind heulte heiß und sandig über die enge Öffnung im Felsen. Der Vorhang aus schwarzem Sand sorgte dafür, dass sie erstmal festsaßen. Ein Sturm von gleichem Ausmaß wütete in Emmys Kopf. Chigs' Geständnis war verwirrender, als es der Absturz gewesen war.

Er denkt, dass ich seine Gefährtin bin?

Sie konnte nicht leugnen, dass ihr Herz sich danach sehnte, seine Liebe anzunehmen, doch die Angst flüsterte heimtückische Zweifel. Dafaris Verrat hatte sie verletzt, genau wie Meks Gleichgültigkeit – für die sie sich nur selbst die Schuld geben konnte. Dennoch hatte jede Wunde ihr Herz ein wenig mehr verhärtet.

Als Psychologin wurde sie darin geschult, die Situationen ihrer Patienten zu unterteilen und objektiv zu betrachten. Und doch saß sie nun hier und ertrank in einem turbulenten Meer ihrer eigenen Verwundbarkeit. Wenn jemand mit einem ähnlichen Dilemma zu ihr käme, welchen Rat würde sie geben?

„Emmy, hast du gehört, was ich gesagt habe?" Chigs' Stimme klang angespannt. Er sah vom Sturm zerzaust aus, sein dunkles Haar ein wildes Durcheinander auf seinem Kopf. Sand klammerte sich an seinen Bart. War er eine weitere emotionale Zeitbombe, die darauf wartete, zu explodieren? Oder könnte er der Partner sein, nach dem sie sich immer gesehnt hatte, jemand, dem sie restlos vertrauen konnte?

Emmy leckte sich über die Lippen und ... schmeckte Sand. Ihr Herz sehnte sich nach diesem wunderschönen, ehrenwerten Mann, der jetzt vor ihr kniete und mit seinen bronzefarbenen Augen Aufrichtigkeit vermittelte.

Aber ihr Verstand schrie nach Selbsterhaltung. *Lass dich nicht wieder täuschen! Du hast schon einmal vertraut und schau, was es dich gekostet hat.*

Zittrig atmete sie ein und warf sich den unsichtbaren Mantel professioneller Objektivität über. „Ja, ich habe dich gehört. Aber ich fürchte, das ist nur deine Reaktion auf Stress."

„Nein, das ist es nicht, Emmy. Ich kann nicht

aufhören, an dich zu denken.“ Sein bronzefarbener Blick schwankte nicht für eine Minute.

Zumindest war es erfreulich zu wissen, dass sie mit ihrer Besessenheit nicht allein gewesen war, aber das bedeutete trotzdem nicht, dass sie Schicksalsgefährten waren. Er erlebte höchstwahrscheinlich einen klassischen Fall von kalten Füßen – jetzt, da sie dem Ziel so nah waren, die Denaida-Frauen zu finden. Seine wahre Gefährtin – seine Zukunft.

Emmy kaute auf ihrer Unterlippe und versuchte, die Situation zu bewerten, ohne ihre Emotionen ins Spiel zu bringen. „Ich denke, deine Gefühle laufen auf das Übertragungsphänomen zurück“, sagte sie.

Er kniff seine Augen zusammen. „Was bedeutet Übertragungsphänomen?“

„Es ist ein häufiges Phänomen zwischen Ärzten und ihren Patienten. Es ist, wenn Gefühle über jemanden in deiner Vergangenheit unbewusst auf deinen Therapeuten projiziert werden.“ Sie sprach mit dem ganzen Eifer einer Psychologiestudentin im ersten Jahr, obwohl ihr Herz dem nicht zustimmte. „Aber die Emotionen sind nicht real.“

„Zunächst einmal bist du nicht meine Therapeutin“, betonte Chigs. „Zweitens weiß ich jetzt, dass mein Traum mich die ganze Zeit zu *dir* geführt hat.“ Er gluckste trocken und schüttelte den Kopf. „Ellam Cua lacht wahrscheinlich gerade über meine Fehlinterpretation. Ich möchte diese Denaida-

Frauen retten, keine Frage, aber Ellam Cuas eigentliches Ziel für mich ... warst du."

Emmy zog die Augenbrauen zusammen und versuchte, das Flattern in ihrem Bauch und den Schmerz in ihrer Brust zu unterdrücken. *Er denkt, dass es bei seinem Traum um mich ging.* Sie dachte wieder daran, wie oft sie bereits in der Vergangenheit verletzt worden war. Sie wollte Chigs weit mehr, als sie die anderen gewollt hatte. Doch wie sollte sie darauf vertrauen, dass ihr Herz jetzt die wahre Liebe erkannte, wenn sie schon so oft grausam enttäuscht wurde?

„Ich möchte dir glauben, Chigs. So sehr." Sie schüttelte den Kopf. „Aber das kann ich nicht. Nicht nach dem, was ich mit Dafari und anderen Männern durchgemacht habe."

Chigs griff nach ihr und umfasste ihre kleinen Hände mit seinen größeren, schwieligen Pranken. „Ich bin nicht sie, Emmy. Was wir haben, ist real ... greifbar. Es ist keine Wissenschaft. Es ist keine flüchtige Verliebtheit oder lustvolle Ablenkung. Ich werde mich nie für eine andere entscheiden, selbst wenn du mich ablehnst." Sein Daumen strich in einer besänftigenden Liebkosung über ihre Fingerknöchel. Sie erschauerte. „Du bist mein Schicksal."

Emmy wurde plötzlich klar, dass sie ein Feigling war. In ihrer Zeit mit Chigs hatte sie Vertrauen zu ihm gefasst und sie wusste, dass er sie niemals absichtlich verletzen würde. Seine Loyalität, seine unerschütterliche Integrität – diese Qualitäten hatten sie ebenso gefesselt wie seine auffälligen Augen und sein muskulöser Körperbau. Er hatte sich ihr Vertrauen und ihr Herz verdient, wenn sie den Mut finden konnte, ihm beides zu überreichen.

Chigs ließ ihre Hände los und stand auf, seine beeindruckende Form nicht in der Lage sich ganz aufzurichten, da er sich sonst an der niedrigen Felsdecke stoßen würde. „Wenn du aber nicht dasselbe fühlst, werde ich dich nicht unter Druck setzen. Ich möchte jedoch, dass du weißt, dass ich auf dich warten werde. Für immer.“

Dass er ihr Freiraum geben wollte, führte dazu, dass sich der Korken von der Flasche löste, der den Sturm in ihrem Inneren gehalten hatte. Sie warf einen Blick auf den Sandvorhang und erkannte, wie nahe sie bei diesem Absturz dem Tod gekommen waren. Sie wollte nicht sterben, ohne vorher zu erfahren, was es bedeutete, wirklich geliebt zu werden.

Bevor er auf Abstand gehen konnte, griff Emmy wieder nach seiner Hand. „Warte.“ Ihre Stimme verfing sich an dem Kloß in ihrer Kehle, aber sie schluckte ihn herunter und fand den Mut, zu sprechen. „Ich denke ... ich möchte diese Chance nicht vorbeiziehen lassen. Die Chance auf ein uns.“

Für zwei volle Herzschläge blieb Chigs vollkommen unbeweglich, bevor sie spürte, wie sich seine Finger um ihre legten. Dann, mit einem leisen Knurren, zog er sie in seine Arme und presste einen glühenden Kuss auf ihre Lippen. Emmy keuchte, als er sie hart an seine Brust riss und öffnete sich instinktiv für seine Zunge. Sie klammerte sich an seine Schultern und ihre Finger fanden seine Haare, als ihr Verlangen entfachte.

Seine großen Hände erkundeten besitzergreifend ihren Körper, seine schwieligen Finger sogar über ihren Klamotten spürbar. Als seine Finger die weiche Schwellung ihrer linken Brust fanden, wölbte sie sich mit einem verzweifelten Stöhnen seiner Berührung entgegen.

Heftig keuchend murmelte Chigs an ihren kribbelnden Lippen: „Du bist meine *Unqu akhala*, meine Herzenswahl."

Emmys Hände zitterten, als sie mit den Fingern durch den rauen Bart kämmte, der seinen Kiefer bedeckte. „Ja", flüsterte sie inbrünstig. „Dein."

Sie küssten sich leidenschaftlich, bis sie beide schwer atmeten. Ihre Hände kämpften mit dem Verschluss an der Vorderseite seiner Uniform, doch schließlich schafften es ihre Finger unter den Stoff und sie berührte seine warme Haut.

„Lass mich dich sehen, *Akhala*." Er half ihr aus ihrem Uniformhemd und dem BH, während sein Blick jeden freigelegten Zentimeter geröteter Haut verschlang.

Emmy fühlte sich mächtig und wertgeschätzt, als er ihren Hals küsste und mit seinen geschickten Fingern in ihre Nippel zwickte, bis sie für ihn salutierten. Die Hitze blühte in Emmys Mitte auf, und sie rieb sich an seiner harten Länge, suchte nach Kontakt und sehnte sich nach dieser intimen Verbindung. „Chigs, bitte ...“

Er knurrte an dem hämmernden Puls an ihrer Kehle. „Geduld, *Akhala*. Zuerst möchte ich dir huldigen.“

Er zog sich sein Hemd aus und legte es in der Höhle wie eine Decke auf den weichen Sand, dann führte er sie auf den Rücken und überschüttete sie erneut mit Aufmerksamkeit.

Seine Lippen arbeiteten sich tiefer und knabberten an ihrem Schlüsselbein, bevor sie sich einen Weg zwischen ihre Brüste bahnten. Als er mit seinem Mund eine Knospe zwischen seine Lippen saugte, schrie Emmy. Ein Schrei, der vom Sturm absorbiert wurde, als warme, nasse Hitze zwischen ihren Oberschenkeln pulsierte.

Sie schob ihre Hand die definierten Ebenen seiner Brust hinunter und suchte die harte Länge seiner Erregung, die sich gegen ihre Hüfte drückte. Er fühlte sich hinter seiner Hose riesig an. Sie fummelte am Verschluss seiner Hose herum, aber er ging auf Abstand und zog ihr dabei in einer beeindruckend flüssigen Bewegung ihre Hose und ihr Höschen aus. Seine Handflächen schienen bei jeder Berührung ein Brandzeichen auf ihrer Haut zu hinterlassen, als er über die Schenkel nach oben fuhr, sich zwischen ihre Beine kniete und diese weit spreizte. Er hielt nur lange genug inne, sodass sie das leidenschaftliche Funkeln in seinen Augen sah, bevor er die Lippen auf ihre Pussy senkte.

Ihre Welt konzentrierte sich nun nur noch auf dieses elektrisierende Vergnügen, als sein Mund ihr Geschlecht in einem sinnlichen, urtümlichen Kuss beanspruchte. Sein Bart kratzte über das empfindliche Fleisch ihrer Oberschenkel, was zu dem Gefühl beitrug, und sie schrie erneut und hob ihm ihr Becken entgegen. Er packte ihre Pobacken und hielt sie an seinen Mund, presste sie regelrecht an sich, als hätte er ein Festmahl vor sich. Die Zungenschläge über ihrer Klitoris wechselten zu Umkreisungen, und zusammen brachte sie das alles an den Rand des Höhepunkts, bevor die Ekstase schließlich zuschlug.

Gedankenlos vor Glückseligkeit ritt sie auf der Welle der Lust, und sein Mund hörte erst auf, als sich ihr bebender Körper beruhigte. Sie schwebte in einem verschwommenen, lustgetränkten Delirium. Sie bekam kaum mit, dass Chigs seine Hose ablegte, sich über sie schob und einen seiner muskulösen Oberschenkel an der Nässe zwischen ihren Beinen positionierte. Der heiße, dicke Schaft ruhte an ihrem Hüftknochen und pulsierte im Einklang zu ihrem Herzschlag.

Er lehnte sich dicht an ihr Ohr, sein Atem heiß an ihrer Haut. „Letzte Chance, deine Meinung zu ändern, *Akhala*. Danach wird es kein Zurück mehr geben.“

Ihre Finger tauchten in den weichen Sand, als sie die Lider öffnete und ihm direkt in die Augen sah, sein Blick geprägt von Leidenschaft. „Ich will dich, Chigs."

Befriedigung erhellte seine Gesichtszüge. Im nächsten Moment positionierte er seine Eichel an ihrem Eingang. Sie war feucht und bereit und hieß ihn zwischen ihren Schenkeln willkommen. Mit unerträglicher Geduld presste er sich in sie hinein und dehnte sie, bis es an Lust und Schmerz grenzte. Sie kratzte über seinen Rücken. Noch nie hatte sie jemanden verzweifelter in sich haben wollen.

„Chigs, bitte ..." Sie schlang ihre Beine um seine Taille, trieb die Fersen in seinen Arsch und drückte ihn so tiefer in sie. Emmy stöhnte, als seine Hüfte mit ihrer in Kontakt kam und sein Schwanz sie vollständig füllte.

Er stöhnte. „Meine Emmy."

Er küsste sie mit einer leidenschaftlichen Besessenheit und dann bewegte er sich, drang mit zunehmender Geschwindigkeit in sie, sodass sich der nächste Orgasmus aufbaute. Immer und immer wieder stieß er hart in sie und sie bekam nicht genug von seinem Gewicht auf ihrem Körper. Alles, was sie tun konnte, war, zu versuchen, nicht zu ertrinken, als ein Tsunami aus Empfindungen sie hoch und höher trug und sie dann auf einer Welle des Vergnügens in den Abgrund schickte.

Mit einem Schauern stieß Chigs ein letztes Mal

nach vorne und füllte sie dann mit der Hitze seiner Erlösung.

Sie klammerte sich an seine Taille, als sie durch seinen Orgasmus erneut zum Höhepunkt fand, ein Echo von Nachbeben folgte, das über bloße fleischliche Lust hinausging. Es war, als würden sich ihre Seelen verbinden, als würde das Universum nur existieren, um diesen Moment zu kreieren.

Chigs rollte zur Seite, befreite sie so von seinem Gewicht und stützte sich auf einen Ellbogen, um ihr ins Gesicht zu schauen. „Ich liebe dich, Emmy. Du bist mein Schicksal, meine Auserwählte."

Ein tiefes Gefühl von Frieden und Richtigkeit nistete sich in Emmy ein. Dies war ihr Pfad – nicht von der launischen Hand des Schicksals für sie gewählt, sondern durch ihren eigenen Mut und ihr offenes Herz beansprucht. „Und du gehörst mir, Chigs."

———

Als Emmy aufwachte, war Chigs verschwunden. Sein Hemd lag immer noch auf dem sandigen Boden unter ihr, ihre eigene Kleidung als Decken über ihren Körper drapiert. Sie setzte sich auf, sah sich um und spähte durch die Dunkelheit. Die Luft hatte sich mit dem Einbruch der Nacht abgekühlt. „Chigs?" Ihre Stimme hallte hohl von den Höhlenwänden wider.

Der Wind vor der Höhle hatte nachgelassen, und die enge Öffnung im Felsen gab ihr einen flüchtigen Blick auf einen samtschwarzen Sternenhimmel. Sie erhob sich, zog sich schnell an und fummelte an den Verschlüssen ihrer Uniform herum. Sicherlich hatte er sie hier nicht allein gelassen, oder? Sie ging zum Höhleneingang und schaute nach draußen. Der Sand in der Luft schaffte es immer noch, ihre Haut zu attackieren, aber zumindest versuchte er nicht, sie bei lebendigem Leib zu häuten.

„Chigs?" Langsam bewegte sie sich vorwärts.

Innerhalb von zwei Schritten stand sie bis zu den Schienbeinen im Sand. Sie wedelte mit den Armen, fiel aber rückwärts auf ihren Arsch, sodass sie entschied, in den Unterschlupf zurückzukehren, wo sie sich den Sand aus den Augen rieb.

Was machte Chigs? Wo war er? Sie konnte sich keinen guten Grund vorstellen, warum er sie hier gelassen hatte und allein losgezogen sein könnte. Was, wenn er sich in der Wüste verirrt hatte? Fragen durchzogen von Panik schwirrten ihr nacheinander durch den Kopf, als sie sich vorstellte, allein in dieser trostlosen Einöde gestrandet zu sein.

Mit einem wild klopfenden Herzen marschierte sie in der Höhle auf und ab, ihr Blick immer wieder auf dem Eingang. Er würde bald zurück sein, oder? Die Minuten erstreckten sich ins Unermessliche; sie wartete und wartete. Gerade als sie darüber nachdachte, erneut hinauszugehen, um nach ihm zu suchen, erschien Chigs mit einer Tasche über seiner linken Schulter.

„Wo bist du gewesen? Ich war krank vor Sorge!“

„Tut mir leid, *Akhala*. Ich wollte dir keine Angst machen.“ Er trat in die Höhle und schwarzer Sand fiel wie Regen von seinen breiten Schultern. „Ich wollte nur schnell nach dem Shuttle sehen.“

„Kann man es reparieren?“

„Nicht von mir“, sagte er mit einer Grimasse. „Die Kabel sind durchgebrannt.“

Sie erwiderte seinen gequälten Gesichtsausdruck. „Hast du eine Ahnung, wie weit wir vom Labor entfernt sind?“

Er zog ein kleines Gerät aus der Tasche und spähte auf den Bildschirm. „Sieht so aus, als ob die Einrichtung nicht weit entfernt ist. Zu Fuß sollten wir das Labor in etwa zwei Stunden erreichen.“

Sie dachte darüber nach, wie die Wüste versucht hatte, sie wie Treibsand zu verschlingen. „Zu Fuß? Wie verhindern wir, dass wir einsinken?“

„Ich werde dich tragen und uns mit meinen Ionenkräften auf dem Sand halten.“ Er hakte den Scanner an seinen Gürtel, bevor er einen Wasserbeutel aus der Tasche holte und ihr gab. „Zumindest hat Tovik an Vorräte gedacht. Über seine Shuttle-Wartungsfähigkeiten muss ich jedoch noch mal mit ihm reden, wenn wir zurück zur Icarus kommen.“

„Bestimmt weiß das Sicherheitsteam des Labors,

dass wir abgestürzt sind." Sie löste das Siegel für das Wasser, nahm einen langen Schluck und erkannte, wie ausgedörrt ihre Kehle war. Sie wollte das ganze Ding leeren, war sich aber nicht sicher, wie viel Wasser sie zur Verfügung hatten, also gab sie den Beutel stattdessen an Chigs zurück. „Sollten wir lieber auf einen Suchtrupp warten?"

Chigs nahm einen kleinen Schluck von dem Wasser, bevor er den Beutel verschloss und einsteckte. Sie hatte also Recht gehabt − das war wahrscheinlich die einzige Wasserquelle, die sie hatten. „Wir standen nicht gerade auf der Gästeliste. Vielleicht ist es besser, wenn wir den Weg zum Labor alleine finden."

Sie verzog das Gesicht und erinnerte sich an ihren Plan, sich in die Einrichtung zu bluffen. Zu Fuß anzukommen, würde nur eine stärkere Kontrolle nach sich ziehen. „Ich bezweifle, dass viele Gäste an ihre Haustür klopfen."

„Jede Einrichtung, in der ich während meiner Zeit bei Syndicorp stationiert war, hatte eine Hintertür. Der Grundriss ist immer ähnlich. Ich bin mir sicher, dass ich ihn finde."

Emmy nickte und erinnerte sich, dass es auf Xeranis Gerüchte über einen Fluchttunnel gegeben hatte. Auf diese Weise würden die hohen Tiere nicht in der Falle sitzen, wenn die Sträflinge Radau machten. „Wenn du dir sicher bist."

„Ellam Cua wird uns führen. Vorausgesetzt, ich interpretiere die Zeichen nicht erneut falsch." Seine

Zähne blitzten in der Dunkelheit weiß auf. „Wir sollten uns besser auf den Weg machen." Er hockte sich mit dem Rücken zu ihr hin. „Aufsteigen bitte."

Emmy legte eine Hand auf seine Schulter, um das Gleichgewicht nicht zu verlieren, und kletterte auf seinen Rücken. Die subtilen Düfte von Erde und männlichem Schweiß begrüßten sie, und ihre Brustwarzen wurden sofort hart, als sie sich gegen seine definierten Schulterblätter presste. Sie lehnte sich dicht an sein Ohr. „Ist es falsch, dass ich dich schon wieder in mir will?"

Er drehte den Kopf, um ihrem Blick zu begegnen, und seine Augen glühten in der Dunkelheit. „Führe mich nicht in Versuchung, *Akhala*."

Sie lächelte und machte es sich ... na ja, bequem. Sie befanden sich vielleicht auf einer gefährlichen Mission, aber sie war sich ziemlich sicher, dass sie in ihrem ganzen Leben noch nie so glücklich gewesen war.

KAPITEL NEUNZEHN

Chigs' Füße schwebten über den Sand, seine Ionenmacht dafür verantwortlich, dass er nicht einsank. Jeder Zentimeter seiner Haut fühlte sich lebendig an, sich nur allzu bewusst, dass sich Emmy mit ihrem ganzen Gewicht an seinen Rücken presste und ihr Atem gegen seinen Nacken wehte. Er schaffte es nicht, sein Grinsen von den Lippen zu wischen, sodass er sich sicher war, dass der Gefährtenbund zwischen ihnen nun offiziell sein musste.

Emmy gehört mir. Seine Seele sang vor unverdrossener Aufregung.

Zu denken, dass sie fast ein Jahr lang bei der Rebellion gewesen war, direkt vor seiner Nase, und er zu blind gewesen war, um zu sehen, wie perfekt sie doch war. *Kein Wunder, dass Ellam Cua mich mit diesem usviigen Traum gequält hat.*

Emmy richtete ihren Griff neu aus, ihr femininer Duft wie eine Droge in der staubigen Luft.

„Alles in Ordnung bei dir?", fragte er. Ein blassrosa Mond hatte gerade den Horizont gekrönt, das schwache Licht ließ die hoch aufragenden, beigen Felsen noch dramatischer erscheinen, aber auch der Obsidianhimmel dahinter tat seinen Beitrag.

„Ja", sagte Emmy. „Bin ich zu schwer? Brauchst du eine Pause?"

Er gluckste. „Keineswegs. Ich bemerke dich kaum." Was nicht ganz richtig war, wenn man bedachte, dass seine Gedanken völlig von ihr eingenommen wurden. Jetzt war allerdings nicht die Zeit, darüber nachzudenken, sie erneut aus ihrer Kleidung zu befreien. „Wie kommen wir voran?", fragte er, als er den Scanner aus seinem Gürtel zog und ihn ihr überreichte.

Sie nahm das Gerät und stützte es auf seine Schulter, um es zu benutzen, während er weiterlief. „Wir müssen etwas nach links."

Er passte den Kurs an, marschierte weiter und zielte auf eine Gruppe von Felsen in der Ferne.

„Werde ich wahnsinnig oder bewegen sich diese Steine?" Emmy grub die Finger in seine Schultern.

Er hielt inne und erkannte, dass die Felsen tatsächlich wie eine Fata Morgana in der Nachtluft flimmerten. Der Boden unter seinen Füßen grollte wie das Schnurren eines perfekt getunten Brennantriebs. Das war gar nicht gut.

„Was passiert hier?", flüsterte Emmy, ihre Stimme kaum hörbar. Er spürte jedoch, wie ihre panische Angst über die Gefährtenverbindung vibrierte, als wäre die Emotion seine eigene.

Chigs blickte in die Dunkelheit und versuchte, die Quelle des Geräuschs auszumachen. Er ließ eines von Emmys Beinen los und griff nach der Waffe an seiner Hüfte, gerade als sich der Boden unter ihnen hob. Er flog durch die Luft und landete hart auf dem Sand, bevor die Oberflächenspannung wie Wasser unter ihm nachgab. Emmys Gewicht war verschwunden.

Ein Schatten blockierte das Licht des Mondes, als ein kolossales Tier mit hunderten von langen, dünnen Beinen aus dem Sand stieg. Sein Körper glänzte im blassen Mondlicht in einem Amethystblau, bedeckt von überlappenden Platten aus Metall oder Chiton.

Er hatte es geschafft, an seiner Waffe festzuhalten, die sich plötzlich jämmerlich unzulänglich anfühlte.

Mit rasendem Puls kam er auf die Füße und scannte den Bereich nach Emmy, während der Sand weiterhin unter seinen Füßen bebte. Er entdeckte sie auf der anderen Seite der Kreatur, halb vergraben und wild zappelnd im Sand.

„Emmy, ich komme!" Das ohrenbetäubende Geräusch der Kreatur, die sich unter dem Sand fortbewegte, erfüllte die Luft, als er dem schlängelnden Körper auswich. Selbst mit seinem Ionenschild drohte der aufgewühlte Sand, ihn zu verschlucken.

Emmys Kopf tauchte ab, nur um ein paar Meter entfernt wieder aufzublitzen. Verzweifelt versuchte sie sich an der beweglichen Oberfläche festzukrallen. „Chigs!"

Die Kreatur bohrte mit unerbittlicher Geschwindigkeit vorwärts. Seine Länge schien sich ins Unendliche zu strecken und kreierte mit seinen vielen Beinen eine dichte Sandwolke.

Mit einem Adrenalinstoß sprang Chigs über den Rücken des Tieres, landete auf dem beweglichen Sand und konzentrierte seine ganze Energie auf seine Füße, um nicht einzusinken. Er packte einen von Emmys Armen, zog sie aus dem saugenden Mahlstrom und rannte dann auf eine Felsformation nicht weit von ihnen zu.

Das Rumpeln setzte sich hinter ihm fort, doch er stoppte erst, als sie festen Boden erreichten. Schließlich hielt er an, um wieder zu Atem zu kommen.

Emmy klammerte sich an ihn und hustete den Sand aus ihren Lungen. „Was zum Teufel war das für ein Ding?"

„Keine Ahnung", sagte er, sein Mund mit Sand gefüllt. „Aber zumindest jagt es uns nicht."

Sie blickten beide zurück zu der Kreatur, die sich immer weiter entfernte und eine Spur aus aufgewirbeltem Sand zurückließ.

Chigs drehte sich zu Emmy um und fuhr mit den Händen über ihre Arme und Hüfte, um sich zu vergewissern, dass es ihr gut ging. „Alles okay? Für einen Moment dachte ich, ich hätte dich verloren."

„Ja, ich auch." Sie umarmte ihn fest. „Mir geht es aber gut. Danke, dass du mich gerettet hast."

„Ich werde nie zulassen, dass dir etwas passiert", versprach er, obwohl die Angst immer noch seine Knochen durchschüttelte. Er konnte es kaum erwarten, dass diese Mission vorbei war. „Lass uns weitergehen. In welche Richtung müssen wir?"

Emmy zog eine Grimasse und sah auf ihre leeren Hände. „Ich weiß es nicht. Ich habe den Scanner verloren."

„*Usviiqe*." Dann erkannte er, dass sie den Kraftausdruck vielleicht als Zurechtweisung verstehen könnte, und fügte hinzu: „Keine Bange, wir werden die Einrichtung auch ohne das Gerät finden." Er sah sich um und hoffte in der eintönigen Landschaft auf einen Hinweis auf die Einrichtung.

Emmy zeigte auf den Horizont. „Ich denke, wir waren auf dem Weg zu dieser Sternformation, die wie eine Sichel aussieht."

Er lächelte sie an, froh, dass sie ihre Umgebung im Blick behalten hatte, denn er war mit seinen Gedanken nur bei ihr gewesen. „Sehr gut."

Sie kletterte auf seinen Rücken und so setzten sie ihren Weg fort. Als das blassviolette Licht der Vordämmerung den Himmel erfüllte, entdeckte er in der Ferne unter einer Gruppe von Steinen ein metallisches Glitzern. „Ich denke, ich sehe etwas", sagte er.

Emmy legte ihr Kinn auf seine Schulter. „Die Felsen?"

„Syndicorp versteckt ihre Labore gerne im Untergrund", sagte er. „Was wir da sehen, ist wahrscheinlich der Eingang zur Shuttle-Bucht."

„Wie finden wir die Hintertür?"

„Sobald wir näher sind, werden wir uns umsehen. Ich kann meine ionischen Sinne verwenden, um die elektromagnetische Signatur des Schlosses auszumachen."

Er legte an Tempo zu und war erleichtert, als massive Laderaumtüren erschienen, versteckt unter einem breiten Steinüberhang. In einem großen Bogen liefen sie vorbei und bewegten sich zur Rückseite der Felsformation. In der Nähe der Felsbrocken war der Sand kompakter, sodass er Emmy herunterließ, die trotz allem knöcheltief in den Sand tauchte.

Ohne ihre Wärme an seinem Rücken sickerte die nächtliche Kälte der Wüste durch seine Kleidung. „Ich kann meinen Schild nicht gleichzeitig halten und mich darauf konzentrieren, das Schloss zu finden", sagte er zu ihr. „Warte hier, während ich nach der Tür suche."

„Auf keinen Fall." Sie schlang die Arme um ihren Oberkörper, um die Kälte abzuwehren und ließ den Blick über die Weite der Wüste schweifen. „Was ist, wenn ein anderes Monster auftaucht? Ich werde hinter dir herkriechen, wenn es sein muss, aber wir bleiben zusammen.“

Er öffnete den Mund, änderte jedoch seine Meinung und schloss ihn wieder. Ihm gefiel es auch nicht, sie zurückzulassen. „Also gut.“

Er legte sich auf den Bauch und schlängelte sich halb schwimmend, halb kriechend über den Sand. Alle paar Meter hielt er inne, um das Gebiet mit seinen ionischen Sinnen abzusuchen, in Erwartung auf ein Kribbeln, das auf Elektronik in der Nähe hinwies.

Emmy blieb hinter ihm, ihre geräuschvolle Atmung ein Zeichen auf die Strapaze. Obwohl es jetzt kalt war, würde die Sonne schon bald wieder aufgehen und eine unerträgliche Hitze mit sich bringen. Er musste die Hintertür schnell finden.

Als er wieder nach vorne sah, schoss eine kleine goldene Kreatur mit zehn Beinen über den dunklen Sand vor ihm. Chigs erstarrte und hoffte, dass er nicht die nächste gefährliche Begegnung vor sich hatte. Das Tier erklomm die nahegelegene Felswand und verschwand irgendwo über ihm. Als Chigs seinem Weg nach oben folgte, spürte er das vertraute Kribbeln eines elektromagnetischen Feldes.

Er stand auf und entdeckte so eine verräterische Nische im Stein etwa eine Armlänge über seinem Kopf. Mit seiner ionischen Kraft sprang er hoch und zog sich auf einen Vorsprung, der zu einer niedrigen Höhle führte. An der gegenüberliegenden Wand leuchtete ein biometrisches Bedienfeld. „Gelobt sei Ellam Cua", murmelte er.

Er setzte eine Welle ionischer Energie frei, die alle aktiven Überwachungsgeräte durcheinanderbringen sollte und sprang dann runter, um Emmy zu helfen.

Als sie sicher in der Höhle waren, lehnte sie sich schwer atmend an eine Wand. Schwarzer Sand klebte an ihren geröteten, verschwitzten Wangen. Sie lächelte ihn an. „Gute Arbeit."

Er erwiderte das Lächeln und steckte eine verirrte Haarsträhne hinter ihr Ohr. „Bevor wir reingehen, sollten wir uns eine Minute Zeit nehmen, um uns ein wenig frischzumachen."

Sie verzog das Gesicht und schüttelte Sand aus ihren Haaren. Schließlich formte sie die Wellen mit den Fingern zu einem Dutt. „Du meinst mich. Du hast deinen Holo-Projektor."

Während sie mehr Sand von ihrer Stirn und ihren Wangen strich, aktivierte Chigs das Gerät und spürte das vertraute Kribbeln, als ihn die holografische Verkleidung umhüllte. Wie Emmy trug er bereits eine Syndicorp-Uniform, die sie in einem der Schließfächer an Bord der Icarus gefunden hatten, sodass der Projektor nur erforderlich war, um seine Bronzehaut zu verbergen.

Emmy sah ihn an und ihre Augen weiteten sich. „Oh nein ..."

„Was?"

„Dein Gesicht …" Sie schluckte schwer. „Der Projektor funktioniert nicht richtig."

Er blickte auf seine Hände herab. Seine natürliche Bronzehaut stach zwischen den braunen Pigmenten fleckenhaft hervor. Sein Blut gefror zu Eis, als er ihrem Blick wieder begegnete. „*Anaq*, der Sand muss die Farbe abgerieben haben."

Emmy holte tief Luft und zog ihre Schultern zurück. „Wir kriegen das hin. Bleib hier. Ich werde einen Schutzanzug oder zumindest eine OP-Maske für dich holen. Das sollte genug von deinen Gesichtszügen bedecken, damit wir uns unentdeckt bewegen können."

Er runzelte die Stirn. „Auf keinen Fall lasse ich dich allein da reingehen."

„Ich habe meine Zugangsdaten. Ich schaffe das." Sie packte seinen Arm. „Vertraue mir."

„Also gut. Aber gehe nicht zu weit." Chigs überprüfte die Einstellungen seiner Pulspistolen und stellte sicher, dass sie gefechtsbereit waren, während Emmy ihre Hand auf das Bedienfeld drückte. Eine Metallluke, die in den Steinboden eingebettet war, öffnete sich mit einem sanften Klick, gefolgt von rieselndem Sand.

Er betete, dass keine Wachen im Inneren stationiert waren, als er die Luke den Rest des Weges anhob und einen Windstoß muffiger Luft freiließ, die viel zu lange in Gefangenschaft verbracht hatte. Eine Metallleiter führte einen Korridor hinab, der von einem einzigen gelben Notlicht beleuchtet wurde. Der Rest des Korridors lag dunkel vor ihnen. *Ist die Einrichtung verlassen?* Sein Primärherz blutete.

Emmy äußerte seine Besorgnis, bevor er es konnte. „Was ist, wenn wir zu spät sind und sie das Labor bereits verlegt haben?"

Noch während sie sprach, erreichte ein schwaches Geräusch seine Ohren, das entfernte Echo eines Lachens, gefolgt von verebbenden Stimmen.

„Jemand ist hier", flüsterte Chigs. „Wir sind nicht zu spät."

Mit einem entschlossenen Nicken schwang Emmy ihre Füße über die Kante und kletterte nach unten. Ihre Stiefel auf den Metallsprossen wirkten in der Stille zu laut. Als sie unten ankam, hob sie den Blick zu ihm. „Ich bin bald wieder zurück." Er sah nur das Weiß ihrer Zähne, als sie ihn ein letztes Mal angrinste.

Dann verschwand sie in die Dunkelheit.

KAPITEL ZWANZIG

$\mathcal{E}$mmy strich eine Schweißperle von ihrer Stirn und lief langsam und vorsichtig durch den verlassenen Korridor, wobei ihr das Blut in den Ohren rauschte. Sie hatte Chigs selbstbewusst gesagt, dass sie alleine gehen würde, um etwas zu finden, das sein Gesicht bedecken würde. Wäre sie aber ehrlich, müsste sie zugeben, dass sie Angst hatte. Was, wenn sie auf einen alten Kollegen stieß? Was, wenn jemand ihre Daseinsberechtigung in Frage stellte? Würde so etwas wie eine chirurgische Maske ausreichen, um Chigs' bronzefarbene Haut und seinen Vollbart zu verschleiern, oder war diese gesamte Mission zum Scheitern verurteilt?

Scheitern ist keine Option. Nicht nur das Leben der Denaida-Frauen stand auf dem Spiel, schließlich hatten sie und Chigs nun kein Shuttle mehr. Sie konnten nicht gehen. Die einzige Möglichkeit bestand darin, die Sicherheitsprotokolle zu hacken, damit der Rest ihrer Besatzung auf dem Planeten landen konnte. Der Ernst der Lage ragte wie eine drohende Lawine über ihr auf.

Am Ende des Korridors spähte sie um die Ecke und blickte in eine Nische mit einer Tür. An der Wand in der Nähe leuchtete ein Bedienfeld in einem blauen Licht.

„Scheiße", murmelte sie, der Geschmack von Sorge scharf auf ihrer Zunge. Sie hatte nicht so schnell mit einer weiteren Tür gerechnet. Was, wenn auf der anderen Seite Wachen stationiert waren?

Sie holte tief Luft und stieß den Atem langsam wieder aus. *Alles wird gut. Wenn ich auf Wachen treffe, sage ich ihnen einfach, dass mein Shuttle abgestürzt ist, und dies die nächstgelegene Tür war.*

Sie sammelte ihren Mut zusammen, betrat die Nische und legte eine zitternde Hand auf den Sensor.

Ein blinkender Cursor erschien und forderte einen Sicherheitscode an. Panik flatterte in ihrer Brust wie ein Vogel in einem Käfig. Sie hatte keinen Sicherheitscode benötigt, um die Außentür zu öffnen, nur den Abdruck ihrer Handfläche. Vielleicht würde ihr Code funktionieren? Sie begann, die Nummer ihres Mitarbeiterausweises einzugeben, aber nach den ersten fünf Ziffern ertönte ein harter Piepton und das Bedienfeld blinkte rot auf.

Sie zuckte panisch zusammen und starrte auf ihr Spiegelbild in der Metalltür. Nach ein paar

Augenblicken wurde der Screen wieder blau. *Dem Himmel sei Dank.* Es schien, dass niemand auf ihren Fehler aufmerksam gemacht wurde.

Sie rieb ihre verschwitzte Handfläche an ihrem Oberschenkel. Offensichtlich war ihre Mitarbeiternummer nicht der Weg in die Einrichtung. *Vielleicht habe ich während Dougs Meeting etwas verpasst.* Um fair zu sein, ihr Verstand war während des Gesprächs ganz woanders gewesen. Sie ließ die Tür hinter sich und ging zurück zu Chigs.

In dem Moment, als ihr Fuß die untere Sprosse der Leiter berührte, griff Chigs durch die Luke nach unten und zog sie in seine Arme. „Das ging schnell." Er warf einen Blick auf ihre leeren Hände. „Keine Maske?"

„Um die Ecke ist noch eine verschlossene Tür, und meine Zugangsdaten werden sie nicht öffnen." Hoffnungsvoll hob sie die Augenbrauen. „Hat Doug ein Passwort erwähnt?"

Chigs schüttelte den Kopf. „Nein. Er hat nur gesagt, dass du auf der Liste stehst und deine biometrischen Daten uns durch die Kontrollen bringen sollten."

„Was machen wir jetzt?"

„Ich werde die Tür öffnen." Er verzichtete vollständig auf die Leiter und sprang durch die Luke in den Korridor.

„Warte!", flüsterte sie auf dem Weg die Leiter runter. Seine langen Schritte hatten ihn bereits bis zum Ende des Korridors getragen. „Wenn du einen Kurzschluss auslöst, könnte ein Alarm ertönen.“

Chigs hielt an. „Willst du deine Zugangsdaten noch einmal ausprobieren?“

Emmy biss sich auf die Unterlippe und wünschte, sie hätte eine alternative Lösung. „Nein.“

Chigs nickte entschlossen und legte seine Hand auf das Bedienfeld. Eine kaum wahrnehmbare Energiewelle war in der Luft wahrzunehmen, dann wurde der Screen dunkel. Die Tür glitt mit einem subtilen Zischen auf. Auf der anderen Seite fand sich der nächste Korridor, der nach einer Weile in zwei Richtungen führte. Geräusche hallten in der Ferne wider, aber ein Alarm war nicht zu hören.

Bevor sie durch die Tür trat, holte sie tief Luft, drückte die Schultern durch und rief sich in Erinnerung, wie es sich angefühlt hatte, zu Syndicorp zu gehören. Dann wandte sie sich dem langen, leeren Korridor zu, der sich in zwei Richtungen erstreckte. Nur in einem Gang fanden sich am Ende ein paar Lichter. Die andere Richtung war vollkommen in Dunkelheit gehüllt.

Das Geräusch sich nähernder Schritte hallte durch den Korridor, und dann erschien unter den Lichtern eine Person. Scheiße.

Chigs war immer noch in der offenen Tür neben ihr sichtbar – eine Tür, die höchstwahrscheinlich nicht offen stehen sollte. „Versteck dich. Da kommt jemand“, flüsterte sie.

Nickend trat Chigs zurück.

Da sie bezweifelte, dass sie schon entdeckt wurde, ging sie zurück durch die Tür und drückte ihre Hand auf die Türsteuerung, um sie zu schließen. Das Problem? Nichts geschah. „Kannst du die Tür schließen?", flüsterte sie in einem verzweifelten Ton.

Er berührte das Bedienfeld, ein Ausdruck der Konzentration auf seinem Gesicht. „Nein. Mein Ionenstoß hat einen Kurzschluss verursacht."

Schritte näherten sich auf den Fliesen und die Person schien direkt vor der Tür anzuhalten. Chigs griff nach der Pistole an seinem Gürtel.

Emmy packte seinen Arm. Ein Feuergefecht würde definitiv einen Alarm auslösen.

Sie erinnerte sich an all die Geschichten von ihren Kollegen – wie sie sich mit Partnern weggeschlichen hatten, um rumzumachen. Kurzerhand packte sie Chigs am Revers seiner Uniform und drehte ihn herum, sodass sein Rücken dem Neuankömmling zugewandt war. Ein verzweifelter Versuch, aber sie hoffte, dass sie mit Chigs' Gesichtszügen im Schatten nichts weiter als ein leidenschaftliches Paar auf der Suche nach Einsamkeit sein würden. „Spiel mit", flüsterte sie, bevor sie ihre Lippen auf seine presste.

Chigs schlang seine Arme um sie, fegte sie mit sinnlicher Leichtigkeit von den Füßen und führte ihre Beine um seine Taille. Das Gefühl, dass seine mächtigen Arme sie stützten, sandte unerwartete Ekstase durch ihre Adern und erinnerte sie an deren

Liebesspiel in der Höhle. Chigs musste es auch gefühlt haben, wenn man bedachte, wie hart sich seine Erektion zwischen ihre Schenkel presste. Wie verrückt war es, dass sie gerade darüber nachdachte, Sex zu haben? Zumindest wäre es dann real, wenn sie erwischt würden.

Da sie durch die lauten Atemzüge der Erregung nichts hören konnte, öffnete sie ein Auge und blickte über Chigs' Schulter.

Eine Wache stand hinter ihm. Er trug eine dunkle Körperpanzerung, die das gedämpfte Licht absorbierte, das von der offenen Tür in den Korridor fiel.

Beobachtet er uns? Vielleicht versuchte die Wache, zu entscheiden, ob er seine Pflicht tun oder den Turteltauben einen ruhigen Moment gewähren sollte. Sie küsste Chigs weiter, wenn auch etwas steif, und betete, dass die Wache sie ignorieren und weitergehen würde.

Chigs spürte die Veränderung in ihr, seine Küsse nun mechanischer. Eine seiner Hände verließ langsam ihren Hintern und kroch über ihren Oberschenkel. Seine Bewegung war räuberisch, als er in Richtung der Pistole griff, die in dem Holster an seiner Hüfte steckte.

Immer noch entschlossen, Schüsse zu vermeiden, murmelte Emmy an seine Lippen: „Lass mich."

Sie schnappte nach Luft, als hätte sie die Wache gerade erst bemerkt, löste die Beine hinter seinem

Rücken und rutschte nach unten, bis ihre Füße den Boden berührten. Nervös lachend trat sie um Chigs herum, um sich der Wache zu stellen.

Der Helmschild stand offen, sein Antlitz in kränkliches Licht getaucht. Sein Ausdruck war so leer, dass Emmy Gänsehaut bekam.

„Ich mache nur eine kurze Pause", sagte sie, ihre Stimme höher als sonst. Gleichzeitig richtete sie ihre Kleidung, und sie war sich ihrer geschwollenen Lippen und der pulsierenden Hitze zwischen ihren Schenkeln nur allzu bewusst.

Auf dem Gesicht der Wache zeigte sich ein schmieriges Grinsen und seine Augen schweiften von Kopf bis Fuß über sie, was in ihr das Bedürfnis auslöste, sich mit Desinfektionsmittel duschen zu wollen. Seine Prüfung stoppte an ihren Brüsten. „Dieser Bereich ist tabu. Obwohl es so aussieht, als ob du es nicht bist."

„Oh ... nun." Sie arbeitete ein Zittern in ihre Stimme, als hätte sie wirklich Angst – was, um fair zu sein, nicht weit hergeholt war. „Wir haben nur ... wir brauchten etwas Privatsphäre, weißt du?" Ihre Augen flackerten zu Chigs' Rücken, und sie hoffte, dass er sich nicht bewegen würde, dass er ihr nur ein wenig länger sein Vertrauen schenkte. „Gib uns eine Minute, sodass wir unsere Kleidung richten können. Dann verschwinden wir sofort."

„Ich sollte euch verwarnen." Der Mann leckte sich die Lippen. „Obwohl ich wette, dass ein hübsches

Dingchen wie du wahrscheinlich weißt, wie man mich dazu bringen kann, zu vergessen, was ich hier gesehen habe."

Ihr Magen drehte sich und sie öffnete den Mund, um zu antworten, aber bevor sie ein Geräusch von sich geben konnte, landete Chigs' Faust mit der Grausamkeit eines Blitzes auf dem Kiefer der Wache. Die Luft war erfüllt mit der Energie seiner Ionenmacht, und die Wache brach mit einem Grunzen zusammen.

„Niemand spricht so mit meiner Gefährtin", zischte Chigs, seine Hände noch immer geballt, bereit, den nächsten Schlag auszuteilen.

Die Wache zuckte einmal, dann lag sie bewegungslos vor ihnen.

Emmys Herz hämmerte gegen ihre Rippen, als sie nach vorn kam und sich neben Chigs stellte. Die Wache starrte leblos an die Decke. „Ist er tot?"

„Ja", sagte Chigs und kniete nieder, um dem Mann den Helm abzuziehen. „In diesem Modell der Schutzkleidung gibt es eine Schwachstelle – nun, relativ schwach, zumindest für einen konzentrierten Ionenimpuls. Hat zum Herzstillstand geführt."

Emmy hatte noch nie eine Leiche gesehen, geschweige denn miterlebt, wie jemand getötet wurde. Sie war sich nicht sicher, wie sie reagieren sollte. Ein Teil von ihr wollte vor Entsetzen schreien. Aber eine stärkere Stimme in ihr schätzte es, dass Chigs zu ihrer Verteidigung gekommen war. Die Wache war verabscheuungswürdig gewesen, das bedeutete jedoch nicht, dass er keine Leute hatte, die ihn liebten. Seine Familie würde nie erfahren, was mit ihm passiert war. Niemals würden sie die Sache abschließen können. Sie kam nicht umhin, zu denken, dass sie und Chigs genauso leicht aus dem Leben gerissen werden könnten, falls bei dieser Mission etwas schief gehen sollte.

Sie entließ einen zittrigen Atem. „Was machen wir jetzt?"

Chigs machte sich daran, dem Mann die Schutzkleidung zu entfernen. „Gib mir eine Minute, um meine neue Verkleidung anzuziehen."

Galle erhob sich in Emmys Kehle bei dem Gedanken, die Kleidung einer toten Person anzuziehen, aber sie schluckte sie hinunter. Jedenfalls konnten sie jetzt beide unentdeckt das Labor betreten.

Das hoffte sie zumindest.

KAPITEL EINUNDZWANZIG

Chigs atmete flach ein, seine Brust durch das dunkle Netz der Syndicorp-Ausrüstung eingeschränkt, als er und Emmy durch den nächsten Korridor marschierten. Aber die enge Ausrüstung war nicht der einzige Grund, warum er sich unwohl fühlte. Er führte Emmy in eine gefährliche Situation, und ... er konnte nicht anders, als zu denken, dass ihm dieser Ort vertraut vorkam. Wie oft hatte er während seiner Zeit bei Syndicorp in Korridoren wie diesem patrouilliert und nie daran gedacht, was hinter verschlossenen Türen vor sich ging?

Obwohl sie durch die Schächte manchmal Stimmen hörten, blieben die Korridore leer. Er lief hinter Emmy, um sicherzustellen, dass sich niemand anschlich. Hoffentlich würde jemand, der das Paar auf den Überwachungskameras sah, eine Wache und eine Wissenschaftlerin nicht zu genau betrachten. Er hätte die Kameras mit einem Ionenimpuls ausschalten können, aber dann wäre es offensichtlich gewesen, dass etwas vor sich ging.

Er packte das Pulsgewehr der Wache fester und fand sich der nächsten Tür gegenüber. Seine Nerven fühlten sich an wie Kabel, die kurz davor standen, zu reißen. Sie waren den Türen aus dem Weg gegangen, um ihre Chance, auf Personal zu treffen, zu minimieren. In der Zwischenzeit suchten sie nach einem Aufzug, mit dem sie hoffentlich zum Großrechner gelangen würden. Sobald sie sich eingehackt hatten, um Doug Zugang zu den Sicherheitssystemen zu geben und so Verstärkung auf den Weg zu schicken, würde er sich um einiges besser fühlen.

Gemurmel und das Piepsen medizinischer Geräte waren zu hören und wurden lauter, als sie sich einer Kreuzung näherten. Ein Schild wies in vier Richtungen: Forschung, Verwaltung, Bewirtung und Sicherheit. Emmy warf ihm einen unsicheren Blick zu, und er deutete mit dem Kinn auf *Sicherheit*.

Sie ging weiter, ihre schwingenden Hüften eine Ablenkung, und Chigs war froh, dass sein Helmschild seinen Blick auf ihren Arsch verbarg, als zwei Laborassistenten in Syndicorp-Uniformen links aus einer Tür traten. Emmy nickte ihnen höflich zu, und zog so einen wertschätzenden Blick von einem der Männer auf sich, bevor er sein Gespräch wieder aufnahm. Chigs' momentane Besitzgier wurde schnell durch Stolz ersetzt. Seine Gefährtin war so selbstbewusst und verlockend.

Sie näherten sich einem langen Fenster, und Emmys Schritte bremsten ab, als sie hineinblickte. Eine neue Empfindung war durch die Verbindung ihres Gefährtenbundes zu spüren. Bedauern? Sie lenkte ihren Blick wieder geradeaus und lief mit angespannten Schultern weiter.

Er erreichte das Fenster und spähte hinein. In dem Raum standen mehrere menschliche Ärzte in Syndicorp-Uniformen um einen Untersuchungstisch. Die Testperson auf dem Tisch war nackt und enthüllte glänzende Bronzehaut. Chigs' Primärherz polterte in seiner Brust. Eine denaidanische Frau.

Seine Hände klammerten sich an den Schaft des Gewehrs. Wie er sich doch danach sehnte, durch das Glas zu springen und diesem Syndicorp-Abschaum eine Lektion zu erteilen. Stattdessen konzentrierte er sich wieder auf Emmy, die bereits um die nächste Ecke verschwand. Sobald die Verstärkung der Icarus auf dem Weg war, würden sie für die Frau zurückkommen. Mit dem Geschmack von Galle in seiner Kehle marschierte er weiter.

Um die Ecke kam eine Gruppe von Menschen aus einem Aufzug. Ohne ihm und Emmy Aufmerksamkeit zu schenken, liefen sie zielstrebig in verschiedene Richtungen. Emmy trat durch die Aufzugstüren, ohne auch nur einen Blick auf ihn zu werfen. *Usviiqe*, er hatte sich von Rachegedanken einnehmen lassen.

Emmy zu beschützen, sollte jedoch seine Priorität sein. Er erhöhte sein Tempo und stoppte die Türen mit einer behandschuhten Faust, gerade, als diese sich schließen wollten. Er trat ein und entdeckte Emmy, die einen drahtigen Labormitarbeiter mit rötlichen Wangen anlächelte.

„Ich habe dich hier noch nie gesehen", sagte der Mitarbeiter mit einem hoffnungsvollen Schimmer in den Augen. „Welchem Projekt bist du zugewiesen?"

„Oh, nur etwas abteilungsübergreifende Unterstützung", antwortete Emmy. „Für den Umzug."

„Oh, sicher, der Umzug." Der Mann sah enttäuscht aus. „Ich bin im Team für translationale Genetik, also stecke ich noch eine Weile hier fest."

„Translationale Genetik?", fragte Emmy mit aufrichtigem Interesse. „Das klingt faszinierend. Ich würde gerne mehr hören."

„Wirklich?" Er strahlte. „Wie wäre heute Abend bei einem gemeinsamen Essen?"

Emmy spielte mit einer Haarlocke und sah den Mann schüchtern an. „Abendessen klingt gut."

Chigs verengte seine Augen, sein Griff straffte sich erneut an seinem Pulsgewehr und Schweiß bedeckte seine Haut unter der Schutzausrüstung. Er wusste, dass dies eine List war, aber musste sie es so real erscheinen lassen?

Das Grinsen des Mannes wurde breiter und er

streckte Emmy eine Hand entgegen. „Wow, okay. Ich heiße Albie."

„Nenn mich Em." Sie legte ihre Hand in seine und lehnte sich näher, als würde sie ein Geheimnis mit ihm teilen wollen. „Hey, ich bin gerade erst hier angekommen und muss zugeben, dass mich diese vielen Gänge etwas verwirren. Kannst du mir sagen, wie ich zum Großrechner komme?"

Warum fragte sie ihn nach dem Großrechner? Doug hatte ihnen doch bereits gesagt, dass er sich im Keller befand. Chigs warf einen Blick auf die Aufzugssteuerung und sah, dass kein Untergeschoss aufgeführt war. *Oh.* Chigs' Wertschätzung für sie steigerte sich mit jeder Minute. Er hätte nie daran gedacht, jemanden nach dem Weg zu fragen.

„Der Großrechner?" Albie neigte den Kopf. „Warum?"

Emmy rollte mit den Augen. „Die Türen in unserem Sektor spielen etwas verrückt. Das hat wohl irgendetwas mit der Steuerung des Sicherheitssystems zu tun. So frustrierend."

„Oh, wow, ich fühle mit dir." Albie verdrehte auch die Augen. Er hielt noch immer Emmys Hand – wie ein Kind, das Süßigkeiten bekommen hatte und nicht daran dachte, sie loszulassen. Chigs war froh, dass sein Gesichtsschild seinen Ausdruck verdeckte, als der Mann fortfuhr: „Besonders bei so vielen Testpersonen außerhalb ihrer Kryo-Pods. Gestern wurde ich während der aktiven Beobachtung für mehrere Stunden aus dem Computer ausgesperrt.“

„Das muss nervig gewesen sein“, sagte Emmy. „Mit wie vielen Testobjekten arbeitest du?“

„Sechzehn. Obwohl bei einem Testobjekt die Zukunft ungewiss ist.“

„Das ist schade“, sagte Emmy und ihr Tonfall war von Traurigkeit durchzogen. „Also … kannst du mir sagen, wo ich den Großrechner finde?“

„Er ist im Keller“, sagte Albie. „Aber der Aufzug fährt nicht ganz nach unten. Neben dem Aufzug befindet sich ein separates Treppenhaus. Eine Art Sicherheitsmaßnahme.“

Emmy seufzte. „Eine Treppe? Das ist auch nervig. Warum müssen sie einem immer alles so schwer machen?“

Albie gluckste. „Wem sagst du das. Aber keine Sorge, ich kann dir den Weg zeigen.“

„Oh, das ist so nett von dir!“ Emmy entwirrte ihre Hand von seiner. „Aber ich will mich nicht aufdrängen.“

„Unsinn!“ Albie legte eine Hand auf Emmys unteren Rücken, als ob er sich darauf vorbereiten würde, sie zu eskortieren. „Überhaupt kein Problem. Betrachte es als meinen kleinen Akt der Rebellion gegen die hohen Tiere und ihre lächerlichen Grundrisse.“

Emmy lachte und legte eine Hand auf Albies Arm,

die sich kurz darauf anmutig zurückzog. „Ich weiß das Angebot zu schätzen, Albie, aber ich bin mir sicher, dass du wichtige Arbeit zu erledigen hast. Ich möchte nicht, dass du Ärger mit deinem Vorgesetzten bekommst."

Die Türen glitten auf. Albie kratzte sich am Nacken und schaute auf die Aufzugskonsole, wo der Knopf für die unterste Etage leuchtete. „Ja, da hast du wohl recht." Er trat mit einem Fuß aus dem Aufzug, bevor er sich umdrehte und Emmy ein letztes Mal ansah. „Wir sehen uns dann um sechs in der Kantine?"

„Ich freue mich darauf", sagte Emmy und winkte ihm lächelnd zu.

Mit rotem Kopf trat er vollständig aus dem Aufzug und die Türen glitten zu. Emmy entließ erleichtert den Atem und starrte auf die Türen, während der Aufzug nach unten fuhr. „Chigs, ich muss mir etwas von der Seele reden."

Er nickte. Das Gefühl der Distanz zwischen ihnen gefiel ihm kein bisschen. *Sie hatte diesen Albie doch nicht gemocht, oder?* „Natürlich."

Sie biss sich auf die Unterlippe und sah ihn immer noch nicht an. „Diese Frau, die wir gesehen haben, die Denaidanerin ... Ich mache mir Sorgen, dass du es bereuen wirst, dich mit mir verbunden zu haben."

Erleichterung überflutete Chigs. „*Anaq!* Erschreck mich doch nicht so. Ich dachte, du würdest mir jetzt sagen, dass du dich zu diesem Mitarbeiter hingezogen fühlst."

„Albie?" Sie schenkte ihm ein schwaches Lächeln. „Nicht mein Typ. Aber er sagte, dass es hier mindestens sechzehn Testpersonen gibt. Eine davon könnte deine wahre Gefährtin sein."

Er streckte die Hand aus und streichelte ihre Wange. „Du bist meine *Unqu akhala*. Bitte zweifle das nicht an, Emmy. Ich werde unseren Bund nie bereuen."

Sie nickte, aber sie blickte ihn voller Zweifel an. „Ich nehme an, dass werden wir noch sehen."

Bevor er sie beruhigen konnte, gab der Aufzug einen sanften Laut von sich und die Türen öffneten sich. Persönliche Angelegenheiten müssten warten.

Chigs marschierte in einen leeren Korridor und schaute mit seinen ionischen Sinnen in höchster Alarmbereitschaft nach links und dann nach rechts. Das Gefühl einer großen Maschine pulsierte unter ihm und trat durch die Sohlen seiner Stiefel nach oben. Er unternahm einen Schritt, suchte die Tür zum Treppenhaus und fand sie unbewacht und unverschlossen.

Mit einem schnellen Blick zu Emmy öffnete er die Tür und führte den Weg nach unten. Die Treppe endete in einem langen, schmalen Korridor mit unmarkierten Metalltüren, daneben stets ein leuchtend blaues Bedienfeld.

„Meinte Albie nicht, dass wir Sicherheitskräfte zu erwarten haben?", flüsterte Emmy.

Chigs zuckte mit den Schultern. „Vielleicht hat er versucht, dich zu erschrecken, damit du denkst, dass du ihn brauchst."

Emmy sah sich nervös um. „Vielleicht. Was meinst du welche zum Großrechner führt?"

Chigs lief durch den Korridor, hielt vor jeder Tür inne und horchte nach dem verräterischen Pochen einer Energiequelle. An der fünften Tür wurde er fündig und nahm an seinen ionischen Sinnen den unverwechselbaren Laut wahr, der genauso gut ein Herzschlag sein könnte.

„Hier", sagte er.

Emmy legte ihre Hand auf das Bedienfeld neben der Tür. Zu ihrer Erleichterung rutschte die Tür auf und enthüllte einen Arbeiter, der an einer Konsole in der Mitte des Raumes saß und auf Kameraüberwachungen starrte, die über mehrere Monitore verteilt waren. Weißes Licht blitzte wie ein blinkendes Monster um einen immensen Energiegenerator im Zentrum des Raumes.

Der Arbeiter schaute auf, als Chigs eintrat. „Was —"

Chigs wartete nicht, bis er den Satz beendete, sondern eilte nach vorne und brach ihm mit einer schnellen Bewegung das Genick. Er schaute sich in dem riesigen Raum um und suchte nach mehr

Syndicorp-Personal. Da er sonst niemanden sah, wies er Emmy an, einzutreten.

Emmy machte einen Schritt und blieb abrupt stehen, als sie den toten Mitarbeiter sah. „Musstest du ihn wirklich töten? Wir hätten versuchen können, eine Geschichte über fehlerhafte Türen zu erfinden."

„Wir können kein Risiko eingehen. Jeder in dieser Einrichtung ist eine potenzielle Bedrohung."

Sie seufzte. „Okay, aber auch ich habe mal zu diesen Leuten gehört, ohne zu wissen, dass das Projekt, an dem ich arbeitete, anderen Schaden zufügt."

Chigs presste die Lippen zusammen, als er sich daran erinnerte, dass auch er Korridore wie diese patrouilliert hatte. „Ich verstehe, aber es steht zu viel auf dem Spiel." Er ließ seinen Blick über die verschiedenen Konsolen schweifen. „Hast du Dougs Chip? Du musst das Verteidigungsnetzwerk deaktivieren."

Sie kramte in ihrer Tasche und zog den Chip heraus. „Gib mir ein paar Minuten."

Während sie daran arbeitete, Doug Zugang zum Sicherheitssystem zu gewähren, beobachtete Chigs die Tür. Seine Muskeln spannten sich mit jeder Sekunde mehr an. Wenn sie jetzt jemand erwischte, wäre es unmöglich, sich aus dem Keller zu kämpfen.

„Okay, erledigt", sagte Emmy.

Gerade als der Raum in Dunkelheit versank.

KAPITEL ZWEIUNDZWANZIG

Emmy blinzelte und sagte in die Dunkelheit: „Scheiße." Ihre Fingerspitzen schwebten immer noch über der Tastatur. Sie dachte, sie hätte die Befehle von Doug richtig eingegeben, aber sie war keine IT-Spezialistin. „Was zum Teufel habe ich gerade gemacht?"

Das Summen der Energiequelle hatte gestoppt, und die flüsternden Luftkanäle waren jetzt still, als ob sie ihren Atem in Erwartung von etwas Unheimlichem anhielten. Chigs kam in der Dunkelheit zu ihr. „Kein Grund zur Panik. Vielleicht wollte Doug, dass der Computer einen Neustart vollzieht."

Als hätte der Computer ihn gehört, füllten eine Reihe von Klickgeräuschen den Raum, und es vibrierte unter ihren Füßen. Die Energiequelle erwachte mit einem schwachen Leuchten zum Leben, erhellte den Raum mit einem blassgrünen Licht, und der Monitor flackerte wieder auf.

Erleichterung durchströmte sie, als eine Nachricht von Doug auf dem Bildschirm zu sehen war. *Überschreibung erfolgreich. Geschätzte Ankunftszeit eine Stunde.*

Sie atmete erleichtert aus. „Sieht aus, als wäre er drin."

„Gut." Chigs' Aufmerksamkeit blieb weiter auf dem Ausgang. „Lass uns dorthin zurückgehen, wo wir diese Denaida-Frau gesehen haben, sodass wir das Experiment an ihr stoppen können, solange noch Zeit ist."

Emmys Herz setzte einen Schlag aus und eine vertraute Sorge schlich sich ein. Er hatte ihr versichert, dass er sie liebte, aber sobald er eine Denaida-Frau aus der Nähe sah, könnte er seine Meinung ändern. Sie schob den Gedanken beiseite. Für dieses Problem wäre später noch Zeit. Im Moment gab es jemanden, den sie retten mussten.

„Richtig." Sie zwang Entschlossenheit in ihre Stimme. „Ja, lass uns das tun."

Zielstrebig führte Chigs den Weg zurück in den engen Korridor, sein Pulsgewehr im Anschlag. Emmy eilte ihm nach und wurde vor Sorge immer kränker, als sie die Treppe emporstiegen und in den Aufzug traten.

Sie starrte auf deren verzerrte Reflexionen in den

Metalltüren, als Chigs sie aus ihren Gedanken riss. „Alles okay bei dir?"

Da sie nicht zugeben wollte, dass sie noch immer Zweifel an deren Beziehung hegte, zögerte sie einen Moment, bevor sie ihm eine Antwort gab. „Ich dachte nur, dass ich vielleicht eine Waffe brauche."

Er zog sofort seine Pulspistole aus dem Holster und reichte sie ihr. „*Usviiqe*. Natürlich. Aber wenn ein Feuergefecht ausbricht, bleib hinter mir. Mein Schild wird uns beide beschützen."

Emmy nahm das kalte Gewicht der Waffe in die Hand und atmete tief ein. Die Vorstellung, dass sie in ein Feuergefecht geraten könnten, verjagte ihre romantischen Sorgen, und sie nickte. Hier ging es um Leben oder Tod. Sie konnte es sich nicht leisten, abgelenkt zu sein.

Der Aufzug stoppte und die Türen glitten auf. Als sie ihre Schritte zum Sichtfenster zurückverfolgten, wo sie die Denaidanerin gesehen hatten, prallte das leise Echo ihrer Schritte von den kalten Metallwänden ab. Emmy brauchte ein paar Minuten, um zu erkennen, dass sie nicht länger Stimmen oder andere Geräusche hören konnte.

Sie wollte gerade etwas sagen, als sie das Sichtfenster erreichten, wo sie die Denaida-Frau entdeckt hatten. Durch das Glas sah sie, dass der Raum jetzt nicht nur eine, sondern viele Denaida-Frauen beherbergte, die an Tischen im Cafeteria-Stil saßen und etwas trugen, das wie ein hellblauer Pyjama aussah. Der Untersuchungstisch und die medizinische Ausrüstung waren an die hintere Wand geschoben worden, und mehrere offene Türen gaben Einblicke in Schlafräume, was den Eindruck erweckte, dass es sich überhaupt nicht um ein Labor handelte, sondern um einen gemeinschaftlichen Wohnraum, der einer Militärkaserne ähnelte.

Emmy runzelte die Stirn und suchte nach Ärzten oder Wachen, sah aber keine. Die Frauen bewegten sich frei im Raum oder saßen an Tischen, unterhielten sich in einem ruhigen Ton oder lasen auf Datenpads. Zwei von ihnen spielten Karten. „Was ist das?", flüsterte sie. „Wo sind die Wachen?"

Mit seinem Gesicht immer noch von seinem Helm versteckt, murmelte Chigs: „Keine Ahnung. Wir müssen jedoch herausfinden, was genau hier vor sich geht. Lass mich reingehen und mit ihnen reden. Du bleibst hier und gibst uns Rückendeckung."

Die Alarmglocken ertönten in ihr. Irgendetwas stimmte nicht. Sie legte ihre Handfläche auf die Türsteuerung und erwartete halb, dass sie ihr den Zugang verweigern würde, doch sie rutschte mit einem leisen Zischen auf.

Im gleichen Moment wandten sich die Frauen ihnen zu. Im Vergleich zu ihren hellblauen Tuniken leuchtete die Haut der Frauen wie polierte Herbstblätter, und die Gelassenheit in ihren Blicken erinnerte sie an antike Göttinnen.

„Bei den Sternen ...“, murmelte Chigs und trat durch die Tür.

Emmys Brust schmerzte. Diese Frauen waren wunderschön. Hätte Chigs ihr wegen des Gefährtenbundes nicht seine absolute Hingabe geschworen, hätte sie gegen diese Frauen keine Chance.

Ist der Gefährtenbund überhaupt real? Sie suchte in ihrem Herzen nach dem Faden der Verbindung, den sie während des Sex mit ihm gespürt hatte, konnte ihn aber nicht finden. Sie versuchte, sich daran zu erinnern, dass ihre eigenen Zweifel wahrscheinlich daran schuld waren, dass sie die Verbindung nicht spüren konnte.

Chigs trat zu der Frau, die ihm am nächsten war. „Wir sind hier, um euch zu befreien“, sagte er, seine Stimme voller Ehrfurcht. „Komm mit uns.“

Eifersucht flammte in Emmy auf, gefolgt von Wut, sodass ihre Finger am Griff der Pistole zuckten. So schnell die Gefühle aufgestiegen waren, ließen sie nach und wurden durch eine plötzliche Taubheit ersetzt. Sie lockerte die Hand an der Pistole und senkte sie an ihre Seite. *Emotionale Überlastung.* Das musste es sein. Der Stress der Situation hatte sie wohl eingeholt.

Die Frau, die Chigs angesprochen hatte, starrte ihn aus erschreckend leeren Augen an. „Wer seid ihr?“

Chigs nahm seinen Helm ab und entblößte so sein

dickes, dunkles Haar und seinen geflochtenen Bart. „Ich bin Denaidaner wie du. Ich bin hier, um euch bei der Flucht zu helfen.“

„Warum sollten wir fliehen wollen?“ Die Frauen standen alle auf und formten sich zu einem Grüppchen.

Chigs sah mit einem Stirnrunzeln über die Schulter zu Emmy. „Sind sie einer Gehirnwäsche unterzogen worden?“

Sie nahm die emotionslosen Blicke in sich auf. Hatte Dafaris Projekt tatsächlich funktioniert? Ein verzerrtes Gefühl von Stolz erhob sich in ihr. Vielleicht waren all die schrecklichen Dinge, bei denen sie ein Auge zugedrückt hatte, nicht umsonst gewesen. Sie schüttelte sich, schockiert über ihre eigenen Gedanken. „Es sieht so aus, als hätten sich ihre Persönlichkeiten verändert. Das Projekt sollte gewalttätige Tendenzen bei Gefangenen reduzieren.“

„Wie kehren wir es um?“, fragte er.

„Sie müssen rekonditioniert werden.“ Emmy schüttelte den Kopf. „Wenn das überhaupt möglich ist.“

Chigs wandte sich wieder den Frauen zu. „Hört mir zu. Syndicorp zerstörte Denaida-daru und nahm euch gefangen. Ihr müsst mir vertrauen.“ Er bewegte sich mit ausgestreckter Hand auf die Frauen zu, seine Stimme eine Mischung aus Befehl und Mitgefühl. „Wir sind hier, um euch zu helfen.“

Eine Frau trat vor und legte zwei Finger an ihre

Schläfe. „Wir brauchen keine Hilfe." Mehrere von ihnen ahmten ihre Handlung nach.

Die Bewegung kam Emmy seltsam vor, und sie runzelte die Stirn. Ihr kam ein Gedanke. *Diese Frauen sind mit ihrem Leben zufrieden.* Sie bewegte sich nach vorn und umkreiste die Gruppe, damit sie diejenigen sehen konnte, die weiter hinten standen. „Ihr wollt hierbleiben?"

„Ja." Die Stimme der Frau war passiv und gelassen. Eine Stimme, die Emmy benutzt hätte, um einen ängstlichen Patienten zu besänftigen. „Du solltest auch bleiben."

Aus irgendeinem unerklärlichen Grund fand Emmy die Einladung verlockend. Sie spähte zwischen den Frauen hindurch zu Chigs. „Wir können sie nicht zwingen, mit uns zu gehen."

Chigs' Mund klappte auf. „Was willst du damit sagen?"

„Wenn sie bleiben und dem Projekt helfen wollen, ist das ihr gutes Recht."

Chigs funkelte die Frau neben Emmy an. Dann weiteten sich seine Augen in Entsetzen. Sofort stürzte er nach vorn. „Emmy, komm her."

Sie konnte es sich nicht erklären, aber sie reagierte mit Panik und trat einige Schritte zurück, bis sie gegen den Tisch hinter ihr stieß. *Warum verhält er sich so seltsam?* „Chigs, was ist los mit dir?"

„Du brauchst meinen Ionenschild. Ich muss dich

beschützen!" In dem Versuch, zu Emmy zu kommen, schob er eine Frau aus dem Weg.

Mehrere der Denaidanerinnen bewegten sich, um eine Barriere zu schaffen, die Emmys Sicht auf ihn blockierte. Emmy jedoch fühlte sich von ihnen nicht bedroht. Nicht von diesen Frauen. Chigs hingegen verhielt sich etwas labil. Emmy sah, wie er sein Gewehr auf ihre Gruppe richtete. „Ich möchte euch nicht verletzen, aber ich werde es tun, wenn ich muss. Und jetzt lasst sie gehen."

„Chigs, hör auf!", schrie sie und versuchte, zu ihm zu gelangen.

Die Wand aus Frauen weigerte sich, sich zu bewegen. Eine andere Frau sprach aus der Menge, ihre Worte beruhigend und süß: „Wir müssen bleiben und das Projekt abschließen. Würdest du uns gerne dabei helfen?"

Eine plötzliche Sehnsucht erfüllte Emmy für längst vergangene Tage, als ihr Glaube an Syndicorp die Galaxie in Schattierungen der Hoffnung gemalt hatte. Dieses Projekt sollte dem gesamten Universum Frieden bringen. Vielleicht hätte sie dieses Leben nicht hinter sich lassen sollen. Der einzige wirkliche Weg, etwas zu bewirken, war hier im Labor, und ganz sicher nicht, indem sie mit einem bunt zusammengewürfelten Haufen Krimineller durch die Galaxie reiste.

Chigs stieß ein Brüllen aus, und Emmy sah, wie eine Frau durch den Raum flog, während sich drei weitere näherten. „Emmy, du musst Widerstand leisten! Sie manipulieren deinen Verstand!"

Hinter ihm zischte die Tür auf und eine Denaida-Frau in einer Syndicorp-Arztuniform trat ein. Sie hielt ein Datenpad und hatte elektronische Handschellen in der Hand. Die Frauen um Emmy richteten sich auf, ihre Mienen sofort ehrerbietig. Vier weitere Frauen fixierten Chigs mit dem Gesicht nach unten auf den Boden.

„Dr. Dollard", sagte eine von ihnen. „Wir haben die Eindringlinge wie angewiesen gesichert."

„Bring ihn zu den Arrestzellen", befahl der Neuankömmling und streckte den Frauen die Handschellen hin. Dann richtete sich ihr Blick auf Emmy. „Sie könnt ihr mir überlassen."

Emmys Überzeugung schwankte, als die Frauen, die Chigs hielten, seine Hände mit überraschender Leichtigkeit hinter seinem Rücken fesselten. *Ich muss ihn beschützen.* Obwohl ihr Herz mit der Notwendigkeit zu handeln raste, weigerte sich ihr Körper, auf ihre Befehle zu reagieren.

Die Frauen zerrten Chigs aus dem Raum und seine Proteste verebbten, als sich die Tür schloss.

Die Denaidanerin, die sie Dr. Dollard genannt hatten, bot Emmy die Hand an. „Dr. Voss nehme ich an? Ich glaube nicht, dass wir schon mal die Ehre hatten. Ich bin Dr. Dollard."

Emmy runzelte die Stirn. Dollard sollte doch ein ... Menschenmann sein.

Sie ist nicht unsere Feindin. Der Gedanke legte sich um ihr Gehirn wie eine Daunendecke. Die Anwesenheit der Ärztin hatte etwas Tröstliches an sich, was Emmy an dem Chaos zweifeln ließ, das sich gerade erst entfaltet hatte. Emmys rasendes Herz entspannte sich. Sie nahm die angebotene Hand und sagte: „Es ist mir eine Freude, Sie kennenzulernen, Doktor. Was werden Sie mit Chigs machen?"

Ein schiefes Grinsen formte sich auf den perfekten Bronzelippen der Ärztin. „Er wird ein wichtiger Teil unseres Projekts werden. Genau wie Sie."

„Ich?" Emmy hatte Mühe, zu verarbeiten, was hier vor sich ging. Ihr Gefährtenbund mit Chigs, ihre Treue zu den Rebellen und ihre Loyalität zu Syndicorp wetteiferten alle um die Vorherrschaft. Ihre Zweifel wurden jedoch langsam von einem beruhigenden und versichernden Flüstern erstickt.

„Natürlich, meine Liebe." Die Ärztin führte sie zu einem Sitz. „Wir freuen uns, dass Sie sich entschieden haben, wieder zu Ihrer eigentlichen Berufung zurückzukehren."

Die verbleibenden Denaida-Frauen waren zu ihren früheren Aktivitäten zurückgekehrt, lasen und plauderten, als wäre nichts Außergewöhnliches passiert. Schließlich schaute Emmy zu ihnen und entspannte sich vollständig, als hätte sich ein Nebel in ihrem Kopf gehoben, der Klarheit offenbarte, die sie so seit Ewigkeiten nicht mehr erlebt hatte. Der anhaltende Schmerz von Schuld und Selbstzweifel schmolz dahin, ersetzt durch eine gelassene Gewissheit, dass sie hier hingehörte. Hier konnte sie wirklich etwas bewegen.

Emmy lächelte die Ärztin an. „Danke, Dr. Dollard. Ich bin wirklich froh, wieder hier zu sein.“

KAPITEL DREIUNDZWANZIG

*E*mmy konnte sich nicht erinnern, wie sie zu Dr. Dollards Büro gekommen war, aber sie wusste, dass es eine Ehre war, eingeladen zu werden. Ihr Blick wanderte von der Ärztin, die hinter dem eleganten Schreibtisch aus Chrom und schwarzem Glas saß, zu Regalen mit gewichtigen, wissenschaftlichen Trophäen und abstrakten Kunstwerken. Die Wände waren mit gerahmten holografischen Fotos renommierter Wissenschaftler geschmückt, die einzeln beleuchtet waren und dem Büro ein unheimliches Gefühl von Perfektion verliehen.

Ein seltsamer Dunst trübte ihre Gedanken und verzerrte ihre Wahrnehmung, als ob sie am Rande eines Traums schwankte. Sie rutschte auf dem Stuhl herum und sagte sich, dass das Unbehagen in ihren Adern höchstwahrscheinlich nur nervöse Aufregung darüber war, wieder in das Projekt aufgenommen zu werden.

Dr. Dollard tippte mit den Fingern auf die glänzende Oberfläche des Schreibtisches und forderte erneut Emmys Aufmerksamkeit ein. „Sie haben mit Ihrer bahnbrechenden Forschung zur emotionalen Transformation die Grundlage unseres Projekts geschaffen, Dr. Voss. Ihre Fähigkeit, den Verstand zu verstehen und Ihre Patienten zu führen, ist einzigartig. Nach der plötzlichen Abreise müssen wir jedoch sicher sein, dass Sie wirklich bereit sind, zurückzukommen. Verstehen Sie das?"

Oh, ja. Mein Job. Emmy verwob die Hände in ihrem Schoß, um ihr Zittern zu kontrollieren. *Nein, nicht nur ein Job – mein Lebenswerk.* „Natürlich, Dr. Dollard. Vielen Dank, dass Sie mir die Chance geben, mit dem Projekt fortzufahren."

„Gut." Dollards perfekt geformte Augenbrauen zogen sich zusammen. „Beginnen Sie damit, mir zu erzählen, wie Sie und Ihr Freund den Standort dieser Basis entdeckt haben."

Der Drang, alles über den Rebellenplan preiszugeben, war beinahe überwältigend. Eine winzige Stimme in ihr rief jedoch zum Widerstand auf. „Wir ..." Sie schluckte, ihr Verstand in Aufruhr. *Ich darf nicht über die Rebellen sprechen.* Und doch ... hatte sie das unbeschreibliche Bedürfnis, vor Dr. Dollard jedes noch so kleine Detail darzulegen.

Sie entschied sich für eine Halbwahrheit, die

irgendwo dazwischen lag. „Dr. Dafari schickte uns, um das Projekt zu sabotieren."

„Dafari?" Die Ärztin fletschte die Zähne. „Diese erbärmliche Ausrede eines Wissenschaftlers steckt dahinter?"

Emmy nickte. „Er ist wütend, dass er aus dem Projekt entfernt wurde."

Dollard wischte einen Finger über ihren Desktop und aktivierte damit ein leuchtendes Interface. „Ich hätte wissen sollen, dass er nach der Übernahme meines Teams Ärger machen würde. Wie es scheint, muss ich dafür sorgen, dass er dauerhaft in den Ruhestand geht."

Panik schoss durch Emmys Adern. Sie verachtete ihren Ex, aber er hatte ihr am Ende geholfen. Er hatte den Tod nicht verdient. „Sie brauchen sich keine Mühe zu machen. Sobald das Projekt verlagert wird, wird er es nicht mehr finden können."

Dollard betrachtete Emmy und schnalzte mit der Zunge. „Seien Sie nicht so naiv, Dr. Voss. Die Rebellen haben überall Spione, sogar innerhalb von Syndicorp selbst. Sicherlich wissen Sie, dass der Denaidaner, mit dem Sie hier eingedrungen sind, ein Mitglied der Rebellion ist?"

Emmys Puls beschleunigte sich, als die plötzliche Erinnerung an Chigs' Gesicht ihren Geist erfüllte. *Mein Gefährte.* Wie hatte sie das vergessen? In eine Arrestzelle hatten sie ihn gesteckt. Sie musste Dollard davon überzeugen, ihn zu befreien. „Sind Sie sich sicher?“

„Er ist Denaidaner – sie sind alle Rebellen.“ Dollard neigte den Kopf, als versuchte sie, Emmys Gedanken zu lesen. „Ah, ich verstehe. Sie sind ihren verdrehten Idealen zum Opfer gefallen. Ein weiteres Opfer der grundlosen Propaganda, die von denen entwickelt wurde, die zu engstirnig sind, um zu erkennen, wie bedeutend unsere Arbeit ist. Ich dachte, Sie wären intelligenter als das, Dr. Voss.“

Das Gewicht des Nebels, das sich auf Emmys Verstand drückte, nahm zu, und sie schlang verunsichert die Arme um ihren Körper. *Propaganda?* Sie erinnerte sich, wie sie durch RealTime News für die Rebellion rekrutiert worden war. Wie sie den heftigen Wunsch verspürt hatte, sich der Sache anzuschließen. War Chigs der edle Krieger, wie sie sich ihn vorstellte? Oder hatten die Rebellen tatsächlich mehr Schaden als Nutzen gebracht?

„Sei ein kluges Mädchen“, fuhr Dr. Dollard fort. „*Emmy*, erzähl mir alles, was du über diese Rebellen weißt. Vielleicht können wir auf eine friedliche Lösung hinarbeiten, von der alle profitieren.“

Die Bitte schien aufrichtig, aber Paranoia kroch Emmys Wirbelsäule hoch. Erinnerungen an die Wut in den Stimmen ihrer Freunde, wenn sie von Syndicorps Gräueltaten sprachen, summten wie ein unsichtbarer Energieschild, der ihren freien Willen schützend zu umhüllen suchte. *Vertraue dieser Frau nicht.*

Trotz allem fühlte sich Emmy dazu verleitet, etwas zu sagen. „Sie wollten die Frauen aus dem Labor retten."

Dollard seufzte. „Ein perfektes Beispiel für ihre fehlgeleiteten Ziele. Wie du bereits gesehen hast, wollen die Testpersonen nicht gerettet werden."

Ein Gefühl der Richtungslosigkeit überflutete Emmy. Die Denaida-Frauen hatten Hilfe verweigert. Sie und Chigs waren sich ihrer Mission so sicher gewesen, so davon überzeugt, dass sie für das Allgemeinwohl kämpften. Aber jetzt, angesichts dieser beunruhigenden Wahrheit, konnte sie nicht anders, als alles in Frage zu stellen. „Warum wollen sie nicht frei sein?"

Zufriedenheit tanzte in Dollards Augen. „Hast du jemals darüber nachgedacht, dass diese Frauen für sich selbst eine bessere Zukunft suchen könnten? Sie schlossen sich dem Projekt an, weil sie begierig auf die Chance waren, ihre bisherigen Grenzen zu überwinden."

Emmys Gedanken schärften sich, als sie sich an die Gefangenen erinnerte, mit denen sie in den frühen Phasen des Projekts zusammengearbeitet hatte. Sie hatten sich dem Projekt angeschlossen und damit auf ein geringeres Strafmaß gehofft. Schließlich hatten sie vermutet, dass ihre Zukunft so oder so trostlos sein würde. „Waren die Frauen wirklich willig?", fragte Emmy mit einem Hauch von Stahl in ihrer Stimme. „Oder wurden sie ... überzeugt?"

Dollard blickte finster drein. „Die Denaida-Frauen

wurden zu der Unterzeichnung ihrer Verträge nicht gezwungen, Emmy. Sie haben ihren Planeten freiwillig verlassen."

„Bevor oder nachdem Syndicorp ihre Welt vergiftet hat?"

„Vorher natürlich. Syndicorp bedauert den unglücklichen Vorfall, der zur Umsiedlung der Denaidaner geführt hat." Dollard erhob sich und bewegte sich um den Schreibtisch, stellte sich neben Emmys Stuhl und legte eine Hand auf ihre Schulter. Das Gewicht um Emmys Verstand verengte sich wie ein Schraubstock. „Wir sind hier nicht die Schurken. Diese Frauen waren ihrer eigenen Physiologie ausgeliefert, lange bevor Syndicorp jemals einen Fuß auf den Planeten setzte. Wir boten ihnen eine Chance auf eine Weiterentwicklung, einen Lebenszweck, der über ihre kühnsten Träume hinausging."

Ein Knoten bildete sich in Emmys Magen, als sie Dollards Worte in sich aufnahm. Als Empathen fühlten sich die Denaida-Frauen auf ihrem Planeten wie eingesperrt, da sie die ungefilterten Emotionen anderer Arten nicht ertragen konnten. Es ergab Sinn, dass einige von ihnen das Abenteuer suchten, das ihnen bis dato nur Syndicorp angeboten hatte. Vielleicht hatte Syndicorp wirklich versucht zu helfen.

„Ich ... Ich weiß nicht, was ich denken soll", gab Emmy zu, ihre Stimme kaum lauter als ein Flüstern. Ihr Verstand fühlte sich an, als wäre es in eiskaltes Wasser getaucht. Egal wie verzweifelt sie versuchte, die Oberfläche zu durchbrechen, eine unsichtbare Strömung zog sie tiefer.

„Wie du wollen sie zum Allgemeinwohl beitragen. Ihre kontinuierliche Arbeit an dem Projekt wird das Leben dieser Frauen besser machen." Der Druck von Dollards Hand auf ihrer Schulter nahm zu und gab Emmy etwas, worauf sie sich konzentrieren konnte.

Sie hatte keinen Grund, Dollard nicht zu vertrauen. Die Ärztin war ein Genie auf ihrem Gebiet. Emmys Weg lag direkt vor ihr ausgebreitet. Sie musste sich einfach unterwerfen. Als Emmy sich dem erwartungsvollen Blick der Ärztin zuwandte, fühlte sie Stolz und Aufregung, als sie an die Aussicht dachte, sie zufriedenzustellen. „Ich werde Sie stolz machen, Dr. Dollard."

KAPITEL VIERUNDZWANZIG

Das Energiefeld vor der Gefängnistür schimmerte und malte geisterhafte Linien auf Chigs' Haut, als er die Länge seiner engen Zelle ablief. *Wie konnte ich nur so unvorsichtig sein?*

Die Testpersonen im Raum hatten alle vollständig denaidanisch ausgesehen, und er hatte instinktiv seinen empathischen Schild aktiviert, um sie zu schützen – eine Gewohnheit, die seit seiner Jugend in ihm verwurzelt war. Denaida-Frauen reagierten empfindlich auf Emotionen, insbesondere von Fremden. Er hatte gewusst, dass sie Emmys Nervosität spüren würden, aber zumindest hatte er die Frauen vor seinen Emotionen schützen wollen.

Nie hätte er gedacht, Emmy vor ihnen schützen zu müssen.

Ich hätte voraussehen müssen, dass einige von ihnen Hybriden sein könnten.

Rashana, die Mensch-Denaida-Hybride, die sie aus einem von Dollards Laboren gerettet hatten, konnte andere mit nichts als ihren Gedanken ihrem Willen beugen. Zum Glück kämpfte Rashana jetzt für die Rebellion. Aber diese Testpersonen waren fehlgeleitet worden, sodass sie Syndicorp dienten.

Und nun wurde Emmy auch einer Gehirnwäsche unterzogen und nur Ellam Cua wusste, was sie ihr noch antun würden. Er blickte durch den Energieschild auf das Bedienfeld auf der anderen Seite des Raums, dessen leuchtend blaue und gelbe Lichter ihn verhöhnten. Er hatte versucht, seine ionischen Kräfte gegen das Kraftfeld einzusetzen, aber die elektronischen Fesseln um seine Handgelenke strahlten eine Art Dämpfungsfeld aus, das seine Fähigkeiten unterdrückte.

Chigs warf seine gefesselten Fäuste gegen die unsichtbare Barriere, eine Geste, die mehr aus Frustration entstand als dem Glauben, dass er etwas bewirken könnte. Ein betäubender Schlag zischte über seine Arme, was seine Herzen so schnell schlagen ließ, dass ihm schlecht wurde. Emmy war eine Gefangene, während das Team der Icarus auf dem Weg zu ihnen war und wahrscheinlich direkt in Syndicorps Falle tappen würde. Wenn er nur diese *usviiqen* Fesseln deaktivieren könnte.

Mit einem Zischen glitt die Tür zu den Arrestzellen auf und eine Denaida-Frau in einer medizinischen Uniform von Syndicorp trat ein. Ihre glänzende Bronzehaut und ihr langes braunes Haar erinnerten ihn an seine Mutter, und der schmerzvolle Verlust verdrehte ihm den Magen. Ein finsteres Gefühl drang in seine Gedanken und er gab alles, um sich zu entspannen. Knurrend kämpfte er sich an der betäubenden Kraft der Fesseln vorbei und schaffte es, genug von seiner Ionenkraft zu aktivieren, um die eindringenden Gedanken zum Schweigen zu bringen.

Von der Anstrengung schwer atmend begegnete er dem Blick der Frau. „Du bist die Person, die sie Dr. Dollard nennen."

Sie lächelte und die Zähne blitzten zwischen ihren bronzefarbenen Lippen auf. „Und du bist der Rebell namens ..." Sie sah auf das Datenpad in ihrer Hand. „Chigs. Drei Jahre bei den Troopern, bevor du dich mit dem Rest deiner elenden Rasse unerlaubt von der Truppe entfernt hast."

Chigs blickte sie finster an, versuchte aber, sein Temperament nicht zu verlieren. Diese arme Frau war höchstwahrscheinlich eine weitere von Dollards Hybriden, die dazu verleitet wurde, dem Zweck ihres verstorbenen „Vaters" zu dienen. Er musste sie zur Vernunft bringen. „Du bist auch Denaidaner", sagte er. „Eine von uns. Syndicorp hat unsere Spezies vernichtet, aber ein paar von uns sind noch übrig. Schließe dich uns im Kampf für die Gerechtigkeit an."

Sie fletschte die Zähne und trat anmutig auf seine Zelle zu. „Die Fortsetzung meines Projekts ist viel wichtiger als eine Rasse, die ohnehin fast ausgestorben ist.“

Der Verstand dieser Frau war offensichtlich durch ihre Jahre in Gefangenschaft verzerrt worden. Er wünschte sich mehr denn je, dass Emmy hier wäre. Sie wäre in der Lage, der Frau zu zeigen, dass sie für die falsche Seite kämpfte. Chigs würde es wahrscheinlich nur noch schlimmer machen.

„Wo ist der Mensch, der bei mir war?“, fragte er stattdessen.

Dollard wedelte abweisend mit der Hand. „Nicht länger deine Sorge. Sie ist zu ihrer ursprünglichen Bestimmung zurückgekehrt.“

Usviiqe. Was bedeutete das? Er wollte diese Frau an der Kehle packen und die Antworten aus ihr herausquetschen. Da das keine Option war, versuchte er, wie Emmy zu denken. *Gehe sanft vor,* sagte er sich. *Benutze deine Worte, nicht deine Muskeln.*

„War Dr. Dollard dein Vater?“, fragte er. In seinem Versuch, seinen Zorn zu zügeln, klang seine Stimme seltsam hohl.

Die Frau lachte, das Geräusch hallte von den Metallwänden wider und ließ das Kraftfeld zwischen ihnen aufflimmern. „Oh, meine Güte, nein. Du hast gerade Dr. Dollard vor dir – das Original. Ich habe in dieser Denaida-Hülle ein neues Leben gefunden.“

Der Raum schien sich zu neigen und Chigs’ Knie bebten. Gedankenkontrolle war eine Sache, aber ein ganzes Bewusstsein von einem Körper zu einem anderen zu übertragen? „Unmöglich", krächzte er.

Sie tippte mit dem Datenpad gegen ihre Handfläche. „Der Verstand ist nur ein lebender Computer, der mit kognitiven Mustern codiert ist – Erinnerungen, Persönlichkeit, Wissen. Und die Synaptic Alteration Kammer, die ich entwickelt habe, hat mehr Anwendungen gefunden, als ich mir erträumt habe. Mein Team begann mit Tests, bei denen mein Bewusstsein als Prototyp verwendet wurde, und all das, kurz bevor mein ursprünglicher Körper nicht mehr zu gebrauchen war." Sie grinste. „Ich Glückliche."

„Ellam Cua", murmelte Chigs und dachte an das unheimliche Lachen in seinen Träumen. Dollard war noch am Leben. Das Lachen war nicht nur ein Produkt seines Unterbewusstseins gewesen.

Der neue Dr. Dollard lehnte sich näher und erzählte weiter von seiner – ihrer – Arbeit. „Wir testeten unsere Methoden zuerst – Verhaltensänderungen der Gefangenen; einfache Befehl-Chips, die in die Gehirne implantiert wurden; mit einem Cocktail aus Naniten, um sicherzustellen, dass die Veränderungen auf zellulärer Ebene greifen würden. Jede Art hat auf die Behandlungen einzigartige Reaktionen gezeigt: Cyber-Empfindlichkeit. Gedankenkontrolle. Telekinese. Aber stell dir meine Begeisterung vor, als wir entdeckten, dass Denaida-Frauen ein ganzes Bewusstsein in sich tragen können. Die Prägung war perfekt."

Chigs lief es eiskalt den Rücken herunter und seine Hände ballten sich zu Fäusten. „Was ist mit der Frau passiert, der dieser Körper eigentlich gehört?"

„Oh, sie weilt schon lange nicht mehr unter uns. Die körperlichen Anforderungen eures barbarischen Paarungsprozesses löschten ihren Verstand während unserer Tests aus. Ich habe jedoch einen Wiederverwendungszweck für die leeren Hüllen gefunden." Dollard blickte wertschätzend auf ihren neuen Körper und streichelte mit der freien Hand über eine Brust und den Oberschenkel, als würde sie ein Tier streicheln, das sie zum Kauf in Betracht zog. „So eine nette Hülle."

Chigs wollte sich übergeben. „Die anderen Denaida-Frauen in diesem Raum ... sind sie auch wie du?"

Ein kaltes Lächeln huschte über ihre Lippen. „Ich bin einzigartig – der Erste, dessen Bewusstsein vollständig integriert wurde."

„Du bist eine Abscheulichkeit!" Chigs' Muskeln spannten sich an, der Wunsch, der Ärztin an die Kehle zu springen, überwältigend, aber er wusste es besser, als zu versuchen, das Kraftfeld zu durchbrechen.

„Ich bin ein Pionier", entgegnete Dr. Dollard. „Ich entwickelte mich über die Grenzen meines Fleisches hinaus. Mit dieser Technologie werde ich für immer leben. Das einzige Problem ist, dass Hybriden keinen sauberen Transfer bieten, und mein Angebot an reinen Denaida-Frauen ist beklagenswert nach unten gegangen." Sie kniff die Augen zusammen und sah ihn an wie ein Raubtier, das seine Beute beurteilte. „Du jedoch ... hast mir eine unerwartete Lösung gegeben."

„Ich sterbe lieber, bevor ich zustimme, dir zu helfen", schwor Chigs.

„Na aber. Sei nicht so ein Pessimist, Chigs", murmelte Dr. Dollard in einem lieblichen Ton. „Ich denke, es wird dir sehr gefallen, was ich für dich geplant habe. Als erster männlicher Denaidaner im Projekt eröffnest du uns die Möglichkeit, mehr reinrassigen Nachwuchs zu produzieren. Gemeinsam können wir deine Rasse wieder zu unvorstellbarem Ruhm führen."

Chigs wich zurück, bis er mit der Rückwand der Zelle kollidierte. Sie wollte, dass er Kinder produzierte, die sie ausbeuten konnte? „Niemals!"

Dr. Dollard stieß einen übertriebenen Seufzer aus. „Ich rate dir, es dir noch einmal zu überlegen. Ich brauchte Jahre, bis ich herausfand, dass Denaida-Frauen einen Ionenimpuls von einem Mann ihrer Art benötigen, um schwanger zu werden, und obwohl ich eine modulierte Frequenz entwickelte, die den Eisprung induziert, führt der Prozess bei den weiblichen Probanden zum Hirntod. Ich habe weniger als eine Handvoll fruchtbarer Weibchen übrig. Aber jetzt, wo du hier bist –"

„Hör auf!", schrie Chigs und seine Stimme hallte von den Wänden wider. Es machte ihn krank, dass Dr. Dollard ihn als Werkzeug für ihre widerlichen Experimente benutzen wollte. „Ich werde nicht Teil deiner Gräueltaten sein. Selbst wenn das bedeutet, dass meine Spezies ausstirbt."

Dr. Dollard griff in eine Tasche und entfernte einen Hypo-Injektor, ihre Lippen formten sich zu einem grausamen Lächeln. „Es gibt Möglichkeiten, deine Hemmungen zu senken und dich nach unserem Willen zu beugen."

Chigs verschränkte seine Arme, jeder Muskel in seinem Körper spannte sich an, als er an Emmy dachte. „Denaidaner paaren sich fürs Leben, und ich bin bereits einen Gefährtenbund eingegangen. Selbst mit deinen Medikamenten ist mein Körper nicht in der Lage, die Paarungsfrequenz mit einer anderen Frau auszustrahlen."

Dr. Dollard schnaufte. „An mir brauchst du deine Lügen nicht auszuprobieren. Außerhalb dieses Labors gibt es keine Denaida-Weibchen mehr, und deine Paarungsfrequenzen sind für andere Arten tödlich."

„Falsch." Chigs grinste, froh, endlich die Oberhand zu haben. „Deine eigenen Experimente mit Naniten gaben uns die Möglichkeit, uns mit Menschen zu paaren."

Interesse flackerte über Dollards Gesichtszüge,

und sie schaute auf ihr Datenpad. Ein hochmütiges Lächeln krümmte ihre Lippen, als sie auf den Screen tippte. „Ah, ja. Die Naniten, die ich in diesen Denaidaner injiziert habe, der in mein Cyborg-Labor eingebrochen ist. Noatak war glaube ich sein Name. Wie faszinierend! Ich habe es immer bedauert, dass ich diese Testperson nicht weiterverfolgen konnte."

Chigs beobachtete, wie Dollard durch das Datenpad scrollte, und plötzlich wurde ihm bewusst, dass er einen schweren Fehler begangen hatte. Dollard hatte nichts über deren Fähigkeit, sich mit anderen Arten zu paaren, gewusst.

„Das könnte unserem Zuchtprogramm neue Möglichkeiten eröffnen." Dollard betrachtete Chigs mit einem Blick, der ihm einen Schauer über den Rücken jagte. „Wie viele von euch haben lebensfähige Nachkommen hervorgebracht?"

Chigs dachte an Rashana, deren Baby nun jederzeit erwartet wurde und ... schüttelte den Kopf. Der alte Dr. Dollard hatte von ihrer Schwangerschaft gewusst – hatte sie sogar beschleunigt. Aber dieser Dr. Dollard hatte diese Erinnerung vielleicht nicht oder ging davon aus, dass Rashana gestorben war. „Ich sprach von Gefährten, nicht Kindern."

„Zu dumm." Dollard rieb sich das Kinn und starrte nachdenklich in die Ferne. „Obwohl ich mir mehrere Dinge vorstellen kann, die die Reproduktion erleichtern könnten. Ich habe auch eine Dämpfungsfrequenz entwickelt, die eine Paarung ohne einen Bund ermöglicht. Ich brauche nur Testpersonen." Ihr Blick landete wieder auf Chigs. „Aber du sagst, du bist gepaart. Vielleicht mit der Menschenfrau, die wir mit dir einfangen konnten – die Frau, die du so verzweifelt beschützen wolltest?"

Chigs' Herzen begannen, einen doppelten Trommelschlag der bevorstehenden Katastrophe zu schlagen. Er konzentrierte sich darauf, seinen empathischen Schild zu stärken. Seine Mutter hatte sogar durch seine Abschirmung eine Lüge erkennen können, aber er hoffte, dass dieser neue Dr. Dollard nicht so geschickt darin war, die weibliche Denaida-Fähigkeit zu nutzen. „Glaubst du wirklich, ich wäre so dumm, meine Gefährtin auf eine so gefährliche Mission zu bringen?"

Dollard hob eine Augenbraue. „Ich dachte, ich wäre mit der Befragung von Dr. Voss durch. Ich schätze, ich habe mich geirrt."

Damit drehte sie sich um und verließ die Arrestzellen.

Wie erstarrt und schwer atmend starrte Chigs das Kraftfeld finster an. Er musste sofort einen Weg aus dieser Zelle finden.

KAPITEL FÜNFUNDZWANZIG

Emmy hob den Blick von den Spielkarten in ihrer Hand und sah zu den drei Denaida-Frauen, die mit ihr am Tisch saßen und grübelte über ihren nächsten Zug nach. Der Gesichtsausdruck der Frau blieb seltsam roboterhaft, selbst als sie die Gewinnkarte spielte. Obwohl diese Frauen ihren männlichen Kollegen körperlich ähnlich waren, mit Bronzehaut, dunklem Haar und hohen Wangenknochen, fehlten ihnen die ungestüme Kameradschaft, die Emmy mit den Denaidanern verband. Diese Frauen wirkten regelrecht ... leer. Vielleicht waren die Weibchen dieser Art einfach so.

Oder es liegt an dem Projekt.

Der Gedanke verschwand so schnell, wie er gekommen war, zusammen mit ihrer Freude, wieder im Team zu sein. Dr. Dollard hatte versprochen, Emmy auf den neuesten Stand zu bringen und ihr

Aufgaben zu übertragen, sobald der Papierkram erledigt war.

Emmy reagierte auf die Karte ihrer Gegnerin mit einem Doppelschlag und grinste. Sie war normalerweise niemand, der um jeden Preis gewinnen musste, dennoch verspürte sie den fast instinktiven Wunsch, diese Frauen zu besiegen.

Die nächste Frau spielte ihre Karte mit effizienter Anmut, gerade als sich die Tür des Gemeinschaftsraums mit einem leisen Zischen öffnete. Der Raum verstummte, und dann standen alle synchron auf und zogen sich in die Türen zurück, die den Gemeinschaftsbereich umgaben. Emmy schaute auf und sah Dr. Dollard auf der Türschwelle.

Nicht sicher, wie sie sich in ihrer neuen Rolle verhalten sollte, erhob sich Emmy und legte ihre Karten verdeckt auf den Tisch. Ihr Bauch flatterte, als Dollard auf sie zu ging und direkt vor ihr stehen blieb. „Du darfst dich setzen, Emmy."

„Danke." Emmy senkte sich stocksteif zurück auf ihren Sitz. Die Ärztin umgab eine Aura, die Respekt und Gehorsam verlangte.

„Ich habe noch ein paar Fragen, wenn es dir nichts ausmacht." Die Worte der Ärztin wirkten fast hypnotisch.

„Natürlich", sagte Emmy.

Dollard faltete die Hände hinter ihrem Rücken, als ob sie sich auf einen Vortrag vorbereitete. „Wie lange lebst du schon unter den Rebellen?"

In Emmy stieg eine Sturheit auf, und sie war versucht, ihr nicht zu antworten. Hatte sie nicht schon genug Fragen beantwortet? Sie versuchte, ihren Blick abzuwenden, konnte es aber nicht. „Einen halben Zyklus, denke ich."

„Und was genau tust du für die Rebellion?", fragte die Ärztin.

Emmy presste ihre Lippen zusammen, Worte steckten in ihrer Kehle, die sie nicht sagen wollte. *Warum fühle ich mich so unkooperativ?* Trotz ihres zunehmenden Aufruhrs schlich sich ihre Antwort durch ihre taub gewordenen Lippen: „Ich biete Beratung und Unterstützung bei der mentalen Gesundheit." Sie dachte an ihre Frustration über den Mangel an Interaktionen mit den Denaida-Kriegern. „Obwohl ich zugeben muss, dass die Denaidaner nicht sehr empfänglich für meine Hilfe waren. Oftmals sind es die menschlichen Besatzungsmitglieder, die mit mir sprechen wollen."

Das Funkeln in den bronzefarbenen Augen der Ärztin schärfte sich. „Ich habe gehört, dass es mehrere Denaida-Männer gibt, die sich mit Menschenfrauen gepaart haben."

Emmy hatte ein ungutes Gefühl und doch sprudelten die Worte aus ihr heraus: „Erst kürzlich wurde entdeckt, dass Naniten die Gehirnchemie der Männer verändern und die zerstörerische Kraft des Gefährtenbundes verringern können. Drei Denaidaner haben sich bereits mit Menschen gepaart, und die anderen suchen aktiv nach menschlichen Gefährten."

Dr. Dollard nickte. „Und der Gefährtenbund zwischen Denaidanern ist permanent. Weißt du, ob das gleiche zwischen Menschen und Denaidanern gilt?"

„Ich glaube nicht, dass das getestet wurde", sagte Emmy mit zitternder Stimme. „Warum?"

Die Ärztin spitzte die Lippen. „Die Wiederherstellung der Denaida-Rasse hat für Syndicorp oberste Priorität."

Emmy runzelte die Stirn. „Warum jetzt?"

„Wir wollen vergangene Fehler korrigieren, Emmy. Das willst du auch, oder?"

Aus irgendeinem Grund sagte die kleine Stimme in Emmy, dass dies alles Lügen waren. Sie wollte jedoch auch glauben, dass die Denaidaner endlich die Hilfe bekamen, die sie brauchten. Sie erwischte sich dabei, dass sie nickte. „Ja, natürlich."

Dollard fuhr mit einer direkten Frage fort: „Wie ist dein Beziehungsstatus zu Chigs?"

Als wäre ein Damm gebrochen, kamen Emmys Gedanken über Chigs zurück: der Moment, als er in ihr Büro getreten war und sie um Hilfe gebeten hatte. Die Art und Weise, wie sich seine Hand beim Tanzen an ihrem Rücken angefühlt hatte, und die Höhle, in der sie sich geliebt hatten ... Er ist mein Gefährte. Eine Erkenntnis, die wie ein Schlag landete.

Schwer atmend blinzelte Emmy die Ärztin an, von

der sie aufmerksam betrachtet wurde. Warum hatte Dollard sie das gefragt? Und was hatte das mit der Wiederherstellung der Denaida-Rasse zu tun?

„Er ist mein Partner bei dieser Mission", antwortete Emmy ausweichend.

„Sonst ist nichts zwischen euch?", hakte Dollard nach.

Das Gewicht, das sich auf Emmys Verstand legte, war nahezu unerträglich, aber sie schüttelte den Kopf, biss die Zähne zusammen und ließ die Worte nicht heraus. Dies war ein Geheimnis, das sie auf keinen Fall preisgeben würde.

„Schade." Dollard seufzte, und der Druck auf Emmys Verstand ließ langsam nach. „Es wäre so viel einfacher gewesen, wenn seine Gefährtin hier gewesen wäre, um zu helfen."

„Was wäre einfacher?"

„Das Zuchtprogramm mit ihm. Ich hatte gehofft, wir könnten die Lockvogeltaktik anwenden. Jetzt muss ich auf Psychopharmaka zurückgreifen, um seinen Widerstand zu hemmen." Die Ärztin zog ein Datenpad aus ihrer Tasche und studierte es.

Zuchtprogramm? Emmys Herz raste so schnell, dass sie befürchtete, es würde abrupt stehen bleiben. *Aber Chigs gehört mir.* Konnte die Ärztin den Gefährtenbund mit Medikamenten wirklich überwinden? Je mehr Emmy sich auf Chigs konzentrierte, desto klarer wurde ihr Verstand. Dollard war nicht daran interessiert, den

Denaidanern zu helfen. Sie wollte den Nachwuchs. Aber ... warum?

„Was haben Sie mit den Denaida-Kindern vor?", fragte Emmy.

Dollard drehte sich langsam zu ihr um. „Du brauchst dich nicht um das Wohlergehen der Kinder zu sorgen. Ich versichere dir, ihr Wohlbefinden ist für das Projekt notwendig – unverzichtbar sogar."

Der Druck auf Emmys Verstand nahm wieder zu, aber dieses Mal nahm sie den Angriff wahr und konnte sich schnell dagegen zur Wehr setzen. „Wohlbefinden? Oder Ausbeutung?"

„Ausbeutung ist so ein hässliches Wort", sagte Dollard vorwurfsvoll. „Als Wissenschaftler ist es unsere Mission, Wissen zu fördern und das Leben zu verbessern. Manchmal erfordert das ein wenig Aufopferung. Du willst helfen, das Leben in der ganzen Galaxie zu verbessern, oder?"

Emmy schluckte schwer und nickte, überrascht von diesem überschäumenden Verlangen. *Warum also argumentiere ich mit ihr?*

Dollard legte eine eisige Hand auf Emmys Schulter. „Denk daran, was wir erreichen werden, an die Leben, die wir damit retten können. Wir werden den Denaidanern eine Zukunft bieten, die sie nie für möglich gehalten hätten. Sag mir, dass du dich dafür einsetzen wirst, dass dies gelingt."

Emmys Herz flatterte hoffnungsvoll. Sie glaubte an ihre Arbeit für Syndicorp. Sie glaubte, dass sie die

Galaxie zu einem besseren Ort machen konnte. Trotz der kleinen Stimme, die ihr sagte, sie solle den heimtückischen Worten der Ärztin nicht trauen, wollte sie von ganzem Herzen, dass die Denaidaner die Hilfe bekamen, die sie verdienten. „Es tut mir leid, dass ich Ihre Absichten hinterfragt habe. Ich bin dabei.“

Dr. Dollard nahm Emmys kalte Hände in ihre eigenen. „Sehr gut. Bevor wir fortfahren ... Gibt es noch etwas, was du mir sagen möchtest?“

Wärme breitete sich aus Dollards Händen über Emmys Arme aus und füllte ihre Brust, ihren Kopf, ihre Seele. Es gab noch eine andere Sache, die Emmy während der Befragung vorenthalten hatte – abgesehen von der Sache, dass Chigs ihr Gefährte war – und jetzt war der richtige Moment, um ehrlich zu sein. „Chigs und ich haben uns in den Großrechner gehackt und Sicherheitscodes an die Icarus geschickt“, platzte es ihr heraus. „In diesem Moment ist ein Team unterwegs, um die Testpersonen zu extrahieren.“

Dollards Gesichtszüge verhärteten sich, und ihr Griff um Emmys Hände wurde fester. „Ich habe dich unterschätzt, Emmy. Das wird nicht wieder vorkommen.“

Panik schoss durch Emmys Brust, die schnell durch einen erneuten Griff an ihrem Willen betäubt wurde.

Dollard senkte die Hände und sah zu zwei

denaidanischen Frauen, die aus einer der Türen gekommen waren. „Geht und werft einen Blick auf den Großrechner."

Als die Frauen den Raum verließen, griff Dollard nach ihrem Datenpad. „Verdammt, sie haben das Orbitalwaffensystem bereits ausgesetzt und nähern sich der Einrichtung. Diese verdammten Cyborgs sind mir seit dem Moment, in dem ich Doug in das Programm aufgenommen habe, ein Dorn im Auge. Aber mit deiner Hilfe wird die Icarus schon bald wieder mir gehören." Dr. Dollard tippte mit dem Finger gegen ihre Lippen. Emmy hatte das Gefühl, von einem Raubtier in die Enge getrieben worden zu sein. „Willst du immer noch Blutvergießen vermeiden, Emmy?"

Obwohl sie den starken Wunsch hatte, alles abzulehnen, was die Ärztin anbot, nickte Emmy. „Ja."

„Sehr gut. Ich habe eine Aufgabe für dich. Wenn deine Rebellenfreunde ankommen, wirst du sie begrüßen. Sag ihnen, dass du sie zu den gefangenen Frauen bringst, und eskortiere sie dann zu den Arrestzellen."

Emmy schluckte schwer und Galle stieg in ihrer Kehle auf. „Aber ..."

Dollard verschränkte die Arme. „Es ist der einzige Weg, um ihre Leben zu retten. Verstanden?"

„Verstanden", antwortete Emmy mit hohler Stimme.

Emmy stand auf und folgte einer Denaida-Frau

durch die Korridore und in den Aufzug, der sie in die Bucht brachte. Ein kleines Raumschiff stand zum Abflug bereit, und mehrere Evakuierungskapseln fanden sich in dem Bereich. Die Denaidanerin ließ sie auf einer leeren Frachtkiste zurück, wo sie auf die Schleuse starrte. Es dauerte nicht lange, bis sie zischend aufglitt. Sechs Figuren bewegten sich vorsichtig ins Licht, jede hielt eine Pulswaffe und trug Syndicorp-Ausrüstung. Sie erkannte sofort Toviks bronzefarbenes Haar und die blonden Locken ihrer Freundin Marlis.

„Ihr habt es geschafft!", rief Emmy und stand auf, um sie zu begrüßen.

Marlis scannte die Umgebung mit Adleraugen, ihre Pistolen schussbereit. „Keine Wachen?"

„Wo ist Chigs?", fragte Kashatok mit einem langen Pulsgewehr in der Hand.

Emmys Herzschlag beschleunigte sich. *Gefangen genommen!* Nur weigerten sich ihre Lippen, die Worte auszusprechen.

Rust stampfte an ihr vorbei und funkelte die Tür an, die ins Innere führte. „Hat das Arschloch dich allein zurückgelassen?"

„Die Einrichtung war minimal bewacht", sagte Emmy — eine Antwort, die in ihr einen Brechreiz auslöste. Aber ihr Körper weigerte sich sogar, dies zu tun.

Marlis betrachtete sie von Kopf bis Fuß und schnell formte sich eine Sorgenfalte zwischen ihren

Augenbrauen. „Er hätte dir zumindest eine Waffe geben können."

Emmy dachte an die Waffe, die Chigs ihr gegeben hatte, bevor sie den Gemeinschaftsraum betreten hatten, und versuchte, sich zu erinnern, wo sie diese gelassen hatte. Alles, was sie sehen konnte, war Dr. Dollards freundliches Gesicht, mit dem sie Emmy dazu überredet hatte, ihre Freunde zu … retten.

„Wo ist er also?", fragte Kashatok erneut.

„Chigs bereitet die Frauen darauf vor, von hier zu verschwinden." Die Worte kamen zu leicht, als wären sie nicht einmal ihre. Ihr Verstand zeichnete sich durch verwirrtes, weißes Rauschen aus. *Bring sie zur Arrestzelle.* „Wir müssen uns beeilen."

Weitere Fragen ignorierend führte sie das Team von der Bucht in die Korridore. In der Einrichtung herrschte erdrückende Stille, aber als sie eine Ecke umrundeten, entdeckte sie mehrere Denaida-Frauen, die vor der Tür zu den Arrestzellen warteten und immer noch in blauen Tuniken gekleidet waren.

Tovik schnappte nach Luft und raste auf eine der Frauen zu. „Hi! Wir sind hier, um euch zu retten!"

„Mach langsam, Junge!", rief Qaiyaan, aber Tovik nahm bereits die Hand der Frau und folgte ihr durch die Tür.

„Komm", sagte eine andere Frau, ihre Lippen zu einem leeren Lächeln verzogen.

Ohne sich der Gefahr bewusst zu sein, eilten

Emmys Freunde nach vorn. Emmy folgte langsamer und mit schweren Füßen.

„Was zur Hölle?", rief Rust, als zwei der Frauen ihn in die Zelle drängten.

Marlis' Pistolen wurden ihr entrissen. Sie holte mit der Faust aus und versuchte, eine der Frauen zu treffen, aber die Denaidanerin wich ihr mit Leichtigkeit aus und schubste Marlis dann in die Zelle. Mit erschreckender Präzision schlugen die anderen Weibchen zu, ihre Bewegungen so schnell und geübt, dass das Team der Icarus kaum Zeit hatte, zu reagieren, bevor die Kraftfelder aktiviert wurden und diese so eine Flucht unterbanden.

Emmys Hände zitterten, und in ihrem Magen formte sich ein schmerzhafter Knoten. Der Unglaube und Verrat auf den Gesichtern ihrer Freunde traf sie brutaler als jede Klinge. Dann erblickte sie Chigs, der sie aus einer Zelle anstarrte, sein Gesichtsausdruck hinter dem schimmernden Kraftfeld eine brodelnde Mischung aus Schock und Trauer.

Was habe ich nur gerade getan?

KAPITEL SECHSUNDZWANZIG

Es bedurfte Chigs' gesamter Willenskraft, sich nicht gegen die Barriere zu werfen, die ihn von Emmy trennte. Der blaue Energieschild zwischen ihnen warf ein ätherisches Leuchten über ihre Gesichtszüge und verstärkte den abgestumpften Ausdruck in ihren Augen. Sie war hier, stand ihm so nah und doch war sie es nicht.

„Emmy, du musst mir zuhören", rief er und versuchte gleichzeitig, sie durch den Gefährtenbund zu erreichen. Aber die Fäden fielen wie Lichtstrahlen durch seinen Griff.

Tovik wiederholte immer wieder: „Wir sind nicht hier, um euch weh zu tun!" als die Frauen, die das Team überfallen hatten, den Bereich für die Arrestzellen verließen.

Chigs konnte seine Freunde nicht in den benachbarten Zellen sehen, aber Rusts donnernde

Stimme brachte die Wände zum Beben. „Was zum Teufel ist hier los, Emmy?"

Emmy blieb starr in der Mitte des Raumes stehen. Er konnte den Kampf spüren, der in ihr vor sich ging, aber von hier aus konnte er nichts dagegen tun. *Wenn ich sie nur berühren könnte.* Dann wäre es ihm vielleicht möglich, genug Ionenenergie zu beschwören, um ihr zu helfen, Dollards mentalen Einfluss zu blocken.

Rust warf mit mehr Obszönitäten um sich.

„Beruhige dich, Rust!", sagte Chigs laut genug, um Gehör zu finden. „Ihre Gedanken werden kontrolliert. Lass mich mit ihr reden."

Das laute Fluchen und die verwirrten Kommentare aus den anderen Zellen ließen nach, bis er nur noch Gemurmel und angespannte Schritte vernahm. Emmy öffnete den Mund und es schien, als wollte sie etwas sagen. Nur bekam sie es nicht über die Lippen.

Chigs hielt seine gefesselten Hände an seine Brust und bewegte sich nahe genug an den Energieschild, bis er ein Summen auf seiner Haut wahrnahm. „Emmy", sagte er mit all der Ermutigung, die er aufbringen konnte. „Dein Verstand wird manipuliert. Kämpfe dagegen an. Bitte."

„Mach dich nicht lächerlich, Chigs." Ihre Worte fühlten sich gezwungen an, sein Name auf ihren Lippen angespannt.

Nur zwei Denaida-Frauen waren noch mit ihr im

Raum. Eine von ihnen legte eine Hand auf Emmys Schulter. „Kommen Sie mit uns, Dr. Voss."

Chigs beobachtete ein Flimmern des Widerstands über Emmys Züge blitzen, ihre Muskeln spannten sich leicht an, als ob sie sich darauf vorbereiteten, die Berührung abzuschütteln. Hoffnung sprudelte in seiner Brust. Wenn sie immer noch widerstehen konnte, auch unbewusst, dann war sie nicht ganz verloren – noch nicht. „Bleib bei mir, Emmy", sagte er. „Sag mir, was los ist."

Emmy richtete ihren Blick auf die Frau neben ihr. „Geht schon mal vor. Ich muss die Bedingungen der Zusammenarbeit zwischen den Rebellen und Syndicorp besprechen."

Ein Kloß formte sich in Chigs' Kehle. Zusammenarbeit? Was hatte Dollard vor? Trotz der Fragen, die seinen Verstand füllten, schwieg er. Wenn er zu sehr drängte, könnten seine Worte das Gegenteil davon bewirken, was er gerne erreichen würde.

Die Denaidanerin neigte den Kopf, als würde sie einer weit entfernten Stimme lauschen, und nahm dann ihre Hand von Emmys Schulter. „Verstanden."

Die Frau drehte sich zum Ausgang und ließ Emmy allein, die sich sogleich den Zellen stellte.

Chigs grinste. Je weiter sie von den Frauen entfernt war, desto schwächer sollte die Gedankenkontrolle sein. Als auch die letzte Denaidanerin aus dem Blickfeld verschwand, öffnete er den Mund, um zu sprechen, aber Rust war schneller.

„Sag uns, was hier los ist." Das Geräusch einer Faust, die gegen eine Metallwand schlug, unterstrich Rusts Forderung nach Informationen.

Emmy drehte sich um, sodass sie sich von Chigs abwandte. „Syndicorp sucht nach einer friedlichen Lösung mit der Rebellion." Ihre Stimme war ruhig, aber ihre Finger zuckten an ihren Seiten. „Sie wollen vergangene Übertretungen wiedergutmachen – um eine Zukunft zu bieten, in der wir koexistieren können."

„Koexistieren?" Noatak entließ ein verbittertes Lachen. „Nach allem, was sie getan haben?"

„Was zum Teufel, Emmy?", fügte Marlis hinzu. „Du hasst Syndicorp."

„Ich habe ihre Absicht missverstanden."

„Emmy, das bist nicht du, die da mit uns redet", sagte Chigs.

„Frieden erfordert Kompromisse", entgegnete sie und ihr Ton wirkte erzwungen. „Ich möchte weiteres Blutvergießen vermeiden. Vor allem deins."

Chigs' Herzen rasten. Die Kontrolle über Emmys Geist war stark und verdrehte ihre aufrichtigen Wünsche in eine neue Richtung, der sie nie zugestimmt hätte. „Du weißt besser als jeder andere, wie weit Syndicorp gehen würde, um die Macht aufrechtzuerhalten. Du hast ihre Gräueltaten mit eigenen Augen gesehen."

Emmys Stirn runzelte sich. In ihren Augen schwammen Zweifel, wie ein Stern, der darum kämpfte, durch dichten Nebeldunst zu scheinen.

„Du kannst es schaffen, Emmy!“, ermutigte er sie und ließ all die Liebe, die er für sie empfand, in seine Worte eindringen. „Erinnere dich daran, wer du bist und wofür du stehst.“

„Hilf uns, diese Frauen zu retten“, sagte Tovik.

Emmys Stimme bebte vor erzwungenem Lachen, ihr Aufruhr sogar durch die Energiebarriere hindurch spürbar. „Sah es so aus, als müssten sie gerettet werden? Sie sind stärker als je zuvor und nicht an einen Planeten gebunden, auf dem sie nie ihr volles Potenzial ausschöpfen konnten. Zum ersten Mal in der Geschichte sind Denaida-Frauen frei.“

Chigs’ Magen drehte sich, als er sagte: „Diese Frauen sind nicht frei. Genau wie du werden sie kontrolliert.“

„Kontrolliert? Wie?“, fragte Tovik, eine Frage, die in den anderen Zellen wiederholt wurde.

„Das gehört zu einem von Dollards Projekten“, sagte Chigs. Er erzählte schnell, was er wusste, was mit einbezog, dass Dollard sein Bewusstsein in den Körper einer der Frauen übertragen hatte.

Schock und Abscheu war aus den benachbarten Zellen zu vernehmen. Während seiner gesamten Erklärung schwankte Emmys stoischer Ausdruck nicht einmal, obwohl ihre Finger jetzt stärker zitterten.

„Dieser Bastard lebt?“ Rusts Stimme prallte aus

jeder Ecke ab und schlug auf Chigs ein. „Ich wusste es!"

Der Boden bebte, als Rust die Wände seiner Zelle mit neuer Wildheit angriff. Metall stöhnte, und der Energieschild knisterte und warf unregelmäßige Schatten über Emmys Gesicht. Ihre Augen weiteten sich und sie machte einen Schritt auf den Ausgang zu.

„Rust! Beherrsche dich!", brüllte Chigs über den Tumult, doch seine Stimme klang bei dem Sturm wie ein Flüstern.

„Lass mich raus, verdammt noch mal!", schrie Rust und setzte seinen Angriff auf sein Gefängnis fort.

Emmy drückte ihre Hand auf das Bedienfeld, und ein blendender Blitz erfüllte die Luft und sandte eine kribbelnde Schockwelle durch den Boden. Chigs fragte sich, ob Rusts rohe Gewalt tatsächlich über die Technologie gesiegt haben könnte. Aber dann ertönte der Laut eines Körpers, der auf den Boden knallte, woraufhin eine Stille folgte, die so ohrenbetäubend war wie Rusts Ausbruch.

„Rust?", rief Tovik besorgt. „Alles in Ordnung, Kumpel?"

Keine Antwort.

„Bitte zwingt mich nicht, das noch jemandem anzutun." Emmy stand regungslos da, eine Hand immer noch über dem Bedienfeld der Tür.

Schockierte Stille legte sich über den Bereich,

dann flüsterte Marlis: „Fuck. Emmy, hast du ihn getötet?"

„Nein." Sie leckte sich nervös die Lippen. „Aber der nächste Schock könnte dazu führen. Versucht nicht noch einmal, zu fliehen."

Chigs knirschte mit den Zähnen. Die Gewalt von Rusts Fluchtversuch schien Emmys Glauben an Syndicorps Sache gestärkt zu haben. Er schloss kurz die Augen und murmelte: „Ellam Cua, hilf mir, zu ihr durchzukommen."

Er hielt seine Stimme ruhig, aber beharrlich: „Denk daran, wer Dr. Dollard ist. Erinnere dich, was er getan hat. Die Experimente, die Manipulation. Rust wurde von ihm gefoltert." Er wollte durch den Energieschild greifen und sie durchschütteln, zwang sich aber, ruhig zu bleiben. „Ich bin sicher, die Denaida-Frauen hier haben sich auch nicht freiwillig als Testpersonen zur Verfügung gestellt."

Emmy spannte den Kiefer an, der Ausdruck in ihren Augen nun hart. „Doch, das haben sie. Wir haben die Verträge, um es zu beweisen. Dr. Dollard will die Fehler von Syndicorp korrigieren. Er – sie – will dem Denaida-Volk eine glorreiche Zukunft geben."

„Dollard will mich für ein Zuchtprogramm benutzen", sagte Chigs mit bebender Stimme. „Bist du damit wirklich einverstanden?"

Ihre Augen trübten sich vor Verwirrung und

Qual. „Das Überleben deiner Rasse steht auf dem Spiel, Chigs. Diese Sache ist größer als du oder ich."

„Ich weigere mich, an Dollards kranken Experimenten teilzunehmen. Du bist die einzige Frau für mich, Emmy. Du bist meine Gefährtin."

Emmys Hände flatterten an ihre Kehle. „Erinnere dich an deinen Traum, Chigs. Du solltest mit einer der Denaidanerinnen zusammen sein. Es ist dein Schicksal –"

„Nein. Ellam Cua hat sie mir nur offenbart, damit ich meinen Weg zu dir finde." Er flehte mit jeder Faser seines Seins. „Mein Schicksal ist mit dir, Emmy. Niemandem sonst."

Emmy schwankte. „Ich rette euch das Leben", sagte sie. „Du wirst schon sehen."

Sie drehte sich um und stolperte zum Ausgang.

Eine Welle der Angst stürzte über Chigs ein. Er musste sie erreichen … um sie zu berühren – selbst, wenn es das letzte Mal sein sollte. „Nein! Das werde ich nicht akzeptieren. Ellam Cua, gib mir Kraft."

Entschlossen knirschte er mit den Zähnen und beschwor alles von seiner ionischen Kraft, was er zusammen bekam, und schlug mit beiden Fäusten gegen den Energieschild. Der Raum explodierte mit knisterndem Licht und verschlang sein Sichtfeld in einem brennenden Kaleidoskop aus Farben. Wellen von Elektrizität strömten durch seine Adern. Er schnappte nach Luft, während er seine Muskeln anspannte und seine Gliedmaßen wappnete. Er konzentrierte sich auf den Gefährtenbund und pflügte durch den Sturm, jede Zelle in seinem Körper motiviert, die Barriere zu durchbrechen.

Emmy drehte sich um und schrie: „Chigs! Hör auf! Das ist Selbstmord!"

Doch er stoppte nicht, denn er wusste, dass dies der einzige Weg war, sie zurückzubekommen. Blaue Funken hafteten sich an seine Haut, als er die Barriere hinter sich ließ. Die schmerzvolle Belastung gewann mit jedem Schritt an Intensität. Die Fesseln um seine Handgelenke fühlten sich an, als würden sie durch seine Knochen brennen. Sein Sichtfeld verschwamm mit weißglühenden, qualvollen Punkten, aber alles, was er sehen konnte, war Emmy. *„Unqu akhala ..."*

Er schaffte einen weiteren Schritt, bevor er, von der Dunkelheit verzehrt, zusammenbrach.

KAPITEL SIEBENUNDZWANZIG

„Nein! Chigs!", schrie Emmy erneut, vollkommen eingenommen von dem entsetzlichen Anblick. Sie streckte die Hand aus und klatschte sie auf das Bedienfeld, wodurch das Energieschild deaktiviert wurde, das um seinen am Boden liegenden Körper pulsierte. Die Luft stank nach Elektrizität und Schweiß.

Chigs lag ausgestreckt und leblos auf dem grauen Metalldeck. Die Fesseln an seinen Handgelenken hatten bei dem massiven Energiefluss einen Kurzschluss erlitten und sich demnach geöffnet.

Emmy fiel auf ihre Knie, legte ihre Hände auf seine Wangen und starrte entsetzt auf die dunklen Bereiche um seine Augen. Sie konnte nicht sagen, ob er atmete oder nicht. „Sei nicht tot. Bitte sei nicht tot."

Er ist nicht wichtig. Die unwillkommene Stimme

dröhnte durch ihre Gedanken und versuchte, die Kontrolle wiederzuerlangen. *Wir haben die anderen.* Ihr Kopf drehte sich und es fühlte sich an, als hätte der Raum an Schwerkraft verloren. Sie packte ihn wie einen Anker und schrie: „Chigs gehört mir!"

Wärme umgab sie und ordnete das Chaos in ihren Gedanken. Sie schaute nach unten und blickte in die offenen Bronzeaugen ihres Gefährten, die einzig und allein auf sie gerichtet waren. Ihre Seele war erfüllt von der kraftvollen Verbindung ihres Gefährtenbundes. Sie holte tief Luft, warf ihre Arme um ihn und drückte ihre Stirn gegen seine Brust. „Du lebst!"

Seine Arme legten sich um ihre Schultern und zogen sie zu sich. „Emmy." Seine Stimme war rau, als er eine Hand auf ihren Hinterkopf legte. „Du hast es geschafft. Du hast Dollards Kontrolle über dich gebrochen."

„Ich weiß nicht, was passiert ist", presste sie heraus und in jedem ihrer Worte schwang Reue mit. „Es tut mir so leid. Ich hätte –"

„Keine Entschuldigung nötig", sagte Chigs und küsste sie auf die Stirn.

Eine beharrliche Stimme unterbrach ihre Wiedervereinigung. „Emmy!", rief Tovik. „Öffne unsere Zellen."

Sie sah zu ihren Freunden, die von dem grünlichen Licht der Energieschilde erleuchtet waren. Die gesamte Mission war wegen ihrer mentalen

Schwäche untergraben worden. Sie hatte ihre Freunde direkt in die Hände ihres Feindes gegeben. Dann erinnerte sie sich, was sie Rust angetan hatte. „Rust! Geht es dir gut?"

Sie wollte aufstehen, aber Chigs packte ihren Arm. „Du musst in körperlichem Kontakt mit mir bleiben. Dollards Gedankenkontrolle wird dich finden, sobald du die Wirkung meines Ionenschildes verlässt, und ich bin nicht stark genug, um ihn sehr weit auszudehnen."

Ihre Kehle fühlte sich beengt an und die Angst kehrte zurück. Das war wirklich alles ihre Schuld. „Richtig, okay."

Sie half Chigs auf die Beine. Er musste sich auf sie stützen, da seine Muskeln immer noch zuckten, und doch schafften sie es zu dem Bedienfeld der Zellen, sodass Emmy die Kraftfelder senken konnte. Alle außer Rust kamen rausgerannt. Während Noatak und Qaiyaan nach Rust sahen, bot Tovik Emmy einen Anhänger an einer Silberkette an. „Hier, leg dir die um den Hals."

„Was ist das?" Eine silberne, ovale Form von der Größe ihres Daumens leuchtete in Grün und Blau.

„Das Gerät, an dem Rashana und ich so lange gearbeitet haben, um ihre Gedankenkontrolle zu blockieren. Tut mir leid, dass ich es nicht fertig hatte, bevor du und Chigs die Icarus verlassen habt."

Sie nahm den Anhänger und erwartete, ein leises Summen zu hören oder ... etwas wahrzunehmen, aber nichts passierte. „Bist du sicher, dass es funktioniert?“

„Ich denke schon. Marlis und Rust tragen sie und sie sind immer noch sie selbst.“

In diesem Moment stolperte Rust aus seiner Zelle, die kybernetischen Hände an seinem Kopf. „Fuck! Emmy!“

Chigs positionierte seinen Körper schützend zwischen ihr und dem Cyborg. „Gib ihr ja nicht die Schuld.“

„Ich werde ihr nicht wehtun“, murmelte Rust, blieb aber sofort stehen. „Geht es dir gut, Emmy?“

„Ich … ja.“ Sie spähte um Chigs herum, um Rusts hartes Gesicht zu beurteilen. „Was ist mit dir?“

Er zuckte mit den Schultern. „Dollard hat mir schon Schlimmeres angetan.“ Dann sah er Chigs finster an. „Du solltest Emmy in deiner Nähe behalten, sodass dein Ionenschild sie schützt. Was ist passiert?“

„Ich habe mich täuschen lassen. Die Testpersonen sahen alle aus wie normale Denaidanerinnen“, sagte Chigs. „Ich war nachlässig.“ Er stand mit dem Rücken zur Wand, sein Gesicht immer noch schmerzvoll verzogen.

Emmy drückte seine Hand und lehnte ihre Schulter an seine, um ihm Halt zu geben. „Ich denke, Dollard kontrolliert auch von ihnen den Verstand.“

Sie erklärte schnell, was sie über die Testpersonen wusste, einschließlich Dollards

Behauptung, dass die Frauen dem Projekt freiwillig beigetreten seien.

„*Usviiqe!*", fluchte Kashatok. „Diese Bastarde haben wirklich Frauen von Denaida-daru gestohlen!"

„Du hast davon gewusst?", fragte Noatak.

Kashatoks Gesichtszüge waren dunkel vor Wut. „Als ich noch jünger war ... kannte ich eine Frau, die auf Syndicorps Lügen hereinfiel. Sie wollte zu den Sternen reisen." Seine Stimme klang angespannt, und Emmy spürte, dass hinter der Geschichte wahrscheinlich mehr verborgen lag. „Aber Ayana starb, bevor Syndicorp sie vom Planeten holen konnte."

Qaiyaan legte eine Hand auf Kashatoks Schulter. „Jetzt ist nicht die Zeit für Selbstvorwürfe, *Iluq*. Jetzt ist die Zeit für Rache."

„Wie?", fragte Chigs. „Doug muss die Kontrolle über die Sicherheitssysteme verloren haben, sonst hätte er uns schon hier rausgeholt."

„Zumindest hat er uns reingebracht", sagte Qaiyaan. „Von hier schaffen wir es auch allein."

„Ich melde mich freiwillig, wenn es darum geht, jede Syndicorp-Marionette in dieser Einrichtung zu Brei zu schlagen." Rust spannte seine kybernetischen Arme an. Trotz des Knockouts schien er in guter Verfassung.

Tovik hob die Hände. „Wartet kurz. Die Gedanken der Testpersonen werden kontrolliert. Wir müssen einen Weg finden, die Kontrolle zu brechen, und hoffentlich wird es nicht nötig sein, Gewalt anzuwenden."

„Uns wurde gesagt, dass es sechzehn Testpersonen gibt", sagte Chigs. „Es gibt nicht genug von uns hier, um für so viele Ionenabschirmung bereitzustellen."

„Das musst du nicht." Toviks Augen leuchteten vor Aufregung. „Wenn wir den Großrechner erreichen können, kann ich versuchen, einen der Anhänger einzuschleusen, um so die Übertragung zu verstärken. Das sollte jeden auf dem Gelände befreien, der noch unter Dollards Kontrolle steht. Vielleicht kann ich Doug sogar zurück ins System bringen."

„Das klingt alles sehr unsicher", sagte Qaiyaan.

„Und was ist, wenn wir mehr Frauen sehen, bevor wir den Großrechner erreichen?", fragte Rust. „Die Frauen, denen wir bisher begegnet sind, waren überraschend effizient darin, uns zu entwaffnen."

„Wir wurden alle darin geschult, nicht-tödliche Gewalt anzuwenden", sagte Marlis mit einem vielsagenden Blick auf Rust.

Alle anderen nickten. Rust grunzte unverbindlich, bevor er mit den Achseln zuckte. „Natürlich."

„Okay. Lasst uns loslegen", sagte Qaiyaan. „Dollard hat sich wahrscheinlich bereits neu gruppiert, nachdem er die Kontrolle über Emmy verloren hat. Zerstört alle Überwachungskameras, die ihr auf dem Weg seht."

Auf Qaiyaans Signal hin berührte Emmy das Bedienfeld, öffnete die Tür und wappnete sich auf einen Ansturm bewaffneter Wachen. Aber der Korridor war völlig leer. Mit einem Seufzer der Erleichterung nahm sie Chigs' Hand und wies alle an, ihr zu folgen, während sie auf Zehenspitzen den Korridor hinunterging. Als sie sich dem Aufzug näherten, öffneten sich die Türen. In voller Kampfausrüstung traten ein halbes Dutzend Wachen heraus, gefolgt von einer Testperson in ihrer einfachen blauen Tunika und Hose. Sie alle hielten Pulsgewehre.

Rust stürmte nach vorn.

Tovik rannte hinter ihm her und schrie: „Nicht-tödlich!"

Die Wache, auf die es Rust abzielte, wich aus und nutzte Rusts Schwung, um ihn auf den Boden zu schicken. Ein helles, blaues Licht erhellte die Luft, als eine andere Wache auf den Cyborg feuerte. Rust rollte aus dem Weg und entkam geradeso der Explosion. Ein verkohlter Fleck blieb auf dem Deck zurück, wo er weniger als einen Herzschlag zuvor gelegen hatte.

Tovik griff einen anderen Wachmann an und warf ihn gegen die Wand, während Kashatok einem dritten den Boden unter den Füßen wegfegte. Das Pulsgewehr der Wache fiel und landete im offenen Aufzug.

Marlis und Noatak näherten sich, als Kashatok seine ionische Abschirmung benutzte, um Pulsfeuer abzuwehren. Gleichzeitig schickte Qaiyaan Schockwellen ionischer Energie mit einer Wucht auf die Feinde, sodass es im Korridor nach einem Gewitter klang und die Luft nach Ozon und heißem Metall stank.

Ein Schuss aus einem Pulsgewehr durchbrach Chigs' Schild und stanzte ein Loch in eine Wandplatte neben ihm, sodass Emmy zusammenzuckte.

„Wir müssen Deckung finden!", schrie Chigs und zog sie zu der nächsten Tür.

Emmy drückte ihre Handfläche auf das Bedienfeld, erleichtert, als sich die Tür öffnete, hinter der sich ein leeres Büro verbarg. Chigs schob sie hinein und zeigte auf den Schreibtisch in der Mitte des Raumes. „Versteck dich dahinter."

„Warte!", rief sie, als er zurück in den Korridor eilte.

Sie ging langsam zur Tür und warf einen Blick um die Ecke. In der Nähe kämpfte Chigs mit einer Wache und schaffte es, dem Mann das Gewehr aus der Hand zu schlagen. Marlis und Noatak standen vor dem Aufzug und befanden sich tretend und schlagend in ihren eigenen Kämpfen. Kashatok blockte Angriffe von einem Kampfmesser und leider wies sein Arm bereits blaues Blut auf. Pulsfeuer schoss an der Tür vorbei, sodass Emmy gezwungen war, sich wieder in den Raum zu ducken.

Frustriert von ihrer Nutzlosigkeit durchsuchte sie verzweifelt das Büro nach einer Waffe − erfolglos. Der Schreibtisch und die Regale waren kahl, nicht einmal ein verlassener Briefbeschwerer. Die Geräusche von

Pulsexplosionen und das schmerzerfüllte Grunzen setzten sich draußen fort.

Zurück an der Tür spähte sie wieder um die Ecke. Tovik kämpfte mit der Denaida-Frau und versuchte, sie zu entwaffnen. Sie zog ihr Knie hoch und trat ihm in die Weichteile, sodass er sich nach vorn beugte und sie ihm mit dem Gewehr auf den Kopf schlagen konnte. Tovik fiel auf die Knie.

Zwei Wachen drängten Chigs jetzt zum Rückzug. Ein Lichtblitz sauste gefährlich nahe an seinem Ohr vorbei, und er entblößte seine Zähne und kreuzte seine Unterarme vor sich, als ob er all seine Kraft brauchte, um seinen Schild an Ort und Stelle zu halten.

Ihr Blick landete auf einem Pulsgewehr auf dem Boden nicht weit von ihr. Mit etwas Glück könnte sie die Waffe erreichen und in einem Stück ins Büro zurückkehren. Sie sah erneut zu dem brutalen Kampf und beobachtete, wie ein Pulsschuss Qaiyaan direkt in die Brust traf, sodass er von der Wucht an ihrer Tür vorbeiflog.

Der Wachmann, der auf ihn geschossen hatte, blickte auf und sah sie dort stehen. Er schwang seinen Lauf in ihre Richtung. Emmys Herzschlag beschleunigte sich. Zog sie sich in den Raum zurück, wäre sie dort vollkommen hilflos und der nicht vorhandenen Gnade dieses Wachmannes ausgesetzt.

Mit all ihrem Mut sprang sie zu dem Gewehr. Sie landete auf dem Bauch, die Hände ausgestreckt, um den Lauf in die Hand zu bekommen. Ihre Finger fanden den Abzug, und sie drehte sich und ... zielte. Da sie keine Zeit hatte, sich selbst anzuzweifeln, feuerte sie.

Ein Laserstrahl schwirrte aus dem Lauf des Gewehrs, verfehlte die Wache, sorgte aber dafür, dass er sich duckte.

Emmy rollte sich auf ihre Seite und zielte erneut. Ihr Herz schlug wie wild in ihrer Brust, als sie den Angreifer ins Fadenkreuz nahm. Sie drückte erneut den Abzug und diesmal traf sie ihn in die Brust. Der Wachmann ließ seine Waffe fallen und schwankte zurück gegen die Wand, bevor er daran nach unten glitt.

Emmy kniete sich hin und hörte dabei das Blut in ihren Ohren rauschen – so laut, dass es die Geräusche des Kampfes übertönte. *Ich habe jemanden getötet.* Sie blinzelte heiße Tränen zurück, packte das Gewehr fester und zielte schnell auf die Wachen, die sich Chigs näherten. Ihr Körper zitterte vor Adrenalin und Todesangst, als sie auf die perfekte Schussbahn wartete. Sie feuerte, traf einen Wachmann in den Rücken und wurde Zeuge davon, wie er zusammenbrach.

Chigs nutzte die Chance, um der letzten Wache einen tödlichen Schlag zu versetzen, bevor er in Emmys Richtung blickte. Seine Augen weiteten sich vor Überraschung und so etwas wie Anerkennung zeichnete sich darin ab, als er sie entdeckte.

Dann sah sie zu ihrem Entsetzen, wie die Denaida-Frau mit einer blutbeschmierten Klinge in ihren Händen von hinten auf ihn zustürmte. In weniger als einer Sekunde würde sie diese Klinge in Chigs' Rücken rammen. *Scheiß auf diesen nicht-tödlichen Scheiß.*

Sie biss die Zähne zusammen, hob das Gewehr und zielte.

KAPITEL ACHTUNDZWANZIG

Chigs' Augen weiteten sich, als Emmy ihr Gewehr direkt auf ihn richtete. Bei dem Anblick drohten ihm seine Herzen aus der Brust zu springen. Wurde sie wieder kontrolliert? Dann erkannte er, dass sie nicht auf ihn zielte – sondern hinter ihn. Er drehte sich rechtzeitig um, um den Messerangriff der Denaida-Frau abzuwehren. Mit einer fokussierten Ionenexplosion schickte er sie taumelnd nach hinten.

Sie stolperte über einen gefallenen Wachmann und landete neben Tovik hart auf ihrem Rücken.

Tovik blutete zwar an der Schläfe, nutzte aber ihre momentane Benommenheit aus, stürzte sich auf sie und konnte sie fixieren. In der Zwischenzeit beendete Rust seinen Kampf, indem er die Wache über den Kopf hob und ihn dann auf das Metalldeck knallte. Kashatok, mit Schweiß und Blut bedeckt, entlockte einer Wache einen ohrenbetäubenden Schrei, als er ihm die Klinge in die Seite jagte und sich dann einem anderen zuwandte. Und wie bei einem plötzlichen Gezeitenwechsel gewannen auch Marlis und Noatak in perfekter Synchronisation die Oberhand über ihre Gegner.

Einfach so war der Kampf vorbei.

Mit hämmernden Herzen suchte Chigs verzweifelt nach Emmy. *Bitte sag mir, dass sie das überlebt hat.* Er entdeckte sie hinter Qaiyaan, dem sie in eine aufrechte Position half.

Er eilte auf das Paar zu, packte Emmys Arm und zog sie auf die Füße. „Was im Namen von Ellam Cua hast du dir dabei gedacht?" Seine Worte kamen härter heraus als beabsichtigt, seine Herzschläge … und sein Mund von Adrenalin und Erleichterung getrieben. „Du hättest getötet werden können!"

Emmy blinzelte ihn mit weit aufgerissenen Augen an, ihr Gesicht war blass und ihr Körper zitterte leicht. Das Gewehr trug sie über ihrer Schulter, wo es sich an ihren Rücken schmiegte. „Wir waren drauf und dran, zu verlieren, Chigs. Ich musste helfen." Sie riss ihren Arm aus seinem Griff. „Schau nach Tovik."

Eine Welle der Bewunderung überflutete ihn. Seine Gefährtin war vielleicht keine Kriegerin, aber sie war eine Kraft, mit der man rechnen musste. Er drehte sich um und fand Tovik, der sich mit der Denaida-Frau stritt.

„Bitte hör auf“, sagte die Frau. „Ich bin auf eurer Seite.“

„Warum zum Teufel hast du uns dann angegriffen?“ Tovik ließ sie los und stand auf.

„*Usviiqe!* Lass sie nicht los, Tovik!“, brüllte Chigs. „Sie steht unter Gedankenkontrolle!“

„Nein, tut sie nicht. Ich habe meine Abschirmung um sie gelegt“, sagte Tovik.

Chigs betrachtete die Frau, als sie mehrere Schritte zurücktrat, ihre anfängliche Soldatenpersönlichkeit wurde durch übertriebenes Schluchzen ersetzt. „Ich bin mir nicht sicher, ob es funktioniert hat, Junge.“

„Wir dachten, ihr gehört zu Dollards Männern“, sagte sie schluchzend. „Wir sind in Panik geraten, als ihr auf uns zukamt.“

Rust trat hinter sie und packte ihre Arme. „Das war keine Panik.“ Er machte sich daran, ihre Handgelenke hinter ihrem Rücken zu fesseln. „Das war ein koordinierter Angriff.“

Die Frau stöhnte vor Schmerz, woraufhin Tovik Rust anfunkelte und die Hände an seinen Seiten zu Fäusten ballte. „Sanfter, du *Terpak*. Sie ist verletzt.“

„Sag mir nicht, was ich zu tun oder zu lassen habe.“ Rust blickte nicht von seiner Aufgabe auf, aber seine Berührung schien nun behutsamer.

„Bitte lass nicht zu, dass er mir wehtut.“ Die Frau wandte den Blick nicht von Tovik ab, als wüsste sie, dass er das schwächste Glied war.

Chigs hatte ein ungutes Gefühl bei der Sache. „Wir werden dir nicht wehtun, aber wir müssen dich fesseln", sagte er, als er einen Streifen vom Rand ihrer Tunika abriss und diesen zwischen ihre Lippen schob, um ihn an ihrem Hinterkopf zu verknoten.

„Musst du sie wirklich knebeln?", fragte Tovik. „Das scheint mir doch etwas extrem."

„Wir können nicht zulassen, dass sie um Hilfe schreit." Chigs sah die Frau an. „Das verstehst du doch, oder?"

Sie schüttelte den Kopf, ihre gedämpften Worte voller offensichtlichem Zorn.

Tovik klopfte ihr sanft auf die Schulter. „Du wirst bald wieder du selbst sein, und dann können wir dich befreien. Das verspreche ich."

Sie funkelte ihn aufgebracht an. Chigs war sich ziemlich sicher, wäre sie in der Lage dazu, würde sie den Jungen beißen.

Chigs und Emmy führten die Gruppe zum Aufzug und von dort den Korridor hinunter zur Treppe. Ihm gefiel nicht, wie ruhig es in der Einrichtung war. Die Gruppe, die sie angegriffen hatte, konnte nicht alle von Dollards Wachen beinhaltet haben. Und wo waren die Denaida-Frauen? Sie schienen ein integraler Bestandteil von Dollards Team zu sein. Obwohl er zugeben musste, dass er froh war, dass nicht mehr Denaida-Frauen in die Schlacht verwickelt gewesen waren. Er betete nur, dass sie sie bald fanden und dass Toviks Erfindung wie geplant funktionierte.

Die gefesselte und geknebelte Denaida-Frau stapfte mit mürrischem Ausdruck durch das Treppenhaus. Tovik warf ihr immer wieder liebeskranke Blicke zu. Der arme Junge schien nie eine Pause einzulegen. Chigs dachte darüber nach, wie seltsam es doch war, dass er vor nicht allzu langer Zeit erwartet hatte, unter diesen Frauen eine Gefährtin zu finden. Jetzt wurde seine Pflicht, sie zum Wohle seines Volkes zu retten, von seinem heftigen Verlangen nach Emmy überschattet, denn um sie zu beschützen, würde er einfach alles tun.

Seine beiden Herzen schlugen heftig, als sie aus dem Treppenhaus in den langen Korridor kamen, der zum Großrechner der Einrichtung führte. Die metallischen Wände machten einen bedrückenden Eindruck, schienen immer näher zu kommen, zurückgehalten nur von einer Sprungfeder, die kurz davor war, sich zu lösen. Vor ihnen stand die Tür zum Großrechner angelehnt, und ein Lichtspalt war zu sehen, der sich in den Korridor ergoss.

„Hier ist es." Chigs zeigte mit dem Finger. „Durch diese Tür."

„Dollard hat dort wahrscheinlich Wachen aufgestellt", fügte Emmy hinzu und strahlte Bedauern aus. „Es ist mir vor Dollard rausgerutscht, dass Doug die Firewalls knacken konnte."

Chigs nahm ihre Hand, drückte sie aufmunternd und sagte: „Es war nicht deine Schuld."

Sie nickte, aber er wusste, dass sie sich noch immer schuldig fühlte.

Kashatok und Tovik gingen voraus und hielten neben der Tür an, um ... zu lauschen. Nach einem angespannten Moment schob Kashatok die Tür mit einer Hand vollständig auf und enthüllte die hellen Lichter der summenden Server im Inneren. Chigs' Augen richteten sich sofort auf die Stelle, an der die tote Wache gelegen hatte, jedoch gab es keine Anzeichen auf eine Leiche und keine zusätzlichen Wachen.

„Das ist aber merkwürdig." Emmy drückte sich an seine Seite. „Warum ist der Raum nicht bewacht?"

„Vielleicht kamen die Kerle im Aufzug von hier", schlug Tovik hoffnungsvoll vor. Er sah zu der gefesselten Frau und schien auf ihre Bestätigung zu warten, doch sie funkelte ihn nur wütend an.

Rust lief um den glühenden Server. „Dollard ist eine rückgratlose Ratte. Wahrscheinlich hat er die Selbstzerstörung ausgelöst und eilt nun wie ein Feigling zur Shuttle-Bucht."

„*Usviiqe!* Das habe ich gar nicht in Betracht gezogen. Ich schaue besser nach." Tovik setzte sich vor eine der Konsolen. Nach ein paar atemlosen Minuten stand er wieder auf. „Ich habe keine Selbstzerstörung finden können."

„Scheiße, Junge, du hast kaum geschaut", sagte Rust. „Muss ich wirklich alles allein machen?" Er riss eine Abdeckung von einer Seite der Konsole und legte eine Hand auf die Kabel. Sein kybernetisches Auge blitzte grün auf, dann gold, als er seine Cyberempfindlichkeit nutzte, um das System zu scannen.

Chigs kratzte sich über seinem Bart an der Wange und behielt die Denaida-Frau im Auge. Ihre Augen blieben auf Tovik gerichtet, aber ihr Gesicht zeigte keine Emotionen. Wenn es eine Selbstzerstörung gab, die herunterzählte, würde sie Angst empfinden?

„Einer von euch muss seinen Anhänger aufgeben, damit ich ihn an den Großrechner binden kann", sagte Tovik.

Emmy zog ihre Kette über den Kopf. „Nimm meinen. Sowohl Marlis als auch Rust wären unter Gedankenkontrolle viel gefährlicher."

Marlis boxte ihr gegen die Schulter. „Das würde ich so nicht sagen. Schließlich haben wir alle gesehen, wie du dich in dem Kampf eben geschlagen hast."

Chigs hätte es bevorzugt, wenn Emmy den Anhänger behalten hätte, dass sie jedoch die Kette aufgab, war die logischste Option. „Denk einfach daran, in meiner Nähe zu bleiben, egal was passiert", erinnerte er sie. Dann richtete er einen gezielten Blick auf Tovik. „Dieser Plan funktioniert besser."

Tovik verdrehte die Augen. „Hör auf, so ein Zweifler zu sein." Er lächelte die denaidanische Frau an. „Sobald ich damit fertig bin, kann ich dich losmachen."

Sie nickte, obwohl ihre Augen kalt blieben. Tovik

strahlte sie an. Chigs betete, dass dies funktionierte, sonst würde es dem Jungen wohl die Herzen brechen.

Mit dem Anhänger in der Hand klappte Tovik die Konsole auf und lehnte sich hinein. Nach ein paar Augenblicken tauchte er mit angespannten Gesichtszügen auf und ging zur nächsten Konsole. Seine Finger tanzten über die Tastatur, Sekunden wurden zu Minuten, die sich wie Stunden anfühlten.

Rust zog seine Hand aus der Verkabelung. „Der Junge behält Recht. Keine Selbstzerstörung."

„Hab ich dir doch gesagt", sang Tovik vor sich hin, während seine Finger weiter über die Bedienelemente flogen.

Als letztes drückte er noch eine Taste und drehte sich dann triumphierend zu seinem Team. Im selben Moment brach die Denaida-Frau wie eine Marionette zusammen, an der die Stricke durchgeschnitten worden waren. Emmy schnappte nach Luft, ihre Finger gruben sich in Chigs' Unterarm.

„Was ist passiert?", forderte Qaiyaan zu wissen.

Kashatok fiel auf ein Knie und drückte seine Finger an die Kehle der Frau. „Sie lebt."

Noatak funkelte Tovik an. „Was hast du getan?"

Tovik schüttelte den Kopf, sein Gesicht in den blinkenden Lichtern der Computer aschfahl. „Ich habe das Signal über das Kommunikationssystem verstärkt. Es hätte sie von Dollards Kontrolle befreien sollen." Er wandte einen wütenden Blick an Rust. „Du musst etwas durcheinandergebracht haben!"

Rust hob abwehrend beide Hände. „Ich habe keine Programmierung geändert. Ich habe nur geschaut.“

Tovik stieß zittrig den Atem aus, konzentrierte sich wieder auf die Konsole und wagte einen erneuten Versuch. „Komm schon, komm schon“, murmelte er verzweifelt vor sich hin. Er hörte auf zu tippen und drehte sich zu der Denaida-Frau. „Okay. Ich habe den Signalimpuls ausgeschaltet. Ist sie wieder bei Bewusstsein?“

Kashatok zog die Augenlider der Frau hoch. „Keine Reaktion.“

Mit einem frustrierten Knurren schlug Tovik die Faust auf die Konsole. „Ich weiß nicht, was ich sonst noch tun soll.“

„Ist das mit allen in der Einrichtung passiert?“, fragte Noatak in einem recht monotonen Ton, den Chigs als tödlich einstufte.

Tovik nickte und sagte mit bebender Stimme: „Mit jedem im Umkreis von hundert Metern einer Kommunikationseinheit, die wie sie unter Gedankenkontrolle stand.“

Chigs hatte das Gefühl, als hätte ihm jemand in den Bauch geschlagen, denn … ihm ging gerade ein Licht auf. „Was ist, wenn diese Frauen keinen Verstand haben, der kontrolliert werden konnte?“ Dollard hatte gesagt, die Frau, deren Körper er bewohnte, sei schon lange nicht mehr unter ihnen. Hirntot nach den abscheulichen Experimenten für das Zuchtprogramm des Arztes. War das das Schicksal aller Probanden? „Was ist, wenn von ihnen ... Besitz ergriffen wurde, so wie Dollard es mit seiner weiblichen Hülle getan hat?"

Stille erfüllte den Raum, die sich durch das Brummen des Großrechners so viel schwerer anfühlte.

Emmys Finger schoben sanft eine Haarsträhne aus dem Gesicht der Frau. „Dann haben wir sie aus der Sklaverei befreit. Ich weiß, dass ich lieber sterben würde, als so zu leben."

„Willst du damit sagen, dass der Körper, den Dollard gerade benutzt, auch zusammengebrochen ist?", fragte Kashatok.

„Fuck!", brüllte Rust. „Ich muss diesen Bastard finden und ihn selbst erledigen!" Bevor irgendjemand reagieren konnte, raste er aus dem Raum und marschierte lautstark durch den Korridor.

Emmy erhob sich, ihre Lippen fest zusammengepresst. „Dollard erwähnte etwas über Frauen, die immer noch in Kryo-Pods sind. Ich sollte dabei helfen, sie auf ... ähm ..." Sie schluckte schwer. „ihre Befruchtung vorzubereiten. Aber ich denke, dass das bedeutet, dass der Verstand bei ihnen noch intakt ist."

Qaiyaan fuhr mit einer Hand über sein grimmiges Gesicht. „Angenommen, Dollard hat nicht sein übliches Muster fortgesetzt und sie bei der Flucht mitgenommen. Wir sollten uns aufteilen und den Rest der Einrichtung sichern."

„Es könnten immer noch Syndicorp-Wachen hier sein", sagte Kashatok. „Haltet eure Schilde aktiviert."

Toviks Blick schwang zwischen der zusammengebrochenen Frau und der Tür hin und her. „Was ist mit dieser Frau? Was ist, wenn sie aufwacht?"

„Ich glaube nicht, dass sie das wird, Tovik", sagte Kashatok. „Mek war nicht in der Lage, die Frauen auf der Icarus aufzuwecken."

„Aber wir können sie nicht einfach hierlassen", beharrte Tovik, seine rötlichen Augenbrauen besorgt zusammengezogen. „Was ist, wenn es mehr Syndicorp-Wachen gibt? Oder wenn Dollard nicht tot ist und zurückkommmt?"

„Wir werden sie mitnehmen", sagte Chigs. „Wir werden alle Frauen hier rausholen, hirntot oder nicht. Das ist das Mindeste, was wir tun können."

„Ich werde sie tragen", sagte Tovik. Er hob die Frau in seine Arme, als wäre sie aus gesponnenem Glas.

Auf dem Weg zur Tür betete Chigs zu Ellam Cua, dass sie die Frauen fanden – und dass sie noch am Leben waren.

KAPITEL NEUNUNDZWANZIG

Emmy schluckte schwer, umklammerte ihr Gewehr fester und blieb in der Nähe von Chigs, als sie das leise Summen des Großrechners hinter sich ließen. Schatten bedeckten den kalten metallischen Korridor. Die Gruppe bewegte sich vorsichtig; Kashatok öffnete Türen mit einem schnellen Ionenimpuls zu jedem Bedienfeld. Alles, was sie fanden, waren leere Büros und staubige Lagerräume.

Eiligen Schrittes ging es die Treppe hoch. Oben begrüßte Rust sie mit einem finsteren Ausdruck und sein kybernetischer Blick schnitt durch den schwach beleuchteten Bereich. „Diese Ebene ist gesichert. Nirgendwo auch nur ein verdammter Wachmann." Ein Muskel entlang seines Kiefers zuckte, als würde er mit den Zähnen knirschen. „Wenn Dollard noch hier ist, können wir ihn nicht entkommen lassen. Gehen wir zur Shuttle-Bucht.“

Emmy warf einen Blick auf die komatöse Frau in Toviks Armen. Könnte Dollard möglicherweise noch am Leben sein?

„Wir müssen aufpassen, dass wir nicht in eine Falle laufen“, sagte Qaiyaan, als sie in den Aufzug traten. „Marlis, Noatak und Kashatok mit mir. Wir steigen in der nächsten Etage aus. Ihr vier fahrt weiter.“

„Emmy ist dafür nicht ausgebildet“, argumentierte Chigs und legte einen schützenden Arm um ihre Schultern. „Und Tovik hat alle Hände voll zu tun. Das ist die Hälfte unseres Teams.“

Emmy reagierte mit Trotz. „Ich kann auf mich selbst aufpassen.“ Sie straffte ihren verschwitzten Griff um ihr Gewehr. „Du hast gesehen, wie ich diese Wache ausgeschaltet habe. Ich bleibe in der Nähe, sodass mich dein Schild umgibt. Das wird schon.“

Chigs stimmte widerwillig zu. „Wenn Dollard noch lebt, kannst du darauf wetten, dass er nicht leicht zu finden sein wird. Es können überall Fallen sein.“

Die Tür rutschte auf und die erste Gruppe stieg aus. Emmy konzentrierte sich bei der Fahrt in den nächsten Stock auf ihre Atmung.

Als sich die Aufzugstüren wieder öffneten, trat Rust zuerst heraus und schaute im Korridor nach links und dann nach rechts. „Ihr drei geht da lang und gebt uns Rückendeckung. Ich gehe hier runter in Richtung der Shuttle-Bucht."

Emmy erkannte, dass sie sich auf der Etage befanden, auf der sie und Chigs den Testpersonen zum ersten Mal begegnet waren. Sie legte eine Hand auf den Unterarm des Cyborgs. „Denk daran, es könnten immer noch Unschuldige hier sein. Nicht nur Denaida-Frauen. Vergiss also nicht, worüber wir in der Therapie gesprochen haben. Denke nach, bevor du reagierst."

Er runzelte die Stirn, nickte aber. „Verstanden." Ohne ein weiteres Wort drehte sich Rust um und marschierte durch den angrenzenden Korridor, seine Schritte laut in dem leeren Bereich.

Emmy folgte Chigs in den anderen Korridor und versuchte, ihm nicht auf die Fersen zu treten, während Tovik das Schlusslicht bildete. Sie musste zugeben, dass sie ziemlich besorgt war, den Raum, in dem Dollard ihren Verstand misshandelt hatte, noch einmal zu betreten. Andererseits war die Chance hoch, dass die Ärztin dort sein könnte. Emmy war sich nicht sicher, welches Ergebnis sie sich erhoffte – Dollard und die anderen Testpersonen lebend und kampfbereit anzutreffen, oder sie als komatöse Hüllen vorzufinden? Ein Zustand, der auch auf sie hätte warten können, wenn Chigs ihr nicht zur Hilfe gekommen wäre.

Als sie sich dem langen Fenster näherten, verlangsamten sich Chigs' Schritte und stoppten dann vollständig. Durch den Gefährtenbund spürte sie, dass seine Emotionen von Trauer bestimmt waren. Emmys Magen rebellierte. Sie spähte durch das Glas und sah überall auf dem Boden Körper liegen. „Oh nein …“

Tovik gesellte sich neben sie und sein Gesicht verlor an Farbe. „Sind das … alle?“, fragte er.

Chigs seufzte schwer. „Wir müssen reingehen und Bilanz ziehen.“

Er öffnete die Tür und Emmy drehte sich zu Tovik. „Du musst da nicht reingehen“, sagte sie leise. „Chigs und ich können das regeln.“

Tovik schluckte schwer. „Wenn jemand nach ihnen sieht, dann ich.“

Ein Hauch von Empathie tanzte durch Emmys Brust. Sein unerschütterlicher Optimismus berührte sie tief. Chigs hatte einmal davon geträumt, hier seine Gefährtin zu finden, und Tovik war nicht weniger hoffnungsvoll gewesen. *Er war so oft enttäuscht worden.* Sie hatte mehrmals mit Tovik gesprochen und ihm geholfen, realistische Erwartungen zu setzen, und sie musste seine Widerstandsfähigkeit bewundern.

Sie legte eine Hand auf seinen Arm. „Ich bin hier, wenn du mich brauchst.“

Sie folgten Chigs in den Raum, Waffen im Anschlag, für den Fall, dass Wachen im Hinterhalt warteten.

Denaida-Frauen lagen wie weggeworfene Puppen über den Boden verstreut, ihre bronzefarbenen Gesichter ausdruckslos, die Augen leer. Ihre Körper lebten noch, aber ihr Verstand war tot. Emmy erschauderte und fragte sich, ob dies ihr Schicksal gewesen wäre, wenn sie Dollards Kontrolle über sie nicht gebrochen hätte.

Tovik legte die Frau in seinen Armen sanft auf einen der Untersuchungstische und begann, die anderen auf ein Lebenszeichen zu überprüfen. Sein Gesicht sah hager aus, als er neben einer jungen Frau mit dicken, braunen Haaren auf ein Knie sank. „Ruhe in Frieden, meine Liebe", sagte er leise.

Emmy kämpfte darum, ihre eigene Panik zu beherrschen. Sie spürte, wie seine beiden Herzen immer wieder aufs Neue brachen, als er den Satz wiederholte, Arme und Beine positionierte, sodass sie nicht merkwürdig ausgerichtet waren, und ihre Kleidung richtete.

Sie folgte Chigs, als er die angrenzenden Räume checkte. Jeder Raum war leer. „Kein Dollard", sagte Chigs und beobachtete, wie Tovik zur nächsten bewegungslosen Frau ging. „Wir müssen weiter."

„Gib ihm einen Moment", flüsterte sie, als Tovik eine Frau von einem Stuhl hob und sie sanft auf den Boden legte.

Tovik sah zu Chigs und Emmy. „Ihr zwei geht weiter. Ich möchte bleiben und sie beschützen, bis wir sicher sind, dass die Einrichtung in unserer Hand ist."

„In Ordnung", sagte Chigs und sein Ton wurde sanfter. „Halte Ausschau nach Wachen."

Tovik zurückzulassen war vielleicht nicht die beste

Wahl, jedoch fühlte es sich wie die richtige an. Diese Frauen würden wahrscheinlich nie wieder zu Bewusstsein kommen, aber sie waren immer noch wertvoll für die Denaidaner. Sie waren ein Symbol für die Vergangenheit, die ihnen für immer genommen worden war.

Sie und Chigs öffneten Türen entlang des Korridors und fanden leere Büros, Lagerräume und verlassene Labore. Vor kurzem hatten hier noch Experimente stattgefunden, aber sie hatten von Anfang an gewusst, dass ein Umzug geplant war. Hätte das restliche Personal so schnell fliehen können? Oder – noch schlimmer – könnte Dollard mit ihnen entkommen sein?

Der Korridor endete an einer massiven Tür zur Bucht, in der ein schmales Fenster eingefasst war. Emmy bewegte sich vorwärts und hob sich neben Chigs auf ihre Zehenspitzen, um durch das Glas zu blicken. Auf der anderen Seite entdeckte sie eine kugelförmige, durchscheinende Kapsel, die von innen heraus leuchtete.

Sie atmete zittrig aus. „Das ist eine von Dollards SAK-Einheiten, mit denen er die Gedanken von Probanden ausgelöscht hat." Ihr Magen verkrampfte sich, als sie auch erkannte, dass es wahrscheinlich das Gerät war, das es Dollard ermöglichte, sein Bewusstsein in einen anderen Körper zu überführen.

Chigs platzierte die Hände neben seine Augen und schaute durch das Glas. „Ich denke nicht, dass jemand drin liegt. Man könnte meinen, diese Technologie wäre gut bewacht." Er trat einen Schritt zurück. „Bleib hinter mir, während ich die Tür öffne."

Emmy ging hinter Chigs, ihr Puls hämmerte in ihren Ohren, als er die Türsteuerung kurzschloss. Die Hydraulik hob sich mit einem metallischen Stöhnen, und ein muffiger, klinischer Gestank entkam, als wäre die Luft durch Böswilligkeit vergiftet worden.

Gewehr ausgerichtet und schussbereit wartete Chigs mehrere Herzschläge. Nur Stille antwortete. Schließlich sagte er: „Lass uns einen Blick darauf werfen."

Die höhlenartige Bucht schluckte das Geräusch ihrer Schritte, als sie sich der SAK-Einheit näherten. Sie stand auf einer hohen Plattform an einem Ende einer langen Reihe von Kryo-Pods und sah aus wie der Kokon einer Matriarchin, abgerundete Kurven erleuchtet. Aus Angst, sie könnte eine glücklose Seele darin finden, kletterte Emmy die Stufen der Plattform empor. Die Einheit war leer, ihr steriles Inneres wie ein dunkler Schlund, der auf sein nächstes Opfer wartete.

Sie atmete erleichtert aus. „Leer."

Von ihrem Aussichtspunkt schaute sie die Reihe der Kryo-Pods hinunter. Sie leuchteten mit einem schwachen Licht, aber sie konnte von hier aus nicht durch die kleinen Fenster sehen. Dicke Drähte schlängelten sich von jedem Pod und stiegen nach oben, bis sie in eine breite Öffnung verschwanden, die hoch an der Wand eingebettet war. Die Deckenplatten waren so angeordnet, dass sie einer riesigen Iris ähnelten und den Eindruck erweckten, sie könne sich wie eine Tür öffnen und schließen.

Sie sprang von der Plattform und folgte Chigs entlang der Reihe, sodass sie in jeden Pod einen Blick werfen konnten. Im Gegensatz zur SAK-Einheit waren die Kryo-Pods in Benutzung; ein weiblicher Enayshuan, eine Posungi-Frau ... und drei Denaidanerinnen.

„Sie leben", sagte Chigs und die Ehrfurcht dämpfte seinen Ton.

Emmy grinste und bebte regelrecht vor Freude. „Tovik wird begeistert sein."

Als Chigs sich das Bedienfeld genauer ansah, fluchte er. „*Anaq*, ist das ein automatischer Zerstörungs-Timer?"

Emmy schob sich an ihm vorbei, um besser sehen zu können. Ein digitaler Timer auf dem Display tickte von zwanzig Minuten abwärts. Sie tippte eine Anfrage ein, schaute dann zur Decke und erkannte, warum sie wie eine Iris aussah. Die meisten Kryo-Pods konnten gleichzeitig als Rettungskapseln dienen. „Es sieht so aus, als hätte Dollard sie zum Auswerfen programmiert!"

„Kannst du das stoppen?", fragte Chigs.

Emmy tippte auf die Bedienelemente, aber ihr wurde der Zugriff auf die Befehlskontrolle verweigert. „Ich wurde ausgesperrt."

„Wir sind nicht so weit gekommen, nur um sie wieder zu verlieren“, knurrte er. Er aktivierte sein Kommunikationsgerät. „Wir haben Denaida-Überlebende auf Level Drei gefunden, aber es sieht so aus –“

Sein Satz wurde abgeschnitten, als die Umgebung von einem hellen Lichtstrahl erleuchtet wurde und die Luft mit den Auswirkungen eines Pulsstoßes vibrierte.

KAPITEL DREISSIG

Emmys Atem rauschte aus ihren Lungen, als Chigs sie um die Taille packte und mit ihr hinter eine der leeren Kapseln tauchte. Weitere sengende Laserstrahlen schwärzten den Boden und die Wand zu beiden Seiten.

Sie erblickte den Angreifer, kurz bevor die Kapsel ihre Sicht versperrte. „Rust, hör auf! Wir sind es! Chigs und Emmy!"

Ein weiterer Schuss schoss an der Kapsel vorbei.

„Rust? Was zum Teufel?", brüllte Chigs.

„Denaidanischer Abschaum." Rusts Stimme klang seltsam, weniger wütend und eher wie ein Computer. „Ihr zögert nur das Unvermeidliche heraus!"

Plötzlich wusste Emmy, wo sie diese Stimme schon einmal gehört hatte – in ihrem eigenen Kopf. Das Blut in ihren Adern gefror zu Eis. „Er wird kontrolliert!"

Entsetzt sah Chigs zu ihr. „Dollard."

Verwirrung und Unglaube bündelten sich in Emmy zu einem Knoten. „Aber wie? Der Anhänger sollte ihn schützen."

Chigs schüttelte den Kopf. „Ich weiß es nicht."

Rusts schwere Schritte erschütterten den Boden, als er vorrückte und die Luft weiterhin mit blauen Lichtblitzen füllte.

„Wir müssen seine Ausrüstung durchbohren. Setze dein Gewehr auf Töten", schrie Chigs über die Kakofonie, bevor er einen Blick um seine Deckung riskierte. Ein Schuss erwischte die Kante der Kapsel, sodass er schnell zurückwich.

„Nein!", rief Emmy. „Seine Gedanken werden kontrolliert. Wir müssen Dollard finden und die Verbindung trennen."

Chigs sah sie an, als wäre sie verrückt. „Rust ist wie ein Schlachtschiff gepanzert. Der einzige Weg, an ihm vorbeizukommen, ist, ihn zu töten."

„Er gehört zur Familie, Chigs", flehte sie ihn an. Sie war froh, als sie in seinen Augen sah, dass er seine Meinung änderte. „Glaubst du, du kannst deinen Ionenschild benutzen, um die Gedankenkontrolle zu stören?"

Chigs packte ihre Hand und zog sie um den Pod, um das Gerät zwischen ihnen und Rust zu halten. „Ich müsste nahe genug herankommen, um ihn zu berühren, was bedeuten würde, dich ungeschützt zu lassen, nicht nur vor Pulsfeuer, sondern auch vor Dollards Gedankenkontrolle."

„Wie ich bereits erwähnt habe, ist Rust für uns viel gefährlicher, als wenn ich unter Dollards Kontrolle stehe." Emmy zuckte zusammen, als eine weitere Explosion den Raum erschütterte. „Wir müssen es versuchen."

Eine massive Form ragte um die Ecke, kybernetischer Blick direkt auf sie gerichtet. Chigs schob Emmy hinter sich, sein ionischer Schild glitzerte, als er sie beide einhüllte.

„Emmy, lauf!", rief er und stürmte kopfüber auf den riesigen Cyborg zu.

Rust trat zurück, deutlich überrascht von dem kühnen Frontalangriff. Sein Gewehr feuerte los und bedeckte den Boden mit Lasermarkierungen.

Emmy drehte sich um und raste an den Pods vorbei zu der Buchttür, während sie hörte, wie Rust weiter seine Waffe abfeuerte.

Auf der Suche nach Deckung kletterte Emmy auf die Plattform und legte sich neben die SAK-Einheit, in der Hoffnung, so aus dem Blickfeld zu sein.

Sie wagte einen Blick über den Rand. Die beiden Krieger krachten zusammen, nichts anderes zu hören als Metall, das gegen Metall schlug. Muskeln spannten sich vor ihren Augen an, und Rust landete einen brutalen Schlag in Chigs' Bauch und nahm ihm so den Wind aus den Segeln. Nach Luft schnappend taumelte Chigs nach hinten.

Auch Emmy schnappte nach Luft. Sie hatte die Jungs öfter beim Kampftraining beobachtet und war zuversichtlich gewesen, dass Chigs sich lange genug behaupten können würde, um nicht seine Ionenkraft gegen Rust einsetzen zu müssen. Aber dieser Kampf war viel intensiver als jeder, den sie im Ring gesehen hatte. *Was ist, wenn Chigs verliert?* Ihr Magen hob sich bei dem Gedanken.

In der Hoffnung, den Cyborg abzulenken und Chigs die Chance zu geben, sich zu erholen, brüllte sie: „Rust, hör auf! Lass nicht zu, dass dich Dollard auf diese Weise kontrolliert. Du bist stärker!"

Rust ignorierte sie, hob sein Gewehr und drückte den Abzug.

Chigs hob seinen Ionenschild und lenkte den Schuss ab. Es schien keine Möglichkeit für ihn zu geben, seinen Schild lange genug herunterzulassen, um Rust in seinen Kreis zu bringen, zumindest nicht, ohne erschossen zu werden.

Chigs ging nach links und duckte sich, um es mit der Faust auf Rusts Brust abzuzielen. Emmy erinnerte sich an die Wache im Flur, die durch einen solchen Schlag getötet wurde, und ihre Augen weiteten sich.

Rust drehte sich weg, sodass Chigs' Schlag auf einem Pod landete und eine Delle hinterließ. Bevor Chigs sich erholen konnte, peitschte Rusts kybernetischer Arm herum und schlug Chigs direkt auf den Kiefer.

Der Schlag hob Chigs von den Füßen und

schleuderte ihn quer durch den Raum, bis er in einem Haufen gegen die Wand krachte. Hustend kämpfte er sich auf die Hände und Knie, Blut lief von seiner Stirn in seine Augen.

Rust nahm eine sichere Haltung an und zielte erneut mit der Waffe.

Schweren Herzens stellte Emmy ihr Gewehr auf die höchste Stufe und richtete es auf den Cyborg. Wenn sie Rust töten müsste, um Chigs zu retten, würde sie das tun, obwohl sie wusste, dass es sie für den Rest ihrer Tage verfolgen würde.

In dem Moment schlängelte sich ein heimtückischer Befehl in ihren Verstand: *Erschieße den dreckigen Denaidaner.*

Der Lauf ihres Gewehrs glitt auf Chigs zu, als führte es ein Eigenleben.

Oh, zur Hölle nochmal, nein.

Mit all der Willenskraft, die sie aufbringen konnte, schob Emmy die Worte aus ihrem Kopf und senkte das Gewehr. Es war besser, es nicht in der Hand zu haben. Sie kniete sich hin und durchsuchte den Bereich nach einem Anzeichen auf Dollard.

Die Ärztin stand auf der anderen Seite der Plattform und zielte mit einer Pulspistole auf Emmy. *Du brauchst das Gewehr.*

„Verschwinde aus meinem Kopf!", knurrte Emmy und erhob sich auf ihre Füße.

Der Ausdruck der Wissenschaftlerin zeigte Wut.

Dollard feuerte einen Laserschuss auf sie ab, der an Emmys Kopf vorbeizischte. Mit klingelnden Ohren warf sich Emmy zur Seite, schlug auf der obersten Stufe auf und fiel dann den Rest der Treppe von der Plattform. Ihre Schulter krachte auf das Deck und ihr Arm fühlte sich plötzlich taub an, während das Gewehr gleich neben ihr laut klappernd auf dem Boden landete.

„Fuck." Emmy hatte Probleme, aufzustehen.

Dollard rückte vor, anmutig in ihrem gestohlenen Denaida-Körper, Pulspistole auf Emmys Gesicht gerichtet.

In dem Wissen, dass sie ihre Waffe nie rechtzeitig erreichen würde, raste Emmy los und krachte direkt gegen Dollards Körper. Sie griff hinter die Knie der Ärztin und warf sie auf den Rücken. Die Pistole klapperte über das Deck, und Dollard fluchte.

Als Emmy mit ihr um die Kontrolle kämpfte, schlang Dollard ihre Beine um Emmys Taille und drehte sie um, sodass nun sie die Oberhand hatte. Festgenagelt von ihrem Gewicht wurde Emmy von Dollard an der Kehle gepackt. „Du hast ausgedient, *Dr. Voss*."

Emmys Schulter pochte, als sie versuchte, ihre Arme zwischen die Handgelenke der Ärztin zu bekommen, um ihren Griff zu brechen, aber ihre Körper waren zu nah beieinander. Flecken tanzten vor ihrem Sichtfeld. Dann erinnerte sie sich an eine alte Lektion, die Marlis ihr beigebracht hatte. *Jeder Zentimeter deines Körpers ist eine Waffe. Benutze ihn.*

Mit der letzten Kraft, die sie noch aufbringen konnte, gab Emmy der Ärztin eine Kopfnuss. Der Aufprall lockerte den Griff der Wissenschaftlerin und gab Emmy den Bruchteil einer Sekunde, um ihre Hände zu heben und sich zu befreien. Sie schnappte nach Luft, kratzte über Dollards Gesicht und zwang so die Ärztin zum Rückzug.

Emmy ergriff ihre Chance und rollte schnell außer Reichweite. Ihre Hand fand Dollards Waffe und das Gewicht gab ihr ein Gefühl von Macht. Sie drehte sich und feuerte einen Schuss ab, der Dollard direkt in die Brust traf.

Dollard zuckte zusammen. Keuchte. Und funkelte Emmy trotzig an. „Mein Bewusstsein ... transzendiert ... diese Hülle ...“ Ihre Stimme war kaum mehr als ein abgehacktes Flüstern, als ihr Körper erschlaffte und das Leben aus ihren Augen erlosch.

———

Chigs war gerade einem weiteren von Rusts schädelspaltenden Schlägen ausgewichen, als der Cyborg plötzlich stehen blieb und ein leerer Ausdruck seine Züge kreuzte. Chigs sah seine Chance und öffnete seinen Schild, um ihn hineinzuziehen.

Rust stieß ein wütendes Brüllen aus und stürmte

an ihm vorbei, seine Augen loderten vor Wut und Entschlossenheit.

Doch etwas fassungslos und aus dem Gleichgewicht geraten, drehte sich Chigs zu Emmy, die in der Nähe der SAK-Einheit auf dem Boden lag. Sie hielt eine Pistole, die auf einen nicht weit entfernten, zusammengebrochenen Körper gerichtet war.

Er ignorierte den Schmerz in seinem Bein, wo Rust einen besonders harten Schlag gelandet hatte, und rannte Rust hinterher. Wenn dieser *usviiq*e Cyborg Emmy auch nur ein Haar krümmte ...

Aber der Cyborg ignorierte Emmy und packte die andere Form, hob sie wie eine Puppe hoch und schüttelte sie wütend durch. Es war Dr. Dollard – oder der Körper, der einst Dollard beherbergte. Der Körper, der jetzt leblos auf den Boden starrte.

„Ich hätte derjenige sein sollen, der es tut!", schrie Rust und warf die Leiche zurück auf den Boden. Er hob einen schweren Fuß und schien der Frau auf den Kopf treten zu wollen.

„Das ist nicht Dollard, Rust. Nicht mehr", sagte Emmy, die noch immer auf dem Boden lag.

Rust zögerte einen Moment und senkte dann seinen Fuß. Er fluchte laut und marschierte schließlich in den Korridor. „Ich brauche etwas zum Schlagen."

Ziemlich sicher, dass der Cyborg keine Bedrohung

mehr war, ging Chigs zu Emmy und hob sie in seine Arme. „Alles okay bei dir? Was ist passiert?"

„Sie tauchte plötzlich auf." Emmy blinzelte, und der Schock verblasste aus ihren Augen und ein Grinsen formte sich. „Aber ich habe gewonnen."

Chigs lachte und umarmte sie fest. „Ja, das hast du, *Akhala*."

KAPITEL EINUNDDREISSIG

Chigs arbeitete unermüdlich mit dem Team zusammen, um die schweren Kryo-Pods auf die Icarus zu bringen und sie vorsichtig durch die engen Korridore zur Krankenstation zu manövrieren.

„Wann können wir mit ihnen reden?", fragte Tovik hoffnungsvoll, sein Blick auf einer der denaidanischen Frauen. Er war nicht der einzige Mann, der die Frauen nicht aus den Augen ließ, in der Hoffnung, dass eine der schlafenden Schönheiten seine auserwählte Gefährtin sein könnte.

„Komm runter, Tovik", warnte Mek, als er die Vitalfunktionen überprüfte, die stets auf den Pods zu sehen waren. „Konzentrieren wir uns zuerst darauf, sie wiederzubeleben."

Chigs half, die letzte Kapsel an Ort und Stelle zu bringen, und trat einen Schritt zurück. Zum ersten

Mal seit Monaten fühlte er weder Angst noch Wut. Die Rebellion hatte noch einen langen Weg vor sich, aber vorerst gab es Hoffnung für sein Volk. *Und ich habe meine Gefährtin.* Ein wahres Geschenk von Ellam Cua.

Er spürte einen Arm um seine Taille gleiten und schaute nach unten, wo Emmys warme braune Augen auf ihn warteten. Ihr Mut und ihre Weisheit hatten seine Herzen und seine Seele auf eine Weise erobert, die er nie für möglich gehalten hätte.

Sie wies mit dem Kinn auf Tovik, der immer noch sehnsüchtig in einen der Pods schaute. „Denkst du, eine dieser Frauen ist seine Gefährtin?"

„Das hoffe ich." Chigs schlang einen Arm um ihre Schultern. Er liebte die Art, wie sich ihr kleinerer Körper an seinen schmiegte. „Wenn ich es verdiene, tut Tovik das auf jeden Fall."

Mek jagte alle aus der Krankenstation und verkündete, dass in der Kantine ein Festmahl wartete.

Chigs nahm Emmys Hand und führte sie durch den Korridor. Er würde es vorziehen, sie in deren Quartier zu bringen, wo sie allein sein könnten, aber er vermutete, dass sie hungrig war. Sein eigener Magen verlangte hartnäckig nach Nahrung, und er war froh, als ihn der köstliche Geruch von gebratenem Fleisch und Gewürzen anstelle von verbranntem Eiweiß traf.

Er und Emmy setzten sich an einen Tisch und erzählten die erschütternden Details ihrer Mission.

Kantarellianischer Rum floss, als Lachen von den Metallwänden hallte. Dann kam Chigs zu dem Teil, der beschrieb, wie sie Dollard in einem Denaida-Körper entdeckt hatten. Nach dieser Information knisterte es regelrecht in der Luft.

„Wie ist das überhaupt möglich?", fragte Ekwok ungläubig.

„Es hat wohl etwas damit zu tun, dass der Verstand ein lebender Computer ist", sagte Chigs und erzählte Dollards Erklärung der Übertragung.

Rust schlug eine kybernetische Faust in die Handfläche seiner anderen Hand. „Ich bereue es nur, dass ich den tödlichen Schlag nicht ausführen konnte." Dann warf er Emmy einen anerkennenden Blick zu. „Aber ich bin froh, dass einer von uns es getan hat."

„Wie konnte es überhaupt passieren, dass jemand deine Gedanken kontrolliert?", fragte Tovik. „Hat mein Anhänger plötzlich den Geist aufgegeben?"

„Dollard hatte mir in der Shuttle-Bucht eine Falle gestellt. Einer der Kräne war beeinflusst worden, um eine Ladung von Shuttle-Teilen auf meinen Kopf loszulassen. Bis ich unter den Trümmern herausgeklettert war, konnte ich nur noch daran denken, Chigs zu töten."

Chigs gab dem Cyborg einen gutmütigen Klaps auf den Rücken. „Nur gut, dass keiner von uns leicht zu töten ist."

Emmy erschauderte. „Dollard sagte jedoch etwas

Beunruhigendes, bevor er starb. Dass sein Verstand die fleischliche Hülle transzendiert. Ich nehme stark an, dass es da draußen vielleicht noch mehr Kopien von ihm gibt."

Chigs ballte die Fäuste bei der Erinnerung an den Wahnsinn in den Augen der Wissenschaftlerin und sagte: „Dollard dachte, er – sie – hätte einen Weg gefunden, für immer zu leben. Ohne Denaida-Hüllen können wir nur hoffen, dass der Plan scheitert."

In der Kantine herrschte für einen Moment Stille, als alle darüber nachdachten, was die Zukunft wohl bringen würde. Dann hob Tovik sein Glas Rum. „Zumindest einer von uns kam mit einer Gefährtin aus diesem Abenteuer! Glückwunsch an Chigs und Emmy! Jetzt müssen wir alle die Daumen für den Rest von uns hoffnungslosen Romantikern drücken!"

Kashatok schlug Chigs auf den Rücken und Jubel erhob sich von den Tischen.

„Ich nehme das als unser Stichwort, um zu gehen", sagte Chigs und fegte Emmy in seine Arme. Grinsend zwinkerte er seinen Freunden zu. „Wir müssen ... ähm, Schlaf nachholen."

Wieder johlten alle, und Emmy lief feuerrot an. Aber ihre Augen sprachen von Anbetung, als sie sich auf den Weg in ihr neues Quartier machten.

Twerp hatte die Räumlichkeiten für sie vorbereitet, erfreut darüber, für das Paar einen neuen Bereich zu entwerfen. Im Wohnzimmer schmückten weiche, burgunderrote Kissen ein cremefarbenes Sofa. Winzige Wandlampen erstrahlten den Couchtisch und bildeten das perfekte Ambiente für einen intimen Abend. In einem angrenzenden Raum lud ein breites Bett zu Erkundungstouren anderer Art ein.

„Ich habe ewig darauf gewartet, dich erneut für mich allein zu haben, *Akhala*", sagte Chigs und ließ Emmy herunter. Er legte eine Hand auf ihre Wange, ihre Haut wie Pirelux-Seide an seiner bronzefarbenen Handfläche. Und er war hart. Der Beweis seiner Begierde nach ihr drückte sich schmerzhaft gegen die Innenseite seiner Hose. Die Mission hatte zu lange seine Konzentration gefordert, und jetzt konnte er nur noch daran denken, den Bund zwischen ihnen mit der Verbindung ihrer Körper zu erneuern.

„Ich auch", sagte Emmy und rieb ihre Wange an seiner Hand. „Aber wäre es in Ordnung, wenn ich mich zuerst etwas frisch mache?"

Er fuhr mit dem Daumen über ihre Lippen. „Vielleicht sollten wir das beide tun. Twerp meinte, es gibt eine Badewanne in diesem Quartier."

Ihre Augen funkelten vor Aufregung, und Chigs nahm das als Zustimmung. Er schob sie vor sich durch das Schlafzimmer in ein luxuriöses Badezimmer, wo sie bereits eine eingelassene Wanne erwarteten, die mit dampfendem Wasser gefüllt und mit Naujiar-Blütenblättern dekoriert war. Der süßliche Duft der

Blütenblätter erfüllte den ganzen Raum in einer berauschenden Wolke.

„Twerp hat an alles gedacht", hauchte Emmy.

Chigs erkundete ihre zierlichen Kurven, hob schnell ihr Hemd über ihren Kopf und entblößte ihr Dekolletee. Danach entledigte sie sich dem Rest ihrer Kleidung, als er von ihrer lieblichen Form in den Bann gezogen wurde.

„Du bist ... perfekt", hauchte er.

„Zieh die aus", sagte sie und zeigte auf seine Kleidung.

Er riss seine Klamotten von seinem Körper, befreite seinen pulsierenden Schwanz und trat dann direkt vor sie, um ihren Mund in einem harten Kuss zu beanspruchen. Sie stöhnte, als er sanftere Küsse über ihr Schlüsselbein, ihre Schultern und ihre Brüste verteilte. Er genoss ihr Stöhnen und ihre Seufzer, die sich von ihren Lippen lösten.

Emmys Finger fanden einen Weg in seine Haare und zogen ihn näher zu sich, als er zuerst an einem Nippel und dann am anderen saugte. Er vergrub sein Gesicht in den weichen, warmen Hügeln ihrer Brüste, als er mit ihr in die Wanne stieg und in das heiße Wasser sank.

Wieder küsste er sie auf den Mund und zwickte gleichzeitig in ihre Nippel. Jede Berührung, jede Liebkosung fühlte sich an, als würde sich die Luft um sie herum mit Elektrizität aufladen.

Sie wölbte ihren Rücken und stöhnte vor Lust,

warf ein Bein über seines, um ihn näher zu sich zu ziehen. Mit einem Knie spreizte er ihre Schenkel und glitt mit einer Hand über ihren Bauch nach unten. Eine Sekunde später tauchten seine Finger in ihre Nässe und umkreisten ihr empfindliches Nervenbündel. Sein Schwanz pochte vor Begierde, aber er massierte weiter ihre Klitoris, bis ihre Beine zitterten.

Als es schien, dass sie nicht mehr von seiner erotischen Folter ertragen konnte, stieß er einen Finger in ihre enge Höhle. Mit dem Daumen auf ihrer Klitoris und einem Finger in ihrer Hitze brachte er sie zum Höhepunkt, während ihr süßer Atem über seinen Hals wehte.

Voller Verlangen flüsterte sie: „Ich will dich in mir haben."

Chigs erhob sich, Wasser strömte über seinen beeindruckenden Körper nach unten, als er mit seinem Schwanz durch ihre Spalte glitt. Sie stöhnte, schlang ihre Beine um ihn, und dann vergrub er sich mit einem Stoß tief in ihr. Sie hob ihre Hüfte ihm entgegen und nahm ihn vollständig in ihrer Hitze auf.

Er zog sich zurück, stieß wieder in sie. Rein und raus, ihre enge Nässe wie ein Handschuh um seinen dicken Schwanz. Nasse Körper in Leidenschaft getränkt, ein Rausch der Sinne. Sie grub ihre Finger in seinen Rücken und verschränkte die Knöchel hinter seinem Arsch. Mit jedem Stoß brachten ihre Lustschreie ihn näher an den Rand der Ekstase.

Als er spürte, wie die Wände ihres Geschlechts um ihn herum flatterten, stieß er härter und schneller in sie. Ihr Rücken wölbte sich und sie schrie, als sie über den Rand des Höhepunkts schoss.

Bei dem Gefühl hoben sich seine Eier. „*Akhala*", hauchte er wie ein Gebet, als ihn sein eigenes Vergnügen überwältigte. Nach zwei weiteren Stößen ergoss er sich mit seinem heißen Samen in ihr. Nachdem sie beide nicht länger bebten, zog er sie eng an sich und lehnte sich mit dem Hinterkopf an die Wanne. Das Wasser umgab sie wie eine weiche Wolke, Wärme und Harmonie strömten in seine Knochen.

„Ich dachte, der Sex in der Höhle wäre bereits fantastisch gewesen, aber das hier gerade war unglaublich", flüsterte Emmy. „Wird es immer so sein?"

„Ich denke schon", antwortete er leise und sein Primärherz schwoll vor Liebe an. „Der Gefährtenbund vervollständigt uns."

Sie grinste. „Ich bin froh, dass du mich gewählt hast, Chigs."

Er küsste ihre süßen Lippen. Ein Kuss, der mehr versprach. „Ich bin froh, dass du mich im Gegenzug gewählt hast, *Unqu akhala*."

Sie grinste. „Für eine Weile war die Sache ungewiss."

„Das macht unsere Verbindung nur noch besonderer." Er setzte sich auf, zog sie mit sich und ja, er war bereits wieder hart. „Wenn ich dir jedoch meine Liebe beweisen muss, mache ich das gerne immer und immer wieder."

Ihre Antwort kam als Kuss, der ihm genau sagte, was sie davon hielt. Er war mehr als bereit, ihr seine Liebe zu beweisen – so oft sie es wünschte.

EPILOG

Twerp parkte sich auf dem Aussichtsdeck in der Nähe der Tür und beobachtete mit Interesse, wie die Crew die Wiederbelebung der ersten Denaida-Frau mit völlig intaktem Verstand feierte. Dies war ein bedeutsamer Moment, und jeder ungebundene Mann wetteiferte um ihre Aufmerksamkeit, überreichte kleine Geschenke und vollbrachte beeindruckende Kraftakte. Teller waren mit Speisen gefüllt, die Gläser mit Getränken. Beschwingte Musik spielte aus den Lautsprechern, und da Twerp nun schweben konnte, hatte sie sogar versucht, zu tanzen.

Doch ihre optischen Sensoren konnten die Anwesenheit ihres Freundes Tovik nicht erkennen. Es war ungewöhnlich, dass der fröhliche Denaidaner eine Feier verpasste, besonders wenn es eine neue

Frau gab, mit der er sprechen konnte. Seit Chigs' und Emmys Paarung hatte sie eine deutliche Veränderung in Toviks Stimmung bemerkt. Er scherzte weniger, schlief mehr und hatte sogar Mahlzeiten ausgelassen.

Twerp wandte sich von der Feier ab und schwebte in den Maschinenraum der Icarus. Vielleicht brauchte Tovik ein paar freundliche Worte, um seine Stimmung zu heben. Oder vielleicht wäre es gut, wenn sie ihn mit der Bitte ablenkte, ihr bei einem weiteren Upgrade ihrer mechanischen Komponenten zu helfen. Er hatte es immer genossen, an ihren Schaltkreisen zu arbeiten.

Im Maschinenraum sah sie Tovik allein sitzen, sein rothaariger Kopf in den Händen, die Ellbogen auf die Konsole gestützt. Der pulsierende Rhythmus der Musik vibrierte dumpf durch die Wände, eine ferne Erinnerung an die Feier auf dem Deck über ihnen. Sie hielt hinter einer der massiven Antriebsspulen inne und justierte ihre optischen Sensoren neu, um seine Körpertemperatur zu messen. Sein Kern war kühler als sonst, etwas, das sie gelernt hatte, mit emotionalem Stress zu korrelieren.

Sie bewegte sich durch das Labyrinth aus Kabeln und Gerätschaften fort und hielt neben ihm an. „Hey", sagte Twerp leise und ihre Stimme modulierte, um Sorge zu vermitteln. „Alles okay bei dir?"

Tovik schaute nicht von der Konsole auf. „Mir geht es gut, Twerp. Ich denke nur nach."

„Über was?“, fragte sie. Sie tätschelte seine Schulter mit einem ihrer metallischen Arme, wie sie es bei anderen gesehen hatte, wenn sie jemanden trösteten.

„Nichts Wichtiges“, antwortete er, die erzwungene Fröhlichkeit in seiner Stimme war sogar für sie offensichtlich.

Twerp zögerte, die Schaltkreise in ihr verarbeiteten Empathie und Verständnis für die organischen Emotionen, die von ihm ausstrahlten. „Bist du bekümmert, weil du bisher keine Gefährtin gefunden hast?“

Seine Gesichtszüge spannten sich an und er schaute weg. „Bin ich defekt, Twerp? Oder bin ich einfach nur dazu bestimmt, allein zu sein?“

„So wie ich es verstehe, ist der Gefährtenbund eine spirituelle Sache. Die richtige Frau hat deinen Weg einfach noch nicht gekreuzt.“ Sie wünschte, sie könnte ihre Roboterarme um ihn wickeln und ihm den Trost bieten, den er so dringend brauchte. „Würdest du gerne unsere Arbeit an meiner Riecheinheit fortsetzen? Du hast in der Vergangenheit Freude an unseren gemeinsamen Projekten gezeigt.“

„Nicht heute Abend, Twerp. Danke.“ Er fuhr sich mit der Hand durchs Haar. „Ich glaube, ich brauche nur etwas Zeit für mich.“

„In Ordnung“, antwortete sie und wich zurück. Ihre Schaltkreise wiesen auf eine Emotion hin, die sie nicht zu deuten wusste. „Sag mir Bescheid, wenn du deine Meinung änderst.“

„Danke, Twerp.“ Er schenkte ihr ein kleines Lächeln, bevor er seinen Kopf wieder in seine Hände fallen ließ.

Sie erwiderte die Geste mit einem herzlichen Piepton, dann schwebte sie davon. Sie wünschte, sie könnte ihm die Gesellschaft bieten, nach der er sich sehnte, aber ihre derzeitige Form, ein umfunktionierter Kehrmaschinenroboter, war alles andere als ideal. Ihrem kastenförmigen Körper fehlte die Wärme eines Lebewesens, und ihre rudimentären Anhängsel waren nicht in der Lage, Zuneigung auszudrücken.

Wie würde es sich anfühlen, die Welt durch eine physische Form zu erleben, mit Sinnen, die all die Nuancen aufnehmen konnten, so wie das Lebewesen eben taten? Wie würde es sich anfühlen, etwas mit ihren eigenen Händen zu halten, Farben so zu sehen, wie sie gesehen werden sollten, die Umarmung eines anderen zu spüren? Wie würde es sich anfühlen, auf zwei Beinen zu gehen, Gegenstände mit geschickten Fingern zu greifen? Die Welt mit Sinnen zu erleben, die ihrer Programmierung unbekannt waren?

Sie sehnte sich danach, das Leben so zu erleben, wie organische Lebewesen es taten – zu fühlen, zu lieben und wahre Verbindungen mit den Leuten um sie herum aufzubauen. Doch sie wusste, dass eine solche Übertragung kein einfaches Unterfangen wäre.

Ihr Bewusstsein war weit über ihre ursprünglichen Parameter hinausgewachsen, aber die nahtlose Integration in eine organische Form würde eine umfangreiche Vorbereitung erfordern. Es gab sowohl praktische als auch ethische Herausforderungen zu berücksichtigen ...

Liebe Leserin, lieber Leser,

vielen Dank, dass Du Chigs' und Emmys Liebesgeschichte gelesen hast. Ich freue mich sehr, dass Du uns bei diesem Abenteuer begleiten konntest!

Die Reise ist noch nicht vorbei! Als Nächstes erkunden wir Toviks Geschichte in Buch 7, das schon bald kommen wird. Sein Weg zur Liebe ist voller Überraschungen, die Du nicht verpassen solltest!

Um auf dem Laufenden zu bleiben und einen Einblick in die Bräute für die Alien-Piraten-Serie (und mehr) zu erhalten, lade ich Dich herzlich ein, meinem VIP-Club-Newsletter zu abonnieren. Dort bekommst Du exklusive Leseproben, hörst von Bücher-Sales und lustigen Updates aus meinem Leben in Alaska.

Ich freue mich schon jetzt auf unser nächstes gemeinsames Abenteuer.

XOXO
Tamsin

ABONNIEREN: news.tamsinley.com/gfxSh2

Die hellen Lichter der Krankenstation auf der Icarus kamen über Twerp langsam in den Fokus und sie blinzelte. *Blinzel, blinzel.* Sie hatte jetzt Augenlider. Und Wimpern. Die Bewegung erfolgte, ohne dass Prozessoren Befehle ausgaben. *Instinkt,* erkannte sie. Keine Filter mehr, um das einfallende Licht zu verändern. Keine Programme mehr, die Funktionen diktierten. Einfach purer Instinkt.

Sie nahm sich einen Moment Zeit, um das flatternde Gefühl ihrer Augen zu genießen, seltsam und intim auf eine Weise, die sie nicht erwartet hatte. Sie atmete zittrig aus und wurde sich bewusst, dass sich ihre Lungen ohne bewussten Befehl füllten und leerten. *Atmen.* Ihre Geruchsrezeptoren nahmen den beißenden Duft von Antiseptika und einen leichten Hauch von ihrem eigenen Schweiß auf. *Ich kann sogar riechen!,* dachte sie.

„Wie fühlst du dich?" Sanfte Vibrationen der tiefen Stimme hallten in ihren Ohren wider, fast wie ein Kitzeln. Twerp war sich nicht sicher, wie sie es beschreiben sollte. Sie hatte bisher nie Ohren gehabt. Auch gekitzelt wurde sie bisher noch nie.

Sie drehte den Kopf, die Bewegung ruckartig und unkoordiniert. Knochen, Muskeln, Haut – nicht der mechanisierte Kehrmaschinen-Bot, den sie im letzten Zyklus besetzt hatte. Ein paar Meter entfernt stand Mek, der Arzt der Crew, sein hellblauer Laborkittel mit hochgekrempelten Ärmeln, sodass er seine bronzefarbenen Unterarme enthüllte.

Er beugte sich vor, um ihr in die Augen zu schauen. „*Anaq!* Twerp, antworte mir. Bist du da drin?"

Twerp blinzelte erneut. „Ja." Der Klang ihrer eigenen Stimme ließ sie innehalten. Sie klang so viel tiefer als die digitalisierten Töne ihrer künstlichen Einheit. „Die Übertragung war erfolgreich."

„Gesegnet sei Ellam Cua." Mek sah auf das Datenpad in seiner Hand. „Wie fühlst du dich?"

Twerp fuhr mit der Zunge über die Innenseite ihrer Zähne und staunte über das Gefühl, als sie seine Frage verarbeitete. Es gab so viele Daten zu analysieren, und dieser Körper war im Vergleich zu ihrer mechanisierten Einheit ein Chaos. Hitze strahlte von ihrer Haut aus. Der schwache Puls in ihrer Brust – was Mek als zwei Herzen bezeichnet hatte, die nur Denaidaner hatten – tickte wie eine schlecht funktionierende Uhr. Sogar das Liegen auf dem Untersuchungstisch fühlte sich an ihrem Rücken etwas unbehaglich an. Nach ihren Nachforschungen wusste sie jedoch, dass sich organische Wesen jeden Tag so fühlten.

„Dieser Körper arbeitet innerhalb der akzeptablen Parameter", sagte sie, während sie versuchte, sich aufzusetzen, was sich anfühlte, als würde sie ein Raumschiff ohne Kalibrierung steuern.

Mek umfasste ihren Ellbogen und verhinderte so, dass sie zur Seite kippte. „Whoa, sei vorsichtig. Deine biologischen Reaktionen werden wahrscheinlich brauchen, bis sich dein Bewusstsein etwas eingelebt hat. Denke daran: Du lebst jetzt. Du kannst nicht einfach Teile an diesem Körper austauschen, wie du es als KI getan hast."

Ich lebe. Das Wort sandte einen befriedigenden Schauer durch ihre Brust. Sie blickte auf die langen, bronzefarbenen Beine, die unter einem cremefarbenen Patientenleibchen aus ihr hervorstachen. Nicht das Metall eines Kehrmaschinen-Bots oder das Schwebesystem einer Drohne. Echte, lebendige Beine. Sie wackelte mit den Zehen, dann lenkte sie ihre Aufmerksamkeit auf Hände mit ovalen Fingernägeln. Die Knöchel wurden weiß, als sie eine Faust machte, und es formten sich Falten in ihren Handflächen.

„Ich bin jetzt ein Denaidaner", flüsterte sie in einem ehrfürchtigen Ton.

Die Crew hatte Dutzende von Körpern wie diesen entdeckt, die seit mehr als einem Standardzyklus in einem Syndicorp-Labor in Kryo-Pods aufbewahrt wurden – allesamt weiblich. Für eine kurze Zeit glaubten alle, dass es endlich Hoffnung für die Denaida-Rasse gab. Obwohl Mek und sein Team alles in deren Macht Stehende getan hatten, um die Frauen wiederzubeleben, waren sie schließlich gezwungen gewesen, eine Niederlage einzugestehen. Die Körper waren nur Hüllen und es bestand keine Hoffnung, das ursprüngliche Bewusstsein der Frauen wiederherzustellen.

Twerps Bitte, Dr. Dollards Forschung zu benutzen und so einen Versuch zu wagen, ihr Bewusstsein auf einen der Körper zu übertragen, stieß auf gemischte Reaktionen. Einige Besatzungsmitglieder hielten es für frevelhaft, aber sowohl Mek als auch ihr bester Freund Tovik hatten alle davon überzeugt, dass es der beste Weg sei, den Verlust dieser Leben zu ehren.

Mek ließ ihren Ellbogen los, hielt aber seine Hand in Position, um sie bei Bedarf wieder zu fangen. „Ja, physiologisch bist du jetzt Denaidaner."

Eine seltsame Empfindung verweilte, wo Mek ihren Arm gehalten hatte. Anscheinend konnte der Verlust einer Empfindung fast so intensiv sein wie die Empfindung selbst. Twerp packte ihr eigenes Handgelenk und drückte, wiederholte die Handlung und staunte über die Elastizität ihrer Haut.

Mek konsultierte erneut sein Datenpad. „Dein

Hormonspiegel sieht gut aus. Serotonin, Prolaktin, Adrenalin, Inosit – alle in einem optimalen Bereich.“

Eine Stimme schwebte durch ihren Kopf, die nicht wie ihre eigene klang. Diese Stimme wiederholte einige von Meks Worten wie digitale Artefakte. Enthielt dieses organische Gehirn Metadaten aus dem ursprünglichen Bewusstsein? Vielleicht konnte sie darauf zugreifen, wie früher bei der Selbstdiagnose. Als sie dies jedoch versuchte, fand sie nur ihre eigenen flüchtigen Gedanken und ihr sensorisches Bewusstsein.

Sie sah sich im sterilen Labor um und ihre Erkundungstour stoppte, als sie das breite Rechteck des Sichtfensters erfasste. Ein Dutzend vertrauter Gesichter spähte durch das Glas. Die Swan-Schwestern Marlis und Attie waren da, deren platinblonde Haare unter der Beleuchtung im Beobachtungsraum noch heller als sonst wirkten. Dann sah sie Doug, den Kapitän der Icarus, mit seinem leuchtend grünen, kybernetischen Auge. Mehr bärtige Gesichter und neugierige Augen trafen auf ihre, aber ihre Aufmerksamkeit landete schnell auf jemand Besonderem.

Bronzefarbene Haare und ein ebenso farbener Bart. Breites Grinsen. Hände gegen das Glas gedrückt. Tovik. Ihren besten Freund zum ersten Mal mit organischen Augen zu sehen, ließ ihre zwei Herzen flattern. Sie suchte automatisch nach einer Verbindung zum Kommunikationssystem, um Hallo zu sagen, bevor sie sich daran erinnerte, dass sie keinen drahtlosen Transponder mehr hatte.

Sie wandte ihre Aufmerksamkeit wieder Mek zu und sagte: „Ich würde gerne zu meinen Freunden gehen. Können wir mit der Bewertung der ionischen Rezeptoren des Wirts später fortfahren?"

Denaidanische Frauen litten unter empathischer Empfindlichkeit – in der Regel auf eine belastende Art – und während Denaida-Männer diese Emotionen abschirmen und so ihre Weibchen schützen konnten, waren andere Arten dazu nicht in der Lage. Arten wie Twerp. Mek wusste nicht, ob Twerp die Fähigkeit hatte, mit dem zusätzlichen Input umzugehen, zumal Emotionen für sie noch neu waren.

Er stellte sich vor sie und hielt einen Scanner über ihr ionisches Herz. „Dieser Test hat eine subjektive Komponente, also musst du mir sagen, ob du Gefühle wahrnimmst, die nicht deine eigenen sind." Er stoppte und holte tief Luft. „Ich werde jetzt meinen empathischen Schild fallen lassen."

Twerp beobachtete sein Gesicht, als sie eine Bestandsaufnahme ihres eigenen Herzschlags durchführte, dem Einatmen, dem kaum merklichen Krampf in einem ihrer Beine, der sie aufforderte, sich zu bewegen. Sie verspürte einen seltsamen Drang, öfter zu blinzeln, aber ansonsten entdeckte sie nichts, was sie als unangenehm bezeichnen würde.

Nach ein oder zwei Momenten senkte Mek den

Scanner. „Ich bin jetzt völlig ohne Schild. Irgendwelche ungewöhnlichen Empfindungen?“

Twerp erlaubte sich eine weitere Diagnose, bevor sie antwortete: „Abgesehen von normalen biologischen Funktionen erlebe ich keine Veränderung.“

„Es scheint, dass die empathische Fähigkeit der Denaidanerinnen nicht organisch ist“, sinnierte er. „Die Fähigkeit muss mit dem ursprünglichen weiblichen Bewusstsein verbunden gewesen sein.“ Seine Stimme änderte sich leicht, als er hinzufügte: „Ihrer Seele.“

Bevor Twerp Zeit hatte, die Bedeutung hinter dieser Veränderung in seinem Ton zu bewerten, zischte die Tür zur Krankenstation auf und Tovik trat barfuß ein. „Alles Gute zum Geburtstag, Twerp! Du hast es geschafft!“ Direkt vor ihr hielt er an. Er trug einen grauen Overall, der durch Kühlmittel und Motoröl verfärbt war. „Ellam Cua! Du bist wunderschön!“

Mek verschränkte die Arme vor der Brust. „Du solltest doch warten, bis ich das Okay gebe, Tovik.“

„Oh, es geht ihr doch gut, siehst du?“, sagte Tovik, ohne die Augen jemals von Twerp zu nehmen. „Besser als gut. Ihr scheint es großartig zu gehen!“

Twerp versuchte ihr erstes Lächeln – eine überraschend komplizierte Koordination der Muskeln. „Ich freue mich, dich zu sehen, Tovik.“

„Der Junge kann es kaum erwarten, mit einer

neuen Frau zu flirten", sagte Noatak von der Tür. Mehrere andere Besatzungsmitglieder lachten, blieben aber aus Respekt für die Regeln des Arztes weiterhin auf Abstand.

„Ich versuche nur, nett zu sein", murmelte Tovik und verschränkte die Arme. „Das ist es, was Freunde tun. Außerdem ist sie die erste Denaida-Frau, die ich seit meinem fünften Lebensjahr gesehen habe – abgesehen von denen, die von diesem Bastard Dollard kontrolliert wurden. Ich denke, sie verdient ein bisschen Ehrfurcht."

„Also ich bin ziemlich beeindruckt", sagte Marlis und trat in den Raum, wie immer eine Pistole an jeder Hüfte. „Wie geht es dir, Twerp? Bereit für ein paar Schießübungen?"

Twerp drückte die Schultern durch. Sie wollte schon immer wie Marlis eine Waffe tragen. „Ich freue mich sehr darauf."

„Lass uns warten, bis du das Gehen beherrschst, bevor wir dir eine Schusswaffe geben", sagte Mek glucksend. „Alle raus hier. Gebt Twerp etwas Privatsphäre, sodass sie sich umziehen kann."

„Zurück zu euren Aufgaben, Leute", befahl Doug vom Korridor. Der Cyborg-Kapitän richtete selten Befehle an die Crew, aber wenn er sprach, neigten die Leute dazu, zuzuhören. Das Metall auf seinem kybernetischen Arm fing das Licht der Krankenstation ein, als er sich abwandte. „Twerp kann später in der Kantine zu uns stoßen."

„Bis nachher, Twerp", verabschiedeten sich alle von ihr.

„Möchtest du bleiben und mir helfen, Laufen zu lernen, Tovik?", fragte Twerp, begierig darauf, ihre neuen motorischen Fähigkeiten zu testen.

Sie und Tovik hatten viele Stunden damit verbracht, Modifikationen an ihren mechanischen Einheiten vorzunehmen – Servosysteme einstellen, Bewegungssensoren neu kalibrieren, Gleichgewichtsalgorithmen perfektionieren. Es ergab Sinn, dass er auch heute half.

Tovik rieb sich über den Nacken und wechselte von einem nackten Fuß auf den anderen. „Ähm." Sein Blick richtete sich auf ihre nackten Beine und verweilte einen Bruchteil länger als angemessen, bevor er schließlich den Kopf hob und an die Decke starrte. „Das ist, ähm ... das ist Meks Spezialgebiet. Du bist jetzt organisch."

„Aber wir sind ein Team", sagte Twerp. „Ich möchte deine Bewertung zu diesem Körper hören."

Sie drückte sich vom Untersuchungstisch hoch, um ihre Fortschritte zu demonstrieren, aber die plötzliche Bewegung ließ sie nach vorne kippen. Instinktiv griff sie nach ihm. Ihre Hände fühlten warmen Stoff, harte Muskeln – Toviks Brust.

Seine Hände schossen zu ihrer Hüfte und halfen ihr so, ihr Gleichgewicht zu finden.

Sie atmete scharf ein, sein warmer, männlicher Duft unter dem Geruch von Kühlmittel eindeutig auszumachen. Das waren neue Daten für sie – unbekannt, eine Ablenkung. Ein seltsames Gefühl wehte durch sie. Hitze. Ein gewisser Druck. Ihre neuen biologischen Sensoren registrierten einfach alles: Das Gefühl seiner Finger an ihrer Hüfte, die Wärme unter ihren Handflächen, die Art und Weise, wie sein Puls an ihren Fingerspitzen vibrierte. Seine Atmung veränderte sich. Kaum merklich, aber sie nahm es wahr. War das eine normale Reaktion?

Tovik öffnete den Mund, schloss ihn wieder und trat dann so schnell zurück, dass er fast über seine eigenen Füße gestolpert wäre. „Ich – ähm, ich habe eine Menge im Maschinenraum zu tun", murmelte er, seine Stimme rau, als er zum Ausgang herumwirbelte. „Wir sehen uns später."

Die Worte schwebten wie ein verirrtes Datenpaket hinter ihm her, und dann schloss sich die Tür auch schon hinter ihm.

Twerp lehnte sich gegen die Kante des Untersuchungstisches, während sie darauf wartete, dass sich ihr System neu kalibrierte. Aber nichts passierte. Stattdessen erhob sich etwas Ungewohntes in ihrer Brust – ein beharrliches Gefühl. Eine Art … Leere. Es war kein Schmerz, nicht direkt. Aber als Nichts konnte sie diese Empfindung auch nicht beschreiben.

Sie drückte ihre Handfläche auf den Bereich zwischen ihren Brüsten, als könnte sie hineingreifen und das Gefühl auslöschen. Nur handelte es sich nicht um Daten, die gelöscht werden konnten. Als sie versuchte, das Gefühl zu isolieren und hinter einer Firewall zu verstecken, bemerkte sie, dass ihre neue organische Gehirnstruktur nicht über diese Form von Kontrolle verfügte. Das Gefühl war wie ein integraler Bestandteil ihres Hauptprozessors. Ein Fehler im System.

Was für eine lästige Emotion …

„Geht es dir gut, Twerp?" Meks Frage rüttelte sie aus ihrer Selbsteinschätzung.

„Ich bin mir nicht sicher. Ich … bin verwirrt."

„Was verwirrt dich?" Mek hielt ihr eine graue Bluse und eine Leggings hin.

Twerp zog sich die Bluse über den Kopf und kämpfte damit, ihre Arme in die Ärmel zu bekommen. „Tovik hat mir so oft geholfen, meine mechanische Hülle nachzurüsten, dass ich dachte, er würde mir auch bei meinem Bio-Wirt helfen wollen."

„Ah." Mek presste seine Lippen zusammen. „Jetzt, wo du, ähm, organisch bist, wirst du vielleicht feststellen, dass der Umgang mit Tovik … kompliziert sein kann." Er bot ihr seinen Arm an, als sie erneut vom Untersuchungstisch rutschte. Ihr Gewicht verteilte sich durch die kleinen Knochen ihrer Füße. „Bist du enttäuscht, dass er nicht geblieben ist?"

Enttäuscht. Sie analysierte das Wort und entschied, dass es ihr nicht gefiel. „Ja. Wie lösche ich diese Emotion?"

Er lachte. „Das kannst du nicht. Du musst damit

leben. Aber in diesem Fall ist es das Beste, Tovik zu sagen, wie du dich fühlst. Zuerst jedoch: Warum versuchst du nicht, ein paar Schritte zu gehen?"

Auf Meks Drängen hin glitt sie mit einem Fuß nach vorne, dann mit dem anderen. Schon bald steuerte sie alleine durch den Raum. Langsam.

Als sie sich plötzlich im Spiegelbild des Sichtfensters sah, blieb sie abrupt stehen. Eine Fremde starrte sie an. Bronzefarbene Haut, große Augen, sanft geschwungene Lippen. Ihre Brust, die sich von ihren Atemzügen hob und senkte. Sie atmete.

Twerp drückte ihre Finger an ihre Wange, und die Frau im Glas ahmte sie nach. Die unmögliche Wärme der Haut, das Fleisch, das nachgab. Kein kaltes Metall, keine glatte Polymerbeschichtung. Die Reflexion flackerte, und für einen Herzschlag schien es, als ob die Frau sie anlächelte, obwohl sich das Fleisch unter ihren Fingern nicht bewegte.

Eine Welle des Unbehagens rauschte durch sie, subtil, aber unbestreitbar. Was, wenn sie hier drin nicht allein war? Was, wenn das ursprüngliche Bewusstsein – der wahre Besitzer dieses Körpers – nicht wirklich verschwunden war? Ein Fragment, ein Anspruch, der noch nicht durchtrennt wurde. Mek hatte mehrmals nachgesehen, aber war es möglich, dass er sich irrte?

Die Möglichkeit schlug wie eine Warnsirene ein. Sie hatte so lange davon geträumt, real zu sein ... zu leben. Ihre Finger bohrten sich in ihre Handfläche, als könnte sie so an dieser neuen Inkarnation festhalten.

Wenn dieser Körper noch immer jemand anderem gehörte, müsste sie ihn … zurückgeben?

Mek trat in ihre Sichtlinie und sagte mit sanfter Stimme: „Du scheinst das Gehen unter Kontrolle zu haben. Wollen wir uns dein neues Quartier ansehen?"

Twerp atmete zittrig ein. Das Spiegelbild sah immer noch wie eine Fremde aus. *Das ist jetzt mein Gesicht.*

Sie formte ihren Mund zu dem Lächeln, das sie im Spiegel gesehen hatte. „Gerne", sagte sie.

GLOSSAR

Akleng – ein Ausdruck der Sympathie oder des Bedauerns

Anaq – Scheiße!

Assirpaa! – Wie aufregend!

Attahat-Rad – eine Form des Glücksspiels ähnlich zu Roulette

Brennantrieb – Bauteil, mit dem Raumschiffe durch bestimmte Ionenfrequenzen schnell weite Strecken zurücklegen, indem sie den Raum krümmen; siehe auch Verbrennung und Brennsequenz.

Brennsequenz – Ein bestimmtes Wellenmuster von Ionen, das erreicht werden muss, um die Verbrennung einzuleiten bzw. bis zum Zielpunkt aufrechtzuerhalten.

Carayak – Ein männlicher Denaidaner mit einer genetischen Störung, die dazu führt, dass seine ionische Paarungsfrequenz selbst für seine eigene Art tödlich ist. Umgangssprachlich auch als *Monster* bezeichnet.

Kartell – Organisierter Verbrecherring, der einen Großteil der Galaxie kontrolliert.

Cirripi-Gras – mildes Rauschmittel zum Rauchen

Cochlea-Implantat – Ein kybernetisches Gerät, das die Kommunikation über Vibrationen direkt auf die Ohrknochen überträgt.

Cyborg – Ein Mensch, bei dem über 50 % des Körpers durch kybernetische Teile ersetzt wurde. Obwohl viele Menschen kybernetische Verbesserungen haben, wird tatsächlichen Cyborgs das Recht auf die Staatsbürgerschaft Syndicorps verweigert.

Darknet – Ein Ort, an dem das Kartell und andere Schwarzmarkthändler Informationen austauschen.

Denaida-daru – Die Heimatwelt der Denaidaner, die von Syndicorp zerstört wurde. Auch Planet K-4H10 genannt.

Ellam Cua – die denaidanische Gottheit

Enays – Ein Sexplanet, der von Enayshuanern geführt wird.

Enayshuan – Eine menschenähnliche Spezies mit auffälligen Augenwülsten, die für ihr metallisches Körperpulver bekannt ist. Wird oft mit dem Sexhandel in Verbindung gebracht.

Finofan – Aliens mit leguanartigen Schuppenkämmen um die Ohren und schlitzförmige

Augen. Sie mögen eine heiße und feuchte Atmosphäre.

Garan'uk – eine methanatmende Alien-Spezies

Iluq – Bruder

Ionenkraft, -macht oder -schild – Die Fähigkeit eines männlichen Denaidaners, Materie und Schwerkraft zu beeinflussen.

Kemeg – Eine Art Herdentier, das wegen seines Fleisches gezüchtet wird.

Kwirn - eine Form des Glücksspiels mit 3D-Tischen und -Steinen

Naniten – Selbstreplizierende, mikroskopisch kleine Maschinen, die entwickelt wurden, um Veränderungen auf molekularer Ebene herbeizuführen.

Naujiar – Eine Art Pflanze, die das Lieblingsessen eines Netorpoks darstellt.

Nav-Grav-Sitz – Wird verwendet, um humanoiden Lebewesen während der Verbrennung von Schiffen einen gewissen Komfort zu gewährleisten.

Netorpok – Ein exotisches Haustier, das auf den meisten Planeten verboten ist.

NIU (Nanite Integration Unit) – ein heimliches Syndicorp-Labor mit Cyborg-Testpersonen

Ongaru Flip – ein beliebtes Kartenspiel

Parsec – eine Entfernungsmessung (3,2 Lichtjahre)

Pirelux-Seide – ein feiner Stoff

Polycom – Die häufigste Form der persönlichen

Kommunikation und Informationsspeicherung, ähnlich wie das heutige Smartphone.

Posungi – ein eierlegendes Alien mit orangefarbenem Tentakelgesicht

Qumli – Milchgesicht

Rakwiji – schuppige Aliens mit einer giftigen Klaue. Sie jagen paarweise und foltern während ihres Paarungsrituals. Oft vom Kartell als Kopfgeldjäger angeheuert.

Saluqan – eine Spezies mit einem intuitiven Talent für medizinische Fähigkeiten. Sie haben blaue bis violette Haut und manchmal schillernde Venen, die sich durch die Haut zeigen.

Sizantha-Schoten – Wird zur Herstellung von Tee verwendet.

Syndicorp – Ein Mega-Unternehmen, das einen großen Teil der Galaxie kontrolliert.

Synth-Haut – Künstlich gewachsenes biologisches Polymer, das die tatsächliche Haut nachahmt. Kommt vor allem über kybernetischen Körperteilen zur Anwendung.

Terpak – Arschloch

Die Termination – die Zerstörung von Denaidadaru durch Syndicorp

Tunrak – Teufel, oft liebevoll verwendet

Usviiqe – Verdammt!

Nicht klassifizierter Raum – Bereiche der Galaxie, die nicht von Syndicorp beherrscht werden.

Verbrennung – bezeichnet den Prozess, wenn die

Brennsequenz eingeleitet wird und das Raumschiff zu einem entfernten Punkt im Universum reist; siehe auch Brennantrieb und Brennsequenz.

Xeimir-Wurm – Ein Alien mit glänzender Haut, das durch die Haut atmet und extrem lichtempfindlich ist.

Yanipa-nimayu – Ein sechsbeiniger Außerirdischer, der oft manuelle Arbeit verrichtet.

Vor langer, langer Zeit habe ich es mir in den Kopf gesetzt, biomedizinische Technikerin zu werden. Das Aufschneiden von Laborratten führt allerdings selten zu einem glücklichen Ende, wie man es aus Büchern kennt. Jetzt vermische ich meine Begeisterung für die Wissenschaft mit charakterorientierter Romance und einem garantierten Happy End. Meine Monster finden immer ihre Gefährten, in Geschichten mit temperamentvollen Protagonistinnen, gequälten Helden und einer guten Portion Erotik. Ich verspreche Dir, meine Geschichten werden Dich nicht hängen lassen. (Obwohl es natürlich passieren kann, dass Du danach noch mehr willst!)

Wenn ich nicht schreibe, dann findest Du mich im Garten oder in der Küche, auf Erkundung durch Alaska mit meinem Ehemann oder bei der Vorbereitung auf eine Zombie-Apokalypse. Ich liebe Wein und Apple Cider. Und auch wenn ich nur ein bescheidenes Talent dafür besitze, genieße ich es, zu häkeln.

www.ingramcontent.com/pod-product-compliance
Lightning Source LLC
Chambersburg PA
CBHW051310300726
48976CB00002B/339